新　潮　文　庫

水　い　ら　ず

サ　ル　ト　ル

伊吹武彦・白井浩司
窪田啓作・中村真一郎　訳

新　潮　社　版

1959

目次

水いらず

水いらず

伊吹武彦訳

一

リュリュが真っ裸で寝るのは、シーツに体をすりつけるのが好きなのと、洗濯賃が高くつくからだった。真っ裸でベッドへはいるやつがあるか。そんなことするもんじゃない。きたないと、はじめのうちアンリーは抗議したが、しまいには女房を見ならうようになってしまった。けれど彼の場合それは投げやりからだった。人前では気どって棒みたいに堅くなるくせに(彼はスイス人、とりわけジュネーヴの人に感心していた。堂々としているというのだが、それはスイス人がしゃちこばっているからだった)、こまかいことにはものぐさだった。たとえばあまり身ぎれいではなく、ズボン下もたびたびは替えない。リュリュはズボン下を洗濯物入れに投げこむとき、股《また》のところがこすれて黄色くなっているのを見ないわけにはいかなかった。自分のこととなると、リュリュはきたないのがいやではなかった。きたないほうがしっくりする。よごれはしんみりした影をつくるものだ。たとえば肘《ひじ》のくぼみのところなど。リュリュはイギリス人があまり好きではない。味のない、非個性的なあの体が。しかし亭主のだらしなさは、そういう仕方でわが身を甘やかすのだからたまらなかった。朝、起きあがると、いつも寝ぼけ顔でわが身をいたわるのだ。日の光も冷たい水もブラシの毛も、まるで非道な責め苦のように感じるのだ。

リュリュはあおむけに寝て、左足の親指をシーツの裂けめにつっこんでいた。いや、裂けめではなくて、ほころびだった。これはうるさい。あしたになったら縫わなくちゃ。でも、リュリュはちょっと糸を引っぱって、糸の切れるのを感じるのだった。アンリーはまだ眠ってはいない。が、もういっこうじゃまにはならない。アンリーはしじゅうリュリュに言ったものだ。おれは目を閉じたが最後、細い丈夫なたくさんの糸で縛られたような気持になる。もう小指すら上げられない。蜘蛛《くも》の巣に絡《から》み取られた蠅《はえ》なんだ。リュリュは捕われたこの大きな体を、身近く感じるのが好きだった。もしこの人このまま中風にでもなってしまったら、わたしが看病してあげよう。子供のようにこの人をふいてあげ、ときには腹ばいにしてお尻《しり》をたたいてやろう。そしてまたこの人のおかあさんが見舞いに来たら、なんとか言って布団《ふとん》をひんむいてやろう。布団をはねたらおかあさんはこの人の真っ裸のところを見るだろう。おかあさんは腰をぬかすにきまっている。この人のそういうところを見るのは十五年ぶりなんだもの。リュリュは夫の腰のあたりを軽くなで、腿《もも》の付け根をちょっとひねった。アンリーはうなったが、ピリッともしない。不能になってしまったのだ。リュリュは微笑した。

「不能」という言葉を聞くと、いつも笑えてくる。まだアンリーが好きだったころ、そしてアンリーがこのとおり麻痺《まひ》状態になって、リュリュのそばに寝ているとき、リュリュは子供の時分、ガリヴァーの話を読んで、そのおりさし画《え》で見たのとおなじような こびとたちの手にかかって、夫が根気よく、がんじがらめに縛りあげられたのだと空想しては楽しむのだった。リュリュはアンリーをよく「ガリヴァー」と言って呼んだ。これはイギリス名前だし、そう言うとリュリュが物知りらしく聞えるのでアンリーはたいそう悦に入ったが、できることなら本場のアクセントで発音してもらいたかった。ああ、みんなのうるさかったこと。もし教育のある女がよかったら、ジャンヌ・ブデールと結婚すりゃよかったんだ。あの女は乳こそ狩の角笛みたいにたれさがっているが、でも五カ国語に通じている。日曜日ごとにソーへ出かけていったころ、わたしはこの人の家であんまり退屈なもんだから、手当りしだいに本を取りあげた。すると、きっとだれかがわたしの読んでるものをのぞきに来た。この人の妹などは、「わかるの、リュシーちゃん」なんてきいたっけ。つまりこの人はわたしを下品だと思っているのね。そりゃそうよ、スイスの人は上品だわ、だって、あの人の姉さんはスイス人と結婚して五人も子供をこしらえたんだもの。そして二人して、山の話であの人を煙《けむ》に巻くんだもの。わたしなんか子供はできっこない。体質なんだ。でも、あの人がわたしといっしょにそとへ出たとき、しょっちゅう共同便所へ行くなんて、あの人のすること、ちっとも上品だとは思えない。わたしはあの人を待ちながらショーウィンドーをのぞいていなけりゃならないんだ。淫売《いんばい》じゃあるまいし。それからこの人はズボンを引っぱりながら出てくるんだ。よぼよぼ爺《じい》さんみたいに股をひろげて。

リュリュはシャツの破れめから親指を出し、両足をピクピク動かした。ぐったり動かないこの肉体のそばに、潑剌《はつらつ》とした自分を感じるのが楽しいので。グルグルという音がした。おなかが鳴っているのだ。これはたまらない。この人のおなかかそれともわたしのか、さっぱりわからない。彼女は目を閉じた。これは柔らかい管のかたまりのなかを液体がグルグル流れているのだ。管のかたまり、それはだれにでもみんなある。リレットだって、わたしだって（そんなこと考えるのはいや、おなかが変になる）。この人はわたしを愛しているけれど、わたしの腸を愛してはいない。もしわたしの盲腸を壜《びん》に入れてこの人に見せたら、まるで見当もつかないだろう。この人は、しょっちゅうわたしの体をいじるけれど、もしその壜を手に持たせたら、気持のなかになんにも感じはしないだろう。「これは女房のものだ」とは思わないだろう。好きならその人の何から何まで好きになるのがほんとうのはずだ。食道でも肝臓でも小腸でも。それが好きでないのは馴染《なじみ》がないからかもしれない。もしそういうものが手や腕のように目に見えたら好きになれるのだろう。してみると、ひとでなんかは人間よりもっと愛しあっているにちがいない。ひとでは日が照ると海べに寝そべって、はらわたを出して風に当てる。だれでもそのはらわたが見られるのだ。人間はいったいどこからはらわたを出すのかしら。おへそかしら。彼女はもう目をふさいでいた。すると青い丸がいくつもグルグル回りだした。ちょうどきのう、祭へ行って、ゴムの矢で円板を射たときのように。一本射るごとに一つずつ文字が出て、それが町の名前になる。ところがあの人はわたしのうしろに体をくっつけたがるいつもの癖で、わたしがディジョン（ＤＩＪＯＮ）という町の名を完全に出すのをじゃましてしまった。わたしはうしろからさわられるのが大きらい、いっそ背中なんかないほうがいい。わたしは見えない人にいたずらされるのは苦手なんだ。先方は好きなだけ楽しめる。それに、こっちには向うの手が見えない。手が上がったりおりたりするのはわかる。だが、その手がどこへ行くのかわからない。向うは貪《むさぼ》るように見ているのだが、こちらには向うは見えない。あの人はそれが大好きなんだ。アンリーなら、そんなこと夢にも考えないんだけれど、あの人はわたしのうしろへ回ることばっかり考えている。あの人はわたしがお尻のあることを恥ずかしがっていると知ってるものだから、それでわざとお尻にさわるんだ、きっとそうだ。でも、あんな人のことなんか考えたくない（こわかったのだ)。わたしはリレットのことを考えたい。彼女は毎晩おなじ時刻、ちょうどアンリーが寝言を言い、うなりだすとたんにリレットのことを考えるのだった。ところが、そこには何か抵抗があり、もう一方の姿が現われようとする。黒いちぢれ毛さえチラッと見えた。そら来たと思い、何が出てくるかわからないので、彼女はぞっとした。顔ならいい。顔ならまだいいけれど、いやな記憶が浮びあがって、まんじりともせぬことが幾夜かあった。ある男の体のいっさいを、とりわけあれを知っているのはたまらないことだ。アンリーは違う。アンリーの体なら、頭から足の先まで想像できる。おなかがほんのり赤いほかは全身が薄黒く、フニャフニャだから、いじらしくなる。恰幅《かっぷく》のいい男はすわると腹に三本皺《しわ》がよるもんだとアンリーは言うけれど、アンリーのおなかには皺が六本できる。あの人は一つ置きに数えてほかの皺は見ようとしない。ただそれだけのことだ。彼女はリレットのことを考えていらいらした。

「リュリュさん、あんたなんか、りっぱな男の体ってどんなものか知らないのよ」。隆々とした石みたいに堅い体、わたしだって知っている、もしリレットがそんな体のことを言うなら、むろん話にならない。わたしはそんなのきらいなんだ、パターソンはそういう体をしていた。あの人に抱きすくめられると、わたしはまるで芋虫《いもむし》みたいにフニャフニャになった。アンリー。わたしがアンリーと結婚したのは、体が柔らかいためだった。お坊さんみたいだからだった。僧服を着こんだところ、坊さんはまるで女みたいにものやわらかだ。それにストッキングをはいてるみたい。わたしは十五のとき、坊さんの服をそっとまくりあげ、男っぽい膝《ひざ》とズボン下を見たいなと思った。足のあいだに何かあるのだと思うとおかしかった。一方の手で服をつかみ、もう一方の手はあそこまでだんだん高く、足を伝ってすべりこませる。それほど女が好きなわけじゃないけれど、男のものがドレスのような服の下にあると、ふんわりして、大きな花みたいだ。でもじつをいうと、あれをほんとに握るわけにはいかない。じっとしてさえいればいいんだけれど、まるで虫のように動きだす。堅くなる。堅くなると気味が悪い。上向きになるなんて露骨だわ。ほんとにけがらわしいわ、セックスなんて、あたしがアンリーを好きだったのは、この人のあれがけっして堅くならず、けっして頭をもちあげなかったからなんだ。わたしは笑いながら、ときどきあれに接吻《せっぷん》したわ。子供のあれみたいにちっとも気味悪くなんかなかったもの。夜になると、柔らかいのをつまんだものだ。あの人は赤くなり、溜息《ためいき》をついて横を向いた。でもあれは動かない。わたしの手のなかでおとなしくしている。わたしは握りしめない。わたしたちは長いことそうしていた。そしてあの人は眠ってしまった。するとわたしは上を向いて、坊さんのこと、けがれのない物のこと、女のことを考えて、まずおなかを、美しい平らなおなかをさする。手を下へやる。下へやる。すると快感がおこる。快感、それを与えることができるのはわたし自身だけなんだ。

ちぢれ髪、黒ん坊の髪。そして丸いかたまりのようにのどにつかえた不安。でも彼女はしっかり瞼《まぶた》を閉じた。するとしまいにリレットの耳が現われた。キャンディーでこしらえたような、深紅と金のかわいい耳。だが、リュリュはその耳を見ても、いつもほど楽しくなかった。リレットの声がいっしょに聞えてきたからである。それはリュリュのきらいなかん高い、はっきりした声だった。「リュリュさん。あんたはどうしてもピエールといっしょに出ていくべきよ。賢明な道はそれだけね」。わたしはリレットが大好きだけれど、高飛車《たかびしゃ》に出てみたり、自分で自分のせりふに悦に入ったりされると、少々癪《しゃく》にさわる。きのうだってクーポール〔カフェの名〕で、リレットはもっともらしい、ややうわずったようすで顔を寄せて、「あんたはどうしてもアンリーといっしょにいる法はない。もうあの人にほれてはいないんだもの。罪悪だわ」。リレットは何かといえばあの人の悪口を言うけれど、わたし、そりゃよくないと思う。あの人はいつもリレットにはよくしてくれたんだもの。なるほど、わたしはもうアンリーを愛してはいないかもしれない。だけどそんなこと、リレットに言ってもらう義理はないわ。リレットにかかってはなんでも単純に、簡単に見えるんだ。ほれている

ず　ら　い　水

かもうほれていないか、どっちかなんだ。ところがわたしは単純じゃない。だいいち、この家にはわたしの習慣というものがあるし、それにわたしはこの人を愛している。夫なんだもの。わたしはリレットをぶってやりたかった。わたしはいつでもあの女に痛いめを見せてやりたくてしようがない。太ってるんだもの。「罪悪よ」と言って腕を振りあげたら腋《わき》の下が見えたっけ。わたしはあの人が腕をむき出しにしているほうが好き。腋の下がちょっと開いた。口のように。そしてリュリュは髪の毛みたいなちぢれ毛のかげに、小皺のよったモーヴ色の肌《はだ》を見た。ピエールはリレットのことを「丸ぽちゃのミネルヴァ」だと言う。リレットはそう言われるのが大きらいだ。リュリュは自分の弟のロベールのことを思い出してニッコリした。ロベールはある日、リュリュがスリップ一枚でいたとき、「なぜ姉さんは腋の下に毛があるの」と言った。「病気なのさ」と答えたっけ。リュリュは弟の前で服を着がえるのが好きだった。いつもおもしろいことを言う。いったいどこからあんなことを思いつくのだろう。そして弟は、リュリュの身の回りの物なんにでもさわってみたり、ドレスを丁寧にたたんだりする。手先が器用だから、いまにりっぱな裁縫師になるかもしれない。裁縫師っていい商売だ、そしたらわたしは弟のためにデザインをしてやろう。子供が裁縫師になろうと思うなんて変だわ。もしわたしが男の子だったら、探検家か役者になろうと思ったかもしれない。だが、まさか裁縫師には。ところが弟は前から夢想家で、ろくにものも言わず一人で考えこんでいる。わたしは尼さんになって、りっぱなお屋敷へ献金集めに回りたかった。目がとろりとしてきた。人肌みたいに柔らかく。もう眠るんだな。蒼《あお》ざめた美しい顔に、尼さん頭巾《ずきん》をかぶったら上品だったろうな。何百という薄暗い控えの間が見られたろうな。でも女中さんがすぐあかりをつける。すると一族の肖像画や台の上のブロンズの置物などが見える。それから帽子掛け、奥さまが小さな手帳と五十フランの小切手を持って出てきて「はい、どうぞ」「ご奇特なことでございます。ではいずれまた」。でもわたしなんかほんとの尼さんになれっこない。バスのなかでときには男にウインクしてやる。男は、はじめはびっくりするけれど、やがてはわたしにからかいながらついてくる。そうしたらお巡《まわ》りさんに頼んで豚箱へほうりこんでもらうんだ。献金は猫ばばさ。ところで何を買おうかしら。予防薬。何をばかな。目がとろける。これはいい。まるで目を水に漬《つ》けたよう。体じゅうがいい気持だ。りっぱな緑色の法王帽。エメラルドや瑠璃《るり》の石がついている。冠はぐるぐる回って恐ろしい牛の頭になった。だがリュリュはこわくない。彼女は言う。「スクールジュ。カンタル山の鳥。注目！」赤色の長い川が荒野の真ん中を流れている。リュリュは家にある肉挽機《にくひきき》とそれからチューブ入りのポマードを連想した。

「罪悪よ！」彼女はハッとして、こわい目をして闇《やみ》のなかに起きあがった。あいつらはわたしを苦しめている。だのにそれに気がつかないのか。リレットがわたしのためを思ってしていることはわかっている。けれど、ほかの人にはあんなにもののわかったリレットだもの、わたしが思案する必要のあることくらいわかりそうなもんだ。あの男は燃えるような目で「来るんだ。おれのうちへ来るんだ。おれはおまえをすっかり自分のものにしたいんだ」と言った。あの男が射すくめるように見るときのあの目ずが、わたしには耐えられない。あの男はわたしの腕をつかんでもむようにした。あの目を見るといつもあの男の胸毛を思い出す。来るんだ。おれはおまえをすっかり自分のものにしたいんだ。どうしてそんなことが言えるんだろう。犬じゃあるまいし。

わたしは腰をおろすと、あの男に笑いかけた。あの男のために白粉《おしろい》を替え、あの男が好きだからと思って目もくまどっておいたのに、あの男は気がつかない。顔なんか見ないでお乳を見ている、この乳が胸の上でしぼんでしまえばいい。あの男を困らせるために。でもわたしのお乳はたいしたもんじゃない。ほんのチョッピリ小さいのだ。ニースのおれの別荘へ来るんだ。その別荘は大理石の階段があって、真っ白で、海ぞいだ。一日じゅう裸で暮すんだとあの男は言った。裸で階段をのぼるなんておかしいわ。わたし、見られないようにあの男に先にのぼってもらう。でないとわたし、足もあげられない。この人がめくらになりますように、なんて祈りながら身動きもしないでいることだろう。もっともいつもとたいして変るわけじゃない。あの男がいると、わたしはいつだって裸のような気持がする。わたしの腕を取って、脅迫するように、「おまえはおれにほれてるんだ！」と言った。わたしはこわくなって「そうよ」と言った。おれはおまえを幸福にしたいんだ。二人してドライブしよう。船に乗ってイタリアへ渡ろう。おまえのほしいものならなんでもやろう。ところがあの男の別荘はろくに家具調度もなく、床へマットレスを敷いて寝なきゃならない。抱かれて寝ろとあの人は言う。くさいだろうな。あの人の胸は日やけして幅があるから好きになれそうだけれど、ずいぶん毛深い。男というものに毛がなければいいのに。あの人の毛は黒くて苔《こけ》のように柔らかい。わたしは、ときにはその毛をなで、ときにはいやらしくてぞっとする。できるだけ離れるのだけれど、あの人はピッタリ抱きよせるのだ。あの人は抱かれて眠れと言うだろう。わたしを抱きしめるだろう。あの人の匂《にお》いがするだろう。日が暮れたら海の音が聞えるだろう。あの人、そういう気をおこせば夜の夜中でもわたしを起しかねないわ。おちおち眠れないかもしれない。あれのあるとき以外は。だってそのときは、さすがにそっとしといてくれるだろうから。でも、障《さわ》りのある女とあれする男もあるらしい。済んだらおなかに血がつくんだ。自分の血じゃない、人の血が。シーツの上にも、そこら一面、血だらけになるにちがいない。ああいやらしい。なぜ人間には体があるんだろう。

リュリュは目をあいた。カーテンは街からさす光で赤く染まり、姿見には赤い影がさしていた。リュリュはこの赤い光が好きだった。窓のそばには肘掛椅子《ひじかけいす》が一つ、影絵のように浮いている。その椅子の肘の上に、アンリーはズボンを掛けておいた。ズボンつりが宙にぶらさがっている。ズボンつりのつり手を買ってあげなきゃ。いや、出ていくのはいや。あの男は一日じゅうわたしを抱きしめる。わたしはあの男のものになる。あの男の慰みものになってしまう。あの男はわたしをじっと見てこう思うだろう。「これはおれの慰みものだ。おれはこの女の、あそことあそこにさわったんだ。そして好きなときに、いつでもまたさわれるんだ」。ポール・ロワイヤルでおこったこと。リュリュは布団《ふとん》を何度も蹴《け》った。ポール・ロワイヤル村であったことを思い出すとピエールがいやだった。リュリュはいけがきのうしろにいた。あの人が自動車に残って、地図を調べているものだとばかり思っていたら、突然すがたが見えた。抜き足さし足でうしろへやってきてじっと見つめている。リュリュはアンリーを蹴ってしまった。この人、目をさますかもしれない。だがアンリーは「ウーン」と言ったきりで目をさまさなかった。女の子のように純潔な、美しい青年を知ってみたい。つれだって海岸を散歩しよう。手と手を取りあおう。そして夜になったら対のベッドに寝て、兄と妹のようにしていよう。そしてひと晩じゅう語りあかそう。それともリレットと暮すのもいいわ。女同士っていいものね。あの人はよく肥えた、すべすべした肩をしている。あの人がフレネルにほれていたころは、わたしほんとに情けなかった。でもフレネルがいまあの人を愛撫《あいぶ》しているんだ、肩やわき腹を静かになでているんだ、あの人が溜息《ためいき》ついているんだと思うと興奮したっけ。あの人が真っ裸で横になり、肌をなでまわす手を感じたとき、いったいどんな顔をするのだろう。わたしは金輪際《こんりんざい》リレットにさわりはしない。たとえあの人が承知したって、たとえ「かまわないわ」と言われたって、あの人をどうしていいかわたしにはわからない。そんなことわたしにはできないけれど、もしわたしの姿が人の目に見えないのだったら、リレットがされているあいだ、そこにいてあの人の顔を見てやろう（そうなってもまだあの人がミネルヴァみたいだったらあきれるわ）、そしてあの人の開いた両膝《りょうひざ》を、ばら色の膝をそっとなでて、あの人がうめくのを聞いてやろう。リュリュはのどをカラカラにして短く笑った。人間って、ときどきそんなことを考えるものだ！　あるときリュリュはピエールがリレットを強姦《ごうかん》したがっているんだとでたらめを言った。そしてピエールに手をかして、リレットを両手でおさえたっけ。きのう、リレットは頬《ほお》を真っ赤《まか》にしていた。わたしと二人、寄りそって長椅子に腰かけていた。リレットは膝をすぼめていた。でも二人はなんにも言わなかった。これから先だってなんにも言わないだろう。アンリーはいびきをかきだした。リュリュは軽蔑《けいべつ》したように口笛を鳴らした。わたしはここにいる。寝つかれないで、くよくよものを思っている。それにこの人のばかったらいびきなんかかいている。もしわたしを抱きしめて哀願したら、もし「おまえはおれにとってはすべてなんだ、リュリュ、おれはおまえを愛している、行っちゃいけない!」と言いさえしたら、犠牲になってここにいるのに。そうだ、わたしは一生この人とここにいる。この人を喜ばせるために。

二

リレットはカフェ・ドームのテラスに腰かけてポルトを注文した。ぐったり疲れ、リュリュのことが癪《しやく》にさわった。

「……それに、ここのポルトはコルクくさい。リュリュはいつもコーヒーを飲むんだから平気だけれど、でもアペリチフの時刻にまさかコーヒーを飲むわけにはいきやしない。ここじゃ、みんな文なしだから、一日じゅうコーヒーか、でなきゃクリーム・

コーヒーを飲んでいる。ずいぶん興奮するだろうな。わたしなんかそんなまねできやしない。いらいらして店じゅうのものをお客たちの鼻っ先にぶっつけたくなるだろう。じっと行儀よくしている必要のない連中なんだもの。なぜあの人がいつでもモンパルナスで会おうと言うのか、わたしにはそのわけがわからない、カフェ・ド・ラ・ペーかパムパムで会ったって、けっきょく、あの人のうちからはおなじ道のりだし、わたしのほうは仕事場から近くになるのに。いつもこんな連中の顔を見るんじゃ、どんなにうんざりするかしれやしない。ちょっとでもわたしにひまがあったらここへ来いだ。テラスの席ならまだしもだけれど、中はよごれた肌着《はだぎ》のにおいがする。へボ芸術家なんかわたしはきらい。それにテラスの席だって、あたしはこぎれいにしているんだもの、場違いの感じだわ。ひげもあたらないここの男たち、なんだかえたいの知れない女たちのなかにわたしがいるのを見たら、道を通る人はびっくりするにきまっている。『あの女はあそこで何してるんだろう』と思うにちがいない。夏場は、相当かねのあるアメリカの女がときどきやってくることは知ってるけれど、今の政府が政府だから、みんなイギリスでとまってしまう。だからさ、贅沢品《ぜいたくひん》の商売があがったりなのは。去年の今時分と比べると、わたしなんか売上げ半減さ。いったいほかの人はどうしてるんだろう。だってわたしが最優秀の売り子なんだもの。デュベックおばさんがわたしにそう言ったわ。あのヨネルって娘、かわいそうなもんだ。まるで売れないから今月は基本給に一文の歩合もつかなかったにちがいない。しかも一日じゅう立ちづめなんだもの、気持のいいところですこしはのんびりしたくなるわ。ちょっと豪奢《ごうしゃ》で、芸術的で、ボーイもきちんとしているところ、目をふさいで気分のままに身をまかせたくなるような。それから静かな音楽もいるわ。ときたまアンバサドゥールのダンス・ホールへ行くくらい、そう高くはつかないだろう。それにしても、ここのボーイはほんとにいばりかえってる。なるほど、けちなお客を相手にしていることがよくわかるわ。わたしの係のあの小がらな髪の黒いのだけは別で、あれはいい。どうもリュリュは、ここのこんな連中に取巻かれてるのがいいと見える。ちっとでもしゃれた場所へ行くのがこわいらしい。けっきょくのところ自信がないんだ。男の人が上品にふるまうと、もう気おくれがするのね。あの人はルイがきらいだった。ところがここだと気が楽なんだ。貧相で安物のパイプを使って、カラーさえしていないのがいる。それから女を見るあの目つき、あの連中はべつに隠そうともしない。女を買う金のないことがよくわかる。ところがこの界隈《かいわい》は女だけはことかかない。胸くそが悪いほどたくさんいるのだ。このへんの男はまるで女を取って食いそうに思われる。そして、あなたを自分のものにしたいのだということをすこしはおつに言いまわし、感じのいいように事をはぶくことさえできないのだ」

　ボーイが近よって、

「辛口でございますか、ポルトは、お嬢さま」

「ええ、ありがとう」

　するとまた愛想よく、

「いいお天気でございますね」

「でも早すぎはしないわね」とリレットは言った。

「なるほど、果てがないほど長い冬でございました」

　彼が去ったあとをリレットは見送った。「あのボーイ大好きだ」と彼女は思った。「ちっとも出しゃばらない。馴《な》れなれしくはないが、それでもきっとわたしに何かお愛想を言う。特別に気をくばってくれる」

　やせた猫背の青年がしつこく彼女を見つめていた。リレットは肩をそびやかしてその男に背を向けた。「女にウインクしようと思ったら、せめてきれいなシャツぐらい着ているもんだ。もしも話しかけてきたらそう返答してやろう。なぜあの人家出しないんだろう。アンリーを苦しめたくないって言うけれど、そりゃあんまりきれいすぎる。なんといったって女が不能の男のために一生を棒にふる法はない」。リレットは不能者が大きらいだ。肉体的に好かないのだ。「あの人は家出すべきだ」とリレットは断定した。「一生の幸福にかかわることなんだ。自分の幸福をもてあそんではいけないってあの人に言ってやろう。リュリュ、あんたは自分の幸福をもてあそぶ権利はないのよ。いや、あの人には何も言うまい。もうおしまいだ。これまで百遍もそう言ったんだもの。いやがる人をむりに幸福にはできない」。リレットは疲れきっていたので頭のなかに大きなうつろを感じ、キャラメルが溶けたようにコップのなかにねばねばしているポルトをじっと見つめた。すると心のなかで声が「幸福《ボヌール》、幸福《ボヌール》」とくりかえす。ほんとにしんみりさせる、どっしりしたいい言葉だ。もし『夕刊パリ』の懸賞で意見をきかれたら、これがフランス語でいちばん美しい言葉だと答えたろうと、そう思った。「そんなこと考えた人あるだろうか。みんなは気魄《エネルギー》とか勇気《クーラージュ》だとか答えたけれど、それはその人たちが男だからだ。女でなきゃ。女でなきゃ思いつかない。賞が二つあるのがほんとうだ。一つは男性賞で、いちばん美しい言葉は名誉《オヌール》というところ。もう一つは女性賞でわたしが当選、幸福《ボヌール》と答えて。オヌール、ボヌール、語呂《ごろ》が合っているのはおもしろい。わたし、あの人に言ってやろう。リュリュ、あんたは自分の幸福を台なしにする権利はないのよ。あんたのボヌール、ねえリュリュ、あんたのボヌール。わたし自身としては、ピエールはとてもりっぱだと思う。だいいち、男らしい男だし、それに頭がいい。けっこうなことじゃないの。お金があるからあの人にもいろいろ親切にするだろう。あの人は日常生活のこまごました煩《わずら》いを征服できるたちの人だ。これは女にしてみれば悪くない。命令できるってのはほんとにいいなあ。ちょっとしたコツなんだけど、あのひとはボーイやボーイ長にもの言うすべを知っている。みんなあの人の言うことを聞く。押しがきくってこのことだわ。どうもそれがアンリーにはいちばん欠けているらしい。そのうえ健康の点も考えなくちゃ。あの人のおとうさんがおとうさんだから気をつけたほうがいい。ほっそりして透きとおるように白くって、食欲もなく睡眠不足で、一日四時間眠るきりで、服地のデザインを売りこみに一日じゅうパリを駆けまわるなんて、ほんとに考えなしのすることよ。正しい養生を守って、一度にすこししか食べないのもいいけれど、それならそれで、何度でも、きまった時間に食べなきゃならない。向う十年間サナトリウムへ入れられたってもう手おくれだ」

彼女は当惑したように、モンパルナス十字路の大時計を見た。針は十一時二十分をさしている。「わたしはリュリュって人がわからない。おかしなたち。いったい男好きなのか男ぎらいなのか、てんで見当がつかない。でもピエールといっしょになったら、あの人満足するにきまっている。去年の男のラビューさん、わたしはルビュー

〔人間の屑《くず》〕と呼んでいたが、あの人といっしょにいるよりは、ちっとは気持が変るはずだ」。それを思い出してリレットは愉快になったが、例のやせた青年が相変らず見つめているので微笑をおさえた。彼女は振向いたとたんに男の視線をとらえたのだった。ラビューは顔にいっぱい、黒いブツブツができていた。リュリュはおもしろ半分に、爪《つめ》で皮をおさえては、このブツブツを取ってやった。「気持が悪いけれど、これはあの人の罪じゃない。リュリュは美男子ってどんなものか知らないんだ。わたしはハイカラな男が好き、だいいち、いいもんだわ、男のすばらしい身の回り。ワイシャツに靴にキラキラした美しいネクタイ。荒っぽいかもしれないがじつに柔らかい。力強い。柔らかい強さ。男の吸うイギリス煙草《たばこ》の匂《にお》い、オー・ド・コローニュの香水の香り、それから、きれいにそってあるときの男の肌は、あれは……あれは女の肌とは違う、まるでコードバンみたいだ。男のがっちりした両腕が体に巻きつく。男の胸に頭をもたせかけ、めかした男の甘い匂いをかぐ。男は甘い言葉をささやきかける。男の胸男たちはすばらしいものを身につけている。牛革のみごとな堅い靴。『大事な、優しいおまえ』と男はささやく。すると気が遠くなる」「身なりをかまう人、大型の指輪だの金のたルイのことを思い出し、胸がせまった。「身なりをかまう人、大型の指輪だの金のシガレット・ケースだの珍しい飾りだの、いろいろおしゃれの好きな人。ただそういう人がときどきなんと助平なことするんだろう。女よりひどいわ。いちばんいいのは四十男かもしれない。びんの白くなった髪をバックにして、まだ身だしなみは忘れない人、肩幅があって引きしまって、とても運動家タイプだけれど世故にたけていて、苦労しているから思いやりがある、といった人。リュリュは、からきしねんねえだから、わたしのような友達のあるのは儲《もう》けものなんだ。だって、ピエールもそろそろ業《ごう》を煮やしてきたんだもの。それにつけこむ女もきっとあるだろう。けれど、わたしなんか、いつもあの人にもうすこしがまんしなさいと言っている。そしてあの人がわたしにちょっとでも優しくしてきたら、わたしはそしらぬ顔してリュリュのことをしゃべりだす。そしてどんなときでも、あの人をほめるような言葉を見つけ出す。でもあの人は、それだけの幸運をうける値打ちなんかありゃしない。あの人にはわからないんだ。ルイが行ってしまってからのわたしみたいに、ちっとは一人暮しをしてみるといい。そうしたら、一日じゅう働きとおして夕方一人で自分の部屋へ帰ってきて、その部屋がからっぽで、だれかの肩に頭をもたせかけたくてたまらなくなるその気持がわかるだろう。あくる朝起きてまた仕事に行き、色気を見せて朗らかにして、自分はこんな生活を続けるくらいなら、いっそ死んだほうがと思っているくせに、みんなの人を元気づける、そんな気の張りがいったいどこから出てくるのか不思議なほどだ」

大時計が十一時半を打った。そのときリレットは幸福のこと、青い鳥、幸福の鳥、ままならぬ恋の鳥のことを思っていたが、ハッとして、「リュリュは三十分も遅れている。でもいつものことだ。あの人はけっしてご亭主と別れはしまい。それには意志の力が足りないんだ。けっきょく、あの人がいつまでもアンリーといっしょにいるのは、何よりも世間体がいいからのことだ。浮気はするけれど人から奥さんとさえ言われれば、そんなことはどうだっていいんだ。ご亭主のことをくそみそに言うくせに、あくる日になって、言ったとおりのことをあの人に言ったら真《ま》っ赤《か》になって怒るんだ。わたしとしてはできるだけのことはしたし、言うだけのことは言った。もう知らない」

一台のタクシーがドームの前に止って、中からリュリュがおりてきた。リュリュは大きなトランクを下げていた。ちょっと深刻な顔つきだった。

「わたし、アンリーと別れたのよ」リュリュは遠くから叫んだ。

リュリュはトランクの重みで身をかがめながら近づいた。ニッコリと笑っている。

「あら、リュリュ」とリレットは驚いて、「あんた、まさか……」

「いいえ、やったの。捨ててきたのよ」

リレットはまだ信じられなかった。

「あの人、それ知ってるの？　あんた、あの人にそう言ったの？」

リュリュの目は突然けわしくなった。

「わかってるじゃないのさ！」

「そうなの、リュリュ」

リレットは考えがまとまらなかった。しかしいずれにせよ、リュリュは激励してもらいたいんだと推察して、「いいことをしたわねえ、勇敢だったわねえ」

でもたいしてむずかしくはなかったでしょう、とつけ加えたかったが、やめにした。リュリュは鼻高々である。頰《ほお》がほてり、目が輝いている。リュリュは腰かけてトランクをそばへ置いた。革帯のついた鼠色《ねずみいろ》の毛のマントと、巻襟《まきえり》の、薄い黄色のプル・オーバーを着こんでいた。帽子はない。リレットはリュリュが帽子なしでうろうろするのがきらいだった。リレットは自分が、とがめるような、おもしろがるような、二つの交った妙な気持におちているのをすぐ感じた。リュリュと会うときまってそんな気持になる。「この人のなかでわたしの好きなのは活気なんだ」リレットはそう断定した。

「あっさりやったわ」とリュリュは言った。「そして、胸につかえていたこと、言ってやったわ。驚いてたっけ」

「まああきれた。でもリュリュちゃん、あんたいったいどうなったの？　とんだ勇気が出たものね。ゆうべなら、別れられるものかとこの首をかけて請けあったかもしれない」

「それはわたしの弟のせいなの。わたしにたいしてならうちの人がいばったってかまわないけれど、わたしの身内に手をくだされちゃがまんがならない」

「でも、どうしてそうなったの？」

「ボーイはどこ？」椅子《いす》の上でジリジリしながらリュリュは言った。「ドームのボーイは呼んでもけっして来やしない。わたしたちの係はあの小さい髪の黒いの？」

「そうよ。あんた知ってる、わたしがあのボーイを参らせたってことを」

「あらそう、じゃトイレット番のおばさんに気をつけるといいわ。あのボーイはいつでもあのおばさんとくっついているのよ。しきりにおばさんに取入ってるんだけど、どうもそれは、女が便所へはいるところを見るための口実じゃないかしら。女が出てくるとジロジロ顔を見て赤い顔させるのよ。そうそう、ちょっと失礼。ピエールに電話かけに行かなくちゃ。きっと驚くわよ！　もしボーイを見かけたら、クリーム・コーヒーを一つ注文しといてね。すぐ済むから、済んだら何もかもお話しするわね」

立ちあがって、二、三歩行ってから、またリレットの方へもどってきた。

「わたし、うれしいのよ、リレットちゃん」

「リュリュちゃん」リレットは相手の手を取って言った。

リュリュは手を振りほどき、いそいそとテラスを横ぎっていった。リレットはそのあとを見送った。あの人が、そんなことできるなんて夢にも思わなかった。なんてうきうきしてるんだろう、とリレットは、いささかあきれたていで、亭主を捨てたのがきいたんだ。わたしの言うことさえ聞いていたら、もっと早くそうなれたのに。しかしとにかくそれもわたしのおかげだ。けっきょく、あの人はわたしの影響がずいぶんあるんだ。

しばらくたってリュリュはもどってきた。

「ピエールはびっくりしていたわ。詳しい話を聞きたいと言ったけれど、あとにするわ。あの人とお昼をいっしょに食べるんだから。たぶんあすの晩には発《た》てるだろうってあの人言ったわ」

「わたしほんとにうれしいのよ。リュリュ。早く話してちょうだい、ゆうべなの、そう決めたのは？」

「なんにも決めたわけじゃない」とリュリュは謙遜《けんそん》して、「ひとりでに決ったの」ジリジリしてテーブルをたたいた。「ボーイさん！　ボーイさん！　いやになっちゃうわ、あのボーイ。クリーム・コーヒーがほしいのに」

リレットはあきれかえった。もし自分がリュリュだったら、そしてもしこんな重大な場合に立ちいたったらクリーム・コーヒーなんかヤイヤイ言って、時間をつぶしはしないだろう。リュリュはかわいい人だけれど、その軽薄さったらありゃしない。軽いわ。

リュリュはプッと噴《ふ》き出した。

「アンリーの顔をあんたに見せたかった！」

「あなたのおかあさん、なんとおっしゃるかしら」と真顔でリレットは言った。

「おかあさん？　大喜びするわよ」と確信ありげにリュリュは言った。「うちの人はおかあさんにひどかったでしょう？　だからおかあさんはむかむかしていたの。しょっちゅう、わたしの育て方が悪かったんだ、やれわたしがこうだ、ああだ、お店《たな》そだちが見えすくと、おかあさんに小言ばっかりなんだもの。だからわたしがああしたのも、いくぶんはおかあさんのためなのよ」

「でもいったいどんなことがあったの？」

「つまり、うちの人がロベールをぶったの」

「だって、ロベールさん、あんたのうちへ来たの？」

「ええ、けさ通りがかりに。おかあさんがあの子をゴンペスの店へ見習い奉公に出すつもりだもんだから。たしかそのことはお話ししたわね。であの子は、わたしたちが朝御飯を食べる最中にうちへ寄ったの。そうしたらアンリーがあの子をぶったの」

「でも、どうして？」心もちいらいらしてリレットはきいた。リレットはリュリュの話しぶりが前から気にくわなかった。

「二人で言いあいをしたの」リュリュはぼんやり言った。「ところが弟は負けちゃいない。張りあって、真っ向から、ばか野郎とやったの。アンリーはあの子のことを下司《げす》だと言ったんだから、むろんあの子は下司にそう言うよりほかありゃしない。わたしはおなかをかかえて笑いだしたの。するとアンリーは立ちあがって、わたしたちは仕事場で朝御飯を食べていたんだけれど、いきなりあの子をひっぱたいたの。わたし、殺してやろうかと思ったわ！」

「そこであんた飛び出したの？」

「飛び出したって、どこへ？」とリュリュは驚いて言った。

「あんたが別れたのはそのときだとわたし思ったのよ。ねえ、リュリュちゃん、順序だてて話してちょうだい。でないとわたしにはさっぱりわからない。ねえ」リレットはふと疑惑におそわれて、「あんたほんとに別れたの？　ほんとなの？」

「ほんとですとも、一時間もそのわけを言ってるじゃないの」

「そうね。じゃアンリーがロベールをぶったと。で、それから？」

「それから、わたしはアンリーをバルコニーへ締め出したの。とてもおもしろかったわ！　あの人まだパジャマのままなのよ。コツコツとガラスをたたくんだけど、ひどいけちんぼうだから割りはしない。わたしだったら手が血だらけになったってかまわずみんなぶち割ってしまうのに。とそこへテクシエさんのご夫婦が来たの。するとうちの人、窓ごしにわたしにニヤニヤ笑いかけるのよ。冗談だと見せかけるのね」

ボーイが通りかかった。リュリュはボーイの腕をつかんで、

「あら、ボーイさん、いらしたの？　ご迷惑ですけれどクリーム・コーヒー一杯いただけません？」リレットはばつが悪く、のみこんだような微笑をボーイに送ったが、ボーイは相変らずむっつりして、いまいましげな最敬礼をした。リレットはちょっとリュリュに腹がたった。この人は目下のものに、けっしてふさわしい言い方のできないひとだ。馴《な》れなれしすぎるかと思えば、またときには押しつけがましくぶっきらぼうすぎる。

　リュリュは笑いだした。

「パジャマ姿のアンリーがバルコニーにいるところを思い出すとおかしくって笑えて

くるわ。あの人、ガタガタふるえていたの。わたしがどうしてあの人を締め出したか知ってる？　あの人は仕事場の奥のほうにいたの。ロベールは泣いているし、あの人はなんだかお説教していたの。わたしは窓をあけて、『ごらんなさい、アンリー。タクシーが花売りの女を轢《ひ》き倒したわ』。あの人はわたしのそばへ来たわ。あの花売りが、わたしはスイス人だと言ったもんだから、うちの人は大好きになり、自分もほれられていると思っているのよ。どこだ、どこだ、とうちの人が言っているあいだに、わたしはそっと後じさりして、部屋へ帰って窓をしめちまったの。わたし、窓ごしに大きな声で言ってやったわ。弟に乱暴したこらしめよ。一時間あまりもバルコニーにほうっておいたら、目をむいてこっちをにらんで、真《ま》っ蒼《さお》になって怒っているの。わたしは舌をペロリと出して、ロベールに飴《あめ》チョコをやって、それから仕事場へ身の回りのものを持ってきて、アンリーがいつもいやがることを知ってるから、わざとロベールの前で着がえをしたの。するとロベールがまるで大人みたいに、わたしの腕や首筋にキッスするの。かわいい子よ。アンリーがいても、いないような顔してやったの。おかげで体をふくのも忘れちゃった」

「そして先さまは窓の向うにいる。こっけいだわ」リレットはげらげら笑いながら言った。

リュリュは笑うのをやめて、

「あの人、かぜをひきはしなかったかしら」と真顔で言った。「カッとなると見さかいがなくなる」。それからまた陽気になって、「あの人はこっちへげんこつを突き出して、しょっちゅう何かしゃべっているけれど、言ってることの半分もわかりゃしない。それからロベールが帰り、そこへテクシエさんご夫婦が呼鈴《よびりん》を鳴らしたんでわたしは中へ案内したの。うちの人はテクシエさんを見るといっぱいの笑顔になって、バルコニーの上で何遍もお辞儀をしたわ。わたしはテクシエさんに言ったのよ。『見てちょうだい、うちの人、うちの大事な人。まるで水族館の魚でしょう?』テクシエさんはガラスごしに会釈《えしやく》をしたの。ちょっとあっけにとられてはいたけれど、なにしろ慎みのある人たちですからねえ」

「目に見えるようよ」とリレットは笑いながら、「ホホホ、あんたのご主人はバルコニーで、テクシエさんが仕事場に!」リレットは幾度も、「あんたのご主人はバルコニーで、テクシエさんが仕事場に……」をくりかえした。リレットはその場のようすをうまく描写してリュリュに聞かせようと、何かおどけた、実景的な言葉を見つけようと思った。リレットはリュリュにはこっけいの感覚がないと思っていた。ところがそういう言葉は浮んでこなかった。

「窓をあけるとアンリーがはいってきて、テクシエさんの前でわたしにキッスして、わたしのことをいたずらっ子って言ったの。このいたずらっ子が、ぼくに一杯くわそうとしたんですよ、ですって。わたしニコニコ笑っていたの。するとテクシエさんも行儀よくニコニコ笑い、みんなニコニコ笑ったの。ところがテクシエさんたちが帰ってしまうと、あの人いきなりわたしの耳のところをガツンときたの。それでわたしはブラシを取ってあの人の口もとへ投げつけたら、上下の唇《くちびる》が裂けちゃったのよ」

「まあ、リュリュちゃん」リレットはしんみり言った。

がリュリュは同情を払いのけ、いどみかかるように黒い巻毛を振りたてながらキッとなっていた。目はギラギラ光っていた。

「そこでくどきが始まったの。わたしはタオルであの人の唇をふいて、それから言ったの、もうたくさん、あんたが好きでなくなったから出ていきますって。あの人は泣きだして、そんなことをしたら自殺するって言うの。でも、引っかからない。憶《おぼ》えてるでしょう、リレット、去年ラインランド問題がやかましかったときのこと。あの人、毎日のように言ってたでしょう。リュリュ、いまに戦争がおこるんだ。おれは出征して戦死するんだ。おまえはきっとおれに未練がおきるぞ。さんざおれを苦しめたことを後悔するぞ。――いいわ、あんたは不能だもの、即日帰郷よ、わたしそう答えたの。

とにかく、わたしを仕事場へ監禁するなんて言うもんだから、わたしはあの人をなだめて、ひと月たつまでは出ていかないと誓ったの。それからあの人は事務所へ行ったの。目が真っ赤《まっか》で、唇に絆創膏《ばんそうこう》をはって、見られたざまじゃなかったわ。わたしはそれから家の用事をして、豆を火にかけて、それから荷物をこしらえたの。そして台所の机に一筆書き残したの」

「なんて書いたの」

「こう書いたのよ」リュリュは昂然《こうぜん》として言った。「豆が火にかけてあります。自分でよそってガスを消してください。冷蔵庫にハムがあります。わたしはいやになりました。急いで行きます。さようなら」

二人は笑いだした。道を行く人たちは振向いた。リレットは、二人がさだめしいい見ものだろうと思い、ヴィエルかカフェ・ド・ラ・ペーのテラスに腰かけていないのが悔まれた。笑いがおさまると二人はふっつり黙ってしまい、リレットはもうおたがいになんにも言うことはないのに気がついた。少々あてはずれだった。

「もう行かなきゃならない」と立ちあがりざまにリュリュは言った。「わたし、正午にピエールと会うの。わたしのトランクどうしようかしら」

「わたしにお渡しなさいな。すぐトイレット番のおばさんに預けるから。いつまた会えるの？」

「二時にあんたの家へ誘いに行くわ。いっしょにたくさん用足しがあるの。身の回りのものを半分も持ち出さなかったんだもの。ピエールにお金をもらわなくちゃ」

　リュリュが行ってしまうとリレットはボーイを呼んだ。リレットは二人分かなしく心が重かった。ボーイは急いでやってきた。リレットは、自分が呼ぶとこのボーイがいつもいそいそやってくることに前から気づいていた。

「五フランでございます」それからどこか素っ気なく、「お二人ともご陽気でございましたね。地下室からもお笑い声が聞えておりました」

　リュリュのことで気を悪くしたんだと、リレットはいまいましく、そう思い、顔を赤らめて、

「わたしの友達、けさはちょっと興奮しているの」

「いいおかたでございますね」とボーイはしんから言った。「ありがとうございます」

　ボーイは、もらった六フランをポケットに入れて立ち去った。リレットはちょっと意外だったが、正午が鳴ったので、いまにアンリーが家に帰ってリュリュの置き手紙を見るだろうと思った。それは彼女にとってはじつに楽しいひとときだった。

「これをみんな、あすの夕方までにヴァンダム街の劇場前ホテルへ届けてね」とリュリュは奥さまぶってレジに言い、リレットの方を振返って、「かたづいたわ、リレット、じゃひと走り」

「お名前は」とレジの女がきいた。

「リュシエンヌ・クリスパン」

　リュリュはマントを腕にかけて走りだし、サマリテーヌ百貨店の大階段を駆けおりた。リレットはあとを追っかけた。足もとを見ないので何度も倒れそうになった。自分の前方に踊っている青とひわ色のすんなりした輪郭に目をとられているのだ！

「でもこの人、猥褻《わいせつ》な体つきをしてるっていうのはほんとうだ……」。リレットはリュリュをうしろや横から見るたびに、形の猥褻さに打たれたが、しかしなぜだかわからなかった。ふとした感じだった。「この人は、しなやかで細いけれど、何か猥《みだ》らなところがある。どうもその感じがつきまとう。服をせいぜいピッタリ身にくっつけるようにしている、たぶんそのせいにちがいない。お尻《しり》の格好が恥ずかしいと言ってるくせに、お尻のところへピッタリくっつくようなスカートをはいている。そりゃ、小さいわ、あの人のお尻。わたしのよりも小さいわ。それでいてもっと目だつんだ。細い腰の下にまんまるで、スカートいっぱいに張りきって、まるで鋳型《いがた》に入れたみたい。

それにピクピク踊ってる」

　リュリュは振返った。そして二人はたがいにニッコリ笑いかけた。リレットはとがめるような、うっとりするような気持で友達の露骨な肉体を思うのだった。そりかえった小さな乳房、すべすべした真っ黄な肌《はだ》――さわったらゴムみたいだ――長い腿《もも》、はすっぱな長い胴体に長い手足。「ニグロの女の体なんだ」とリレットは思った。「この人はルンバを踊っているニグロの女みたいだ」。回転ドアのそばで、姿見がリレットに自分の豊満な肢体《したい》を写して見せた。「わたしはこの人よりスポーツ的だ」とリュリュの腕を取りながら考えた。「服を着ていたらこの人のほうがパッと目だつけれど、裸になったらたしかにわたしのほうがいいにきまってる」

　二人はしばらく黙っていたが、やがてリュリュは、

「ピエールはよくしてくれたわ。あんただってよくしてくれたわねえ、リレット。お二人ともに心から感謝するわ」

　ぎごちなさそうに言ったがリレットは気にもとめなかった。リュリュはろくに礼も言えない女なのだ。内気すぎるのだ。

「さあ困った」とリュリュは藪《やぶ》から棒に、「わたし、ブラジャーを買わなきゃならない」

「この店で？」とリレットは言った。ちょうど肌着屋の前を通っていたのである。

「いいえ。でも見たから思い出したの。ブラジャーはフィシェール屋へ行くわ」

「モンパルナス通りね」とリレットは大声に言った。「気をつけなさいよ」と本気になって、「モンパルナス通りはあんまり通らないほうがいいことよ、ことに今ごろの時間には。ひょっくりアンリーに会うかもしれない。会ったらそれこそ困るから」

「アンリーに？」とリュリュは肩をそびやかして言った。「そんなことないわ。どうして？」

腹がたってリレットの頬《ほお》やこめかみが赤くなった。

「ほんとに相変らずね、リュリュちゃん。何か一つのことが気にくわないと、あんたはあっさりそれを否定してしまう。フィシェール屋へ行きたいとなると、アンリーはモンパルナス通りは通らないと言い張る。あの人が毎日六時にあそこを通ることはよく知っているでしょう、あの人の通り道なんだから。あんた自分からそう言ったわ、あの人はレンヌ通りをのぼってラスパイユ大通りの角でＡＥ線のバスを待つんだって」

「だいいち、まだやっと五時なんだし、それにあの人は事務所へ行かなかったかもしれない。あんな置き手紙を読んだあとはきっと寝こんでしまったでしょう」

「だってリュリュ」と突然リレットは言った。「あんた知ってるでしょう、オペラ座から遠くないところ、カトル・セプタンブル通りにもう一軒フィシェール屋があるでしょう」

「ええ」とリュリュは気のないようすで、「でもわざわざ行かなきゃならないでしょう?」

「まあ! リュリュちゃんたら、いけ好かない! わざわざだって! ついそこじゃないの。モンパルナスの十字路よりずっと近いのよ」

「あそこで売る物きらいなの」

リレットはフィシェール屋ならみんなおなじものを売っているのにと考えておもしろくなった。でもリュリュは不思議なくらい頑固《がんこ》な女だ。アンリーはだれが考えても今リュリュがいちばん会いたくない人間のはずだ。それだのに、まるでわざと出会いたがっているとしか思えない。

「そんならいいわ」とリレットは寛大に言った。「モンパルナスへ行きましょう。もっともアンリーはせいが高いから、こっちが見られるより先に見つかるでしょう」

「それがどうなの?」とリュリュは言った。「会ったら会ったときのことよ。わたしたちを取って食うわけじゃなし」

リュリュはモンパルナスまで歩いていきたがった。風にあたりたいと言うのである。二人はセーヌ通りを行き、それからオデオン通りとヴォージラール通りを通った。リレットはさかんにピエールをほめあげ、今度の場合、あの人の態度がどんなにりっぱだったかを話して聞かせた。

「パリはいいわねえ」とリュリュは言った。「どんなにパリがなつかしくなるだろう！」

「お黙り、リュリュ。せっかくニースへ行けるのにパリをなつかしむなんて」

リュリュは答えず、寂しそうに、求めるように、右や左をながめだした。

フィシェール屋を出ると六時の鳴るのが聞えた。リレットはリュリュの肘《ひじ》をつかまえて、できるだけ早くつれ去ろうとした。が、リュリュは花屋のボーマンの店先に立ちどまった。

「あのつつじをごらんなさい、リレット。もしりっぱな客間があったら、部屋いっぱいに置くんだけれど」

「わたしは鉢植《はちう》えの花きらいよ」とリレットは言った。

リレットはやっきになっていた。レンヌ通りの方を振向くと、当然のことだが、しばらくするとアンリーのまぬけた大きな姿の現われるのが見えた。帽子もかぶらず、栗色《くりいろ》ツイードのスポーツ着を着こんでいた。リレットは栗色がきらいだった。

「いるわ、リュリュ、いるわ」とあわてて言った。

「どこに？」とリュリュは言った。「どこにいるの？」

リレットとおなじくらいそわそわしていた。

「うしろよ、向うの歩道の。走りましょう。振向かないように」

でもリュリュは振向いた。

リレットは引っぱろうとしたがリュリュは固くなり、じっとアンリーを見つめていた。そしてしまいに、

「あの人、わたしたちを見つけたらしい」と言った。

リュリュは見るから脅えていた。一遍でリレットに引きよせられ、おとなしくつれ去られた。

「こんどこそ、どんなことがあっても振向かないように」と、リレットはちょっと息を切らして言った。

「これから、つぎの通りを右へ曲るのよ、それがドランブル通り」

二人は大急ぎで、行きかう人にぶっつかりながら歩いた。リュリュは、ときどきちょっと引っぱってもらうこともあったが、あとは自分からリレットをぐんぐん引きず

っていった。ところが、ドランブル通りの角へたどりつくまもなく、リレットはリュリュのすこしうしろの方に大きな黒い人影を見た。アンリーだなと感づいて、怒りに総身がふるえだした。リュリュはじっと伏し目になったまま、陰険な、剛情なふうに見えた。「自分の軽はずみを後悔してるんだわ。でもあとの祭だ。しかたがない」

二人は足を早めた。アンリーはひとことも言わずについてきた。二人はドランブル通りを過ぎて天文台の方角へ歩みつづけた。リレットにはアンリーの靴のきしむ音が聞えていた。かすかな規則正しいうめきのようなものが二人の歩調をきざんでいる。それはアンリーの息だった（アンリーは前から息づかいが荒かったが、これほどではなかった。二人に追いつこうとして走ったたか、それとも興奮のせいだったかもしれない）。

「知らん顔していることだ」とリレットは考えた。「あの人がいることに気づいたふりはしないことだ」。それでも、横目で見ずにはいられなかった。男は真《ま》っ蒼《さお》で、目を閉じているのかと思われるほど伏し目になっていた。「まるで夢遊病者みたいだ」となんだか気味悪くなってリレットは思った。アンリーの唇《くちびる》はふるえ、下唇にはめくれかかった小さな桃色の絆創膏《ばんそうこう》までがふるえだしていた。それからあの息づかい。相変らず規則正しい、かすれた息、それが今は、鼻にかかった、かすかな楽音となって消えていく。リレットは不安な気持だった。アンリーが恐ろしいのではないが、病気と興奮とが昔からなんだかこわかった。しばらくすると、アンリーは目をそらしたまま静かに片手をのばしてリュリュの腕をつかんだ。リュリュはいまにも泣きだしそうに口をひんまげ、ふるえながら手を振りほどいた。

「フーッ！」とアンリーは言った。

リレットは、立ちどまりたくてたまらなかった。わき腹が痛み、耳鳴りがする。が、リュリュは走るように歩いていく。リュリュまでが夢遊病者のようだ。もし自分がリュリュの腕を放して立ちどまったら、あとの二人はやっぱり並んで走りつづけそうな感じがした。押し黙って、死人のように蒼ざめて、目を閉じて。

アンリーはしゃべりだした。変な、しゃがれた声で、

「いっしょに帰れ」

リュリュは返答しなかった。アンリーはおなじ一本調子のかすれ声で、

「おまえはおれの女房だ。いっしょに帰れ」

「ごらんのとおり帰りたがらないんです」とリレットは歯を食いしばって答えた。

「ほっといてあげてちょうだいな」

彼は聞えないようすでくりかえした。

「おれはおまえの夫だ。おれといっしょに帰るがいい」

「どうかほっといてあげてちょうだい」とリレットは金切り声で「そんなにうるさくしたって、なんにもいいことはありませんよ。かまわないでちょうだい」

彼はあきれた顔をリレットの方へ向けて、「これはぼくの妻なんだ。ぼくのものなんだ。だからいっしょに帰れと言うんだ」

彼はリュリュの腕をつかんでいた。しかし今度はリュリュは振切らなかった。

「あっちへいらっしゃい」とリレットは言った。

「行きはしない。どこまでもついていく。この女を家へもどすんだ」

彼は努力してしゃべっていた。が突然、顔をゆがめて歯をむき出し、力いっぱい叫んだ。

「おまえはおれのものだ！」

みんなが笑いながら振返った。アンリーはリュリュの腕を揺すり、唇を突き出して野獣のようにうめきつづけた。いいあんばいに、からのタクシーが通りかかった。リレットは合図をして立ちどまった。アンリーも立ちどまった。リュリュは歩きつづけようとしたが、二人が両方から腕をつかんでしっかり引きとめた。

「そんな乱暴をなすっても、この人をつれもどすことはできないんですよ」と、リレットはリュリュを車道の方へ引っぱりながら言った。

「よこせ、女房をよこせ」アンリーは反対の方へ引っぱりながら言った。リュリュは力がすっかり抜けていた。

「乗るんですか、乗らないんですか」と、じりじりして運転手が叫んだ。

リレットはリュリュの腕を放し、アンリーの手をめった打ちに打ったが、アンリーは感じないらしかった。しばらくすると彼は手を放し、呆然《ぼうぜん》とリレットの顔を見つめだした。リレットもアンリーをにらんだ。二人はこうしてしばらくのあいだ、目と目をじっと見あっていた。二人とも息を切らしていた。やがてリレットは思いかえし、リュリュの腰をつかまえてタクシーのところまで引っぱった。

「どこまで？」と運転手は言った。

アンリーは二人についてきていっしょに乗ろうとした。しかしリレットは力まかせにアンリーを押しかえし、ピッシャリとドアをしめた。

「さあ、出して、出してちょうだい！」とリレットは運転手に言った。「行先はあとで言うから」

タクシーは動きだした。リレットは車の奥深く身をうずめた。なんて下品なことだったろうとリレットは考えた。リュリュが憎らしかった。

「どこへ行くつもりなの、リュリュちゃん」と優しくきいた。

リュリュは答えなかった。リレットはリュリュを両手に抱いて納得させるように、

「返事するものよ。ピエールの家でおろしてあげましょうか」

リュリュが何か身ぶりをしたのを、リレットは承諾のしるしだと思い、前へかがんで、

「メシーヌ通り十一番地」

リレットが振向くと、リュリュが変な顔をしてにらんでいる。

「いったいどう……」とリレットが言いかけると、

「わたし、あんたがきらい」とリュリュはわめいた。「ピエールもきらい、アンリーもきらい。みんなこのわたしをつけねらって、どうしようっていうの？　あんたたちはわたしを苦しめるのね」

リュリュは急に黙った。顔じゅうが曇った。

「お泣きなさい」リレットは悠然《ゆうぜん》と言った。「お泣きなさい、泣いたら気持がよくなるから」

リュリュは体を二つに折って泣きだした。リレットはリュリュを両手にかかえて抱きよせた。そしてときどき髪の毛をなでた。けれども心のうちでは、冷たいさげすむ

ような気持だった。車が止ったとき、リュリュはもうしずまって、目をふき、白粉《おしろい》をつけた。

「勘弁してね」と殊勝に言った。「わたし、興奮していたの。あの人のあんなところを見るのはたまらなかったの。苦しかったの」

「あの人、オランウータンみたいだったわねえ」と、すました顔でリレットは言った。

リュリュはふと笑った。

「今度はいつ会えるの？」とリレットはきいた。

「あしたまではだめ、ほら、おかあさんがいるから、ピエールはわたしを泊めたくないでしょう？　だからわたし、劇場前ホテルにいます。もしよかったら早めに、九時ごろに来てもいいわ。わたしそれからおかあさんに会いに行くんだから」

蒼《あお》ざめた顔だった。リュリュの人相がわけなく変るのは恐ろしいくらいだと、リレットは考えて悲しかった。

「今晩は、あまりくよくよしないでね」

「わたしとても疲れちゃった」とリュリュは言った。「ピエールは早めにわたしを返してくれるだろうけれど、でもあの人はそういうことのわからない人だから」

リレットはそのタクシーに乗ったまま自分の家まで送らせた。さっきはふと映画へ行こうかなと思ったが、もうそんな気はなくなった。帽子を椅子《いす》の上に投げつけ窓の方へひと足歩いたが、ベッドが彼女をひきつけた。暗闇《くらやみ》のうつろのなかに、真っ白く、柔らかく、しっとりと。そこへ身を投げかけて、枕《まくら》の愛撫《あいぶ》を燃えるような頬《ほお》に感じるのだ。「わたしは強いんだ。リュリュのために何から何までしてやったのはこのわたしだ、それに今わたしはひとりぼっちだ。だれもわたしにかまってはくれない」。われとわが身がいとしくて、嗚咽《おえつ》の波がのどもとへこみあげてくるのを感じた。「あの二人はニースへ発《た》っていく。もう二人には会えないだろう。二人を幸福にしてあげたのはわたしなのに、それなのに二人はもうわたしのことなんか思い出してはくれないだろう。そしてわたしはここに残されて、一日八時間はたらきつづけるのだ、ビュルマ屋で模造真珠を売りながら」。最初の涙が両頬を伝ったとき彼女は静かにベッドの上に倒れかかった。「ニースへ……」さめざめと泣きながらくりかえした。「ニースへ……陽《ひ》の照るところへ……リヴィエラへ……」

三

「ああ、いやだ！」

真《ま》っ暗闇《くらやみ》。だれかが部屋のなかを歩いているらしい。部屋ばきをはいた男。用心ぶかく片足を出し、またもう一方の足を出す。だが床板がかすかにきしむのはどうにもならない。男は立ちどまる。しばらくのあいだはしんとしている。ところが突然その男が部屋の反対側に移動して、偏執狂のように、あてのない歩行を続けるのである。リュリュは寒かった。布団《ふとん》があんまり軽すぎるのだ。リュリュは大声に「ああ、いやだ！」と言ったが、自分で自分の声がこわかった。

ああ、いやだ！　きっと今あの人は空や星をながめているにちがいない。煙草《たばこ》に火をつけてそとにいる。あの人はいつかパリの空のモーヴ色が好きだと言ったっけ。ぶらりぶらりとあの人は家路をたどっていく、ぶらりぶらりと。あのあとは詩的な気分になる、とあの人は言った。そして、乳をしぼられたあとの牝牛《めうし》みたいにかるがるとした気分に。もうあのことは考えない――そしてわたしは、わたしはけがされたのだ。あの人が今、清浄無垢《むく》な気持でいるのに不思議はない。すっかりからっぽなんだ。あの人が出ていったとき、わたしの窓の下にあの人の口笛が聞えていた。あの人は下にいる。からっぽになって、せいせいして、りっぱな服を着て、合オーバーに包まれて。なるほどあの人は服の着こなしがうまい。女はああいう男といっしょに出歩いて得意になってもむりはないだろう。あの人はわたしの窓の下にいる。そしてわたしは、闇のなかに裸で冷えきっている。「ほんのしばらくはいるよ、おまえの部屋を見るあいだだけ」と言ったくせに、あの人は二時間もいた。そしてベッドがきしんだ——このきたない小さな鉄のベッドが。あの人はどうしてこんなホテルを見つけ出したんだろう。昔自分もここで半月くらしたことがある、とても住みよいだろうとあの人は言っていた。変な部屋だ。わたしは二部屋見たけれど、こんなちっぽけな部屋は今までに見たこともない。そして家具類がいっぱいだ。円座《プフ》もあれば長椅子《ながいす》もあり小型テーブルもある。愛欲の匂《にお》いがプンプンする。あの人がここでほんとうに半月くらしたのかどうか知らないけれど、一人暮しをしたのでないことは間違いない。こんなところへわたしを押しこむなんて人をばかにしている。わたしたちが階段をのぼっていったとき、ホテルのボーイはにやにやしていた。あれはアルジェリア人だ。わたしはあんな手合いは大きらい。こわいんだ。あの男はわたしの脚《あし》をじっと見て、それから帳場へはいっていった。「そら、ご両人、やりおるぞ」なんて心に思い、いやらしいことを想像したにちがいない。あの国では女にずいぶんひどいことをするらしい。女があの連中の手にかかったら、生涯びっこになってしまうそうだ。ピエールがうるさくしかけてきたあいだ、わたしはあのアルジェリア人のことを考えつづけていた。わたしのしていることを思っているあのアルジェリア人、ほんとうよりもずっとひどいことを想像しているあの男のことを。部屋のなかにだれかいる！

リュリュは息を殺した。がきしむ音はほとんど同時にやんでしまった。股《また》のあいだが痛い。痛くてムズムズする。ああ泣きたい。これからは毎晩毎晩こうなのだ。あすの晩は汽車に乗るから別だけれど。リュリュは脣《くちびる》を噛《か》み身ぶるいした。自分がうめいたことを思い出したのである。いや違う、わたしはうめきはしなかった。ちょっと強く息をしただけのことだ。あの人はずいぶん重いんだもの。上へ乗られると息が切れてしまう。あの人は「うめいてるね。いいんだね」と言った。わたしはあれしながらしゃべられるのは大きらいだ。われを忘れて夢中になってほしいのに、あの人はけっしていやらしい話をやめないんだ。わたしはうなりなんぞしなかった。だいいち、わたしは快感をもてない。それは事実なんだ。お医者さんがそう言った。自分で自分に快感を与えるほかは。あの人はそれを信じてくれない。男たちはどうしても信じてくれなかった。「それは最初のやつがへまをしたんだ。おれが快感を教えてやろう」と、みんなが言った。わたしは黙って言わせておいた。わたしにはほんとうがわかっていたのだ。医学的なんだもの。でも男にはそれが癪《しゃく》なのね。

だれかが階段をのぼってきた。だれかが帰ってきたんだ。ああ、もしかしたらあの人がもどってきたんじゃあるまいか。またその気をおこしたら、やってきかねない人だもの。いや、あの人じゃない。重い足どりだ――でないとすると――リュリュの心臓は踊った——もしあのアルジェリア人だったら、あの男はわたしが一人でいることを知っている。いまにノックしてくるだろう。いやだ、そればかりはがまんできない。いや違った、あれは下の階だ。よそから帰ってきた人だ。錠前に鍵《かぎ》を入れている。ひまがかかるなあ。酔っぱらいか。このホテルにはどんな連中が泊っているんだろう。けっこうな人たちばかりだろう。きょうの昼も階段のところで赤毛の女に出会ったが、中毒患者みたいな目つきをしていたっけ。いやわたしはうめきはしなかった。でもあの人はさかんに技巧を使うので、わたしだってむろんしまいにはぼっとなってしまった。あの人は達者なんだ。わたしは達者な人は大きらい、いっそ童貞と寝たほうがいいと思う。行くべきところへまっすぐに届く手、そっと触れて、すこしおさえて、おさえすぎずに……女を楽器かなんぞのように思い、その楽器をうまく弾《ひ》いて大得意なんだ。わたしは、ぼうっとさせられるのなんか大きらいだ。のどがかわく、こわくなる。口に妙な味がする。男はわたしを征服した気なんだからわたしはあなどられた気持になる。ピエール、あの人が例のうぬぼれた顔をして「おれには技巧がある」なんて言ったら、わたしはあの人をひっぱたきたくなる。ああ、人間とはあれなんだ。衣装を着るのも、肌《はだ》を洗うのも、おめかしするのもあれのためなんだ。どんな小説でもあれのことを書いている。人間はたえずあのことを考える。がけっきょくそれはこういうことだ。男とどこかの部屋へ行って、男に半分窒息させられること。眠りたい、ああ、せめてすこしのあいだでも眠れたら、あすはひと晩旅をする、くたくたに疲れることだろう。でも、せっかくニースの町を散歩するんだもの、すこしは元気でいたいもんだ。ずいぶんきれいな所らしい。イタリアふうの狭い通りがいくつもあって、色の下着や布が干してある、わたしは画架《イーゼル》の前に陣取って絵をかこう、小さい女の子たちが何をかいてるのか見に寄ってくるだろう。ああ、きたない！（すこし体を乗り出すと、腰がシーツのぬれたところにさわったのである）。あの人がわたしをつれていくのもこれのためだ。だれ一人、だれ一人わたしを愛してくれるものはない。あの人はわたしと並んで歩いていた。わたしは気が遠くなりそうだった。わたしは優しいひとことを待っていた。もし「おまえを愛している」と言ってくれたら、むろんあの人のところへ帰りはしないにしても、何か優しいことを言ってあげ、二人仲よく別れたのに。わたしは待っていた、待っていた、あの人はわたしの腕をつかんだ、わたしは腕をまかしていた、リレットはカンカンに怒っていたっけ、あの人がオランウータンみたいだったなんてそりゃうそだ、でもリレットがそんなようなこと考えていたのはわたしもよく知っていた、リレットはすごい目であの人を横ににらんでいた。驚くわ、リレットがどこまで意地悪になるのかと思うと。ところが、そうはされてもあの人がわたしの腕をつかまえたときわたしは抵抗しやしなかった、でもあの人のほしがったのはわたしじゃない、自分の妻なんだ。あの人はわたしと結婚し、あの人はわたしの夫なんだもの。あの人はわたしをけなしてばかりいた、おれはおまえより頭がいいんだと言っていた、ところが今度のことはみんなあの人が悪いんだ、あの人が高《たか》飛車《びしゃ》にさえ出なかったらわたしは今でもあの人といっしょにいるんだけれど、きっと今ごろはわたしに未練なんて持っていないにきまっている。泣きもせずいびきをかいている、それなんだ、あの人のしていることは。そしてご満悦なんだ。ベッドを一人で占領して、長い脚をうんと伸ばせるんだから。わたしは死んでしまいたい。あの人、わたしのことを悪く思っていやしないだろうか。リレットが仲にいたので言いわけひとつできなかった。リレットはしゃべってしゃべってまるでヒステリーみたいだった。今ごろは大満足で自分の勇気を得意がっているだろう。羊のようにおとなしいアンリーを相手にお偉いことだわ。行こう。あの人たちがどんなに強いたって、犬ころみたいにあの人を捨ててなるものか。ベッドからとびおりてスイッチをひねった。靴下とスリップ、これさえあればたくさんだ。急ぐので髪をなでつけようともしなかった。人が見ても大きな鼠色《ねずみいろ》のマント一枚下は裸だとは気がつくまい。足もとまであるんだから。あのアルジェリア人——彼女はドキリとして立ちどまった——門をあけてもらうのにあの男を起さねばなるまい。抜き足さし足おりていった――それでも段は一つ一つきしんだ。事務室のガラス戸をノックすると、

「なんだね？」とアルジェリア人は言った。目は赤く髪は乱れていた。たいして恐ろしいようすもなかった。

「門をあけてちょうだいな」リュリュはぶっきらぼうに言った。

十五分後には、彼女はアンリーの家の呼鈴《よびりん》を鳴らしていた。

「どなた」とドアの向うからアンリーがきいた。

「わたし」

なんにも答えない。わたしの家だのに入れてはくれないんだ。でもあけるまでドアをたたいてやろう。隣近所の手前、折れてくるにきまっている。しばらくするとドアが細めにあいて、鼻ににきびをこしらえて真《ま》っ蒼《さお》なアンリーが顔を出した。パジャマを着ている。「眠らなかったんだわ」しんみりリュリュは思った。

「わたし、このまま別れたくなかったの。もう一遍会いたかったのよ」

相変らずアンリーは何も言わない。リュリュはアンリーを押すようにして中へはいった。なんて固くなってるんだろう。人の通るところにばかり立ちはだかって、目を

丸くしてわたしを見つめている。両手をたれて、自分の体をもてあましている。言わなくってもいいのよ、ねえ、いいのよ、興奮してものが言えないことよくわかるわ。彼はきばってつばをのみこもうとしている。ドアはリュリュがしめねばならなかった。

「わたし、仲よく別れたいの」

彼はもの言いたそうに口を開いたが、やにわに踵《きびす》をかえして逃げだした。どうするんだろう。ついてもいきかねた。泣いてるんだろうか。急に咳《せ》きこむ音が聞えた。便所にいるんだ。彼がもどってくると、リュリュは彼の首にすがりつき、自分の口を相手の口にピッタリつけた。へどのにおいがする。リュリュはわっと泣きだした。

「寒い」とアンリーが言った。

「寝ましょうよ」と彼女は泣きながら勧めた。「あすの朝まではいられるの」

二人は床にはいった。リュリュは、はげしい嗚咽《おえつ》に身をふるわせた。また自分の部屋を見ることができたから。そして、さっぱりした美しい自分のベッドを、そして窓ガラスの赤い光を。アンリーが両手に抱いてくれるものと思っていたのになんのこともない。アンリーは長々と身を横たえている。ベッドのなかに棒杭《ぼうぐい》をさしこんだようだ。スイス人と話をするときみたいに、しゃちこばっている。彼女は男の頭を両手に持ってつくづくながめた。純粋よ、あんたは。純粋よ。彼は泣きはじめた。

「なんとおれは不幸なんだ、こんなに不幸だったことはない」

「わたしもよ」とリュリュは言った。

二人はいつまでも泣きつづけた。しばらくしてリュリュはあかりを消し、男の肩に頭を載せかけた。いつまでもこんなにしていられたら、どんなにかいいだろう、二人のみなし児《ご》のようにけがれなく、寂しく。でもそれはできない相談だ。人生にそんなことはありようがない。人生はリュリュの上に襲いかかり、アンリーの腕から奪い去る巨《おお》きな波なのだ。あんたの手、あんたの大きな手。この人は手の大きいのが自慢なんだ。旧家の子孫はみんな手が大きいとこの人は言っている。この人はいまにもう、わたしの胴を両手でつかむことができなくなるのだ――少々くすぐったかったけれど、でも両方の指がほとんど合うのでわたしは得意だった。うそだ、この人が不能だなんて。純なんだ、純なんだ――そしてどこかものぐさで。彼女は涙のなかからほほえんだ。そして顎《あご》の下にキッスした。

「親たちになんと言ったらいいだろう。おふくろは嘆いて死んじゃうかもしれない」

クリスパンの義母《かあ》さんは死ぬどころか、おどりあがって喜ぶにきまっている。食事のときには五人そろって、非難がましくわたしの噂《うわさ》をすることだろう。何から何まで知ってはいるのだが、妹娘が十六でまだ年が若く、前で言っていけないことがあるから、全部は言わないのだというような顔をして。でもあの子は何もかも知って心のなかで笑うだろう。あの子はいつもなんでも知っている。そしてわたしをきらっている。この泥沼のような家！ しかも見かけはわたしに不利なんだ。

「あの人たちにすぐに言わないでね」と彼女は哀願した。「健康のためにニースにいるんだと言ってちょうだい」

「そんなこと言ったって信じはしないよ」

彼女はアンリーの顔じゅうをやつぎばやに接吻《せっぷん》した。

「アンリー、あなた、わたしにつれなかったわね」

「そのとおりだ。おれはおまえにつれなかった。でもおまえだって」とゆっくり考えてから、「おまえだってつれなかったよ」

「わたしも。ああ、わたしもふしあわせねえ」

リュリュは息がつまるかと思うほどはげしく泣いた。もうやがて夜が白む。人間はけっしてけっして、望むとおりのことはできやしない。人間はただ流されるのだ。

「あんなにして出ていくなんてひどいじゃないか」とアンリーは言った。

リュリュは溜息《ためいき》をついて、

「わたし、ずいぶんあなたを愛していたわ、アンリー」

「今はもう愛していないと言うのか」

「おなじじゃないわ」

「だれと行くんだ」

「あなたの知らない人たちと」

「どうしておれの知らない人たちを知ってるんだ」

とアンリーは腹をたてて、「どこで会ったんだ」

「そんなこといいじゃないの、ガリヴァーさん。今となって亭主ぶることないでしょう」

「男と行くんだな！」アンリーは泣く泣く言った。

「聞いてちょうだい、アンリー、誓ってそうじゃないの。おかあさんのいのちにかけてわたし誓うわ。今は男なんて大きらい。わたしはあるご夫婦のかたといっしょに行くのよ。リレットの知合いで年をとったかた。わたしは一人で暮したいの。そのかたが仕事を見つけてくださるんですって、ねえアンリー、わたしほんとに一人で暮したいのよ、あんなこといやでたまらないのよ」

「何が？　何がたまらないのさ」

「何もかも」とアンリーに接吻して、「——いやでないのは、あんただけ」

アンリーのパジャマの下へ手を入れて、体じゅうを、いつまでもいつまでも愛撫《あいぶ》した。水のように冷たい手に彼は身ぶるいしたが、するままにまかせてただひとこと、

「苦しくなりそうだ」と言った。

彼のなかには、たしかに何かこわれたものがあった。

七時にリュリュは目を泣きはらして起きあがり、ものうさそうに、

「向うへ帰らなきゃならないわ」

「向うってどこ？」

「わたし、ヴァンダム通りの劇場前ホテルにいるの。きたないホテルよ」

「おれといっしょにいてくれ」

「いいえ、アンリー、後生だからしつこく言わないで。それはできないことだと、わたし言ったでしょう？」

「波が人を運んでいく。それが人生だ。判断することも理解することもできない、ただ身をまかせるばかりなのだ。あすはニースにいるだろう」。洗面所へ行って目をぬるま湯で洗い、ガタガタふるえながらマントを着た。「宿命みたいなもんだ。今晩汽車で眠れればいいが、さもないとニースへ着いたら参ってしまう。きっと一等を買ってくれたろうな。一等旅行はこれがはじめてだ。万事はすべてこうしたもので、わた

しは何年も前から一等で長い旅行をしたいと願っていたが、いざそうなったときには、たいしてうれしくもなんともないようなふうに事が運んでいく」。今となってはすこしも早く出発したかった。この最後の瞬間には何か耐えがたいものがあったから。

「あのガロワさんのこと、あなたどうするの」

ガロワは以前アンリーにポスターを注文してきた。アンリーはかきあげたが、今になってガロワは要《い》らないと言うのだ。

「どうするかなあ」とアンリーは言った。

彼は布団《ふとん》にもぐりこんでいた。髪の毛と耳の先だけ見えていた。彼はゆっくりした力のない声で、

「おれは一週間ほど眠りつづけたい」

「さようなら、あなた」リュリュは言った。

「さようなら」

彼女は夫の上に身をかがめ、布団をちょっとめくって額の上に口づけした。彼女はアパートのドアをしめる決心がつきかねて、長いあいだ階段の上にいた。しばらくして彼女は目をそらし、力まかせに把手《とって》を引いた。パタンという音が聞え、気が遠くなりそうだった。昔父の棺の上に、はじめてひとすくいの土がかけられたとき、これと

おなじ気持になったことがあった。

「アンリーはつれなかった。起きあがってドアのところまで見送ってくれてもよさそうなものだ。このドアをあの人がしめたのだったら、こんなにせつなくはないだろうに」

四

「あの人、そんなこととしたの？」リレットは遠くを見つめながら言った。「そんなこととしたの？」

夕ぐれだった。六時ごろピエールはリレットに電話した。そこでリレットはドームへ会いに来たのだった。

「でも、きみはけさ九時ごろ、あの女に会うはずだったんじゃない？」とピエールは言った。

「会いましたわ」

「ようすが変じゃなかった？」

「いいえ、なんにも気づかなかったわ。すこし疲れてはいましたね。でもあなたのお帰りになったあと、おちおち眠れなかったんだと言っていました。……ニース見物のことでとても興奮していたし、アルジェリア人のボーイがなんだか恐ろしかったのですって……ねえ、それに、汽車の一等を買ってくれたかしらなんて、そんなことまでわたしにきいていましたわ。一等旅行が一生涯の夢だったんですって。いいえ」とリレットは断定するように、「あの人は、そんなこと全然頭になかったはずです。すくなくともわたしがいたあいだは。わたし、あの人と二時間いっしょにいたんですのよ。そういうことにかけてはこれでも相当目が鋭いんですから、何ひとつ見のがしっこはありません。あれは思ってることを顔に見せない女だとおっしゃるかもしれませんけれど、わたしはあの人と四年ごしの知合いだし、いろんな場合にあの人を見て知ってます。リュリュのことなら一から十まで知ってますわ」

「とするとこれはテクシエがたきつけたんだ。変だな……」しばらく考えこんで急に続けた。「だれがリュリュの居どころをテクシエに教えたんだろう。あのホテルを選んだのはぼくなんだし、あのホテルについては、あの女は前に一度も聞いたことはないはずだ」

彼はリュリュの手紙をぼんやりいじくっていた。リレットは、読みたくてならないのに読めと言ってはくれないのでいらいらしていた。

「いつ、その手紙お受取りになったの」とうとうたずねた。

「手紙?……」彼はあっさりさしだした。「さあ、いいから読んでごらん。一時ごろ門番のところへ預けたらしい」

それは煙草《たばこ》屋で売っているような菫色《すみれいろ》の薄い書簡紙だった。

「いとしいあなたへ。

テクシエさんご夫婦がおいでになりました(だれがわたしの居どころを教えたのかわかりません)。それで、あなたをずいぶんお苦しめするかもしれませんけれど、わたしのいとしい、なつかしいピエールさま、わたしは出発しないことにしました。あんまり気の毒ですからわたしはアンリーのそばに残ります。テクシエさんたちは、けさアンリーに会いにいらっしゃいました。あの人は戸をあけようとはしませんでした。人間の顔ではなかったと、テクシエさんの奥さんはおっしゃいました。テクシエさんご夫婦はたいへん親切にしてくださいました。そしてわたしの言い分を理解してくださいました。奥さんのおっしゃるには、何もかもアンリーが悪いのだ。あの人は変りものだけれど、真底《しんそこ》は悪い人じゃないんですって。こういう事件があってこそ、どれだけわたしを愛しているかあの人自身にもわかったんですって。だれがわたしの居どころをテクシエさんに教えたのかわかりません。お二人ともそれはおっしゃいませんでした。きっとわたしがけさリレットといっしょにあのホテルから出たところを、ふとごらんになったのかもしれません。テクシエさんの奥さんは、これがわたしに大きな犠牲を求めることだとはよく知っているけれども、わたしが犠牲を恐れて逃げだすような女でないことは十分知り抜いているとおっしゃいました。二人の楽しいニースの旅は、ほんとに心残りなのよ、ねえあなた。でもあなたには、やっぱりわたしがついているんですもの、あなたはいちばん苦しまなくて済むのだと、わたしはそう考えたのです。わたしは身も心も、すべてをかけてあなたのものよ。昔とおんなじように何度でも会いましょうね。でもアンリーは、わたしがいなくなったら自殺してしまいます。あの人にはわたしがなくてはならないのです。そんな責任を感じるのは、ほんとに気が楽じゃありませんのよ。あなた、いつものあの、いやあな顔なさらないわね、こわいこわいあの顔を。わたしに後悔させるようなことなさらないわねえ。これからすぐアンリーのところへもどります。こんなざまであの人に会うのはちょっといやな気がしますけれど、思いきって条件を出してみるつもりです。第一にわたしはあなたを愛しているのですから、もっと自由がほしいということ。それから、あの人がロベールに構いだてしないこと。今後かあさんの悪口は言わないこと。あなた、わたしはせつないの、あなたにいてほしい。あなたがほしい。あなたにかたく寄りそって、体じゅうに、あなたの愛撫《あいぶ》を感じています。あす五時にドームへ参りますわ。――リュリュより」

「お気の毒ねえピエールさん！」

リレットは男の手を取っていた。

「ほんとうを言うと、ぼくが残念に思っているのは、特にあの女のためを思ってなんだよ！　あの女には空気と日光が必要だったのだ。でも本人がそう決めた以上は……ぼくのおふくろはものすごく怒ったよ」と言葉をついで、「別荘はおふくろのものなんだ。女なんかつれこんじゃならんというのさ」

「そう？」切れぎれの声でリレットは言った。「そう？　じゃ、万事いいのね。じゃ、みんな満足なのね！」

リレットはピエールの手を放した。彼女はなぜかしらある苦い悔恨があふれてくるのを感じていた。

壁

伊吹武彦訳

わたしたちは大きな白い部屋に押しこまれた。光線が痛くて目がちかちかした。やがてテーブルが一つ、そのテーブルの向うに四人の男が見えた。平服の市民で、しきりに書類を見つめている。ほかの囚人たちは奥に詰めこまれていた。だからそこへ行くには部屋をずっと通っていかねばならなかった。知っている連中が幾人もおり、外国人にちがいないのもいた。わたしの前にいる二人は頭が丸く金髪だった。二人ともよく似ていた。フランス人らしい。小さいほうの男はしじゅうズボンを引っぱりあげていた。神経質なのだ。

こういう状態が三時間ちかく続いた。わたしはぼっとして頭のなかがからっぽだった。もっとも部屋はよく暖まってむしろ気持がよかった。二十四時間、われわれは寒さにふるえつづけていたからだ。看守たちが囚人を一人ずつテーブルの前へつれていく。すると例の四人の男は名前と職業をきく。たいていはそれきりだ——しかしときどき「おまえは軍需会社のサボタージュに参加したか」とか「九日の朝おまえはどこにいたか。何をしていたか」などときく。が答えは聞かず、すくなくとも聞いているようすはなく、しばらく黙ってじっと前の方を見つめ、それから書類に何か書きはじめる。トムには外人部隊にはいっていたのはほんとうかときいた。トムは上着のなかから証拠書類を発見されていたので否定するわけにはいかなかった。ファンにはなんにもきかなかったが、ファンが名を名のったあと長いあいだ書きつづけた。

「無政府党員はぼくの兄のホセなんです」とファンは言った。「ホセがもうここにいないことはご存じでしょう。ぼくはどの党にもはいってはおりません。政治に関係したことはないんです」。彼らは答えなかった。ファンはなおも、「ぼくはなんにもしませんでした。他人の尻《しり》ぬぐいはまっぴらです」

唇《くちびる》はふるえていた。看守は彼を黙らせてつれ去った。今度はわたしの順番だ。

「おまえはパブロ・イビエタというんだな」

わたしははいと答えた。

この男は書類を見て、

「ラモン・グリスはどこにいるか」と言った。

「知りません」

「おまえはあの男を六日から十九日までおまえの家にかくまったろう」

「いいえ」

彼らはしばらく何か書きこんだ。それから看守たちがわたしをそとへ出した。廊下にはトムとファンが二人の看守にはさまれてわたしを待っている。わたしたちは歩きだした。トムは看守の一人に「それで？」ときいた。「何が？」と看守が言う。「あれは訊問《じんもん》ですか、判決ですか」。「判決だ」と看守。「じゃわたしたちをどうするんです」。看守は木で鼻をくくったように「宣告は監房で申しわたす」

われわれの監房というのはじつは病院の地下室の一つだった。風が吹きこむのでおそろしく寒かった。わたしたちはひと晩じゅうふるえつづけた。日中もたいしてよくはなかった。この五日間、わたしは大司教館の穴蔵にすごした。それは中世時代のものにちがいない地下牢《ちかろう》のような所だった。囚人がたくさんいて場所がないので、所かまわずほうりこまれた。わたしはこの穴蔵がべつに恋しくはなかった。寒さに悩まされることはなかったが、そこではひとりぼっちだった。ひとりぼっちだとしまいには気持がいらいらする。この地下室にはつれがいるのだ。ファンはめったに口をきかない。彼は脅《おび》えきっていた。年がいかないからなんにも口出しをしない。ところがトムは雄弁家でスペイン語をよく知っていた。

地下室にはベンチが一つと藁布団《わらぶとん》が四枚あった。看守たちにつれもどされるとわれわれは腰をおろして黙って待った。しばらくするとトムが言った。

「もうだめだ」

「おれもそう思う。だがこの子には手をつけまい」とわたしは言った。

「なんにも罪はないんだからな。闘士の弟、ただそれだけのことなんだ」とトムは言う。

わたしはファンを見た。聞えないようすだ。トムは言葉をついで、

「あいつらがサラゴスでどんなことをやってるか知ってるかい。みんなを道路の上に寝かしてトラックで轢《ひ》くんだよ。逃げだしたモロッコの男がそう言っていた。弾丸節約のためだとさ」

「ガソリンは節約にはならないね」とわたしは言った。

わたしはトムに腹がたった。そんな話はしないがいいに。

「将校連がその道をぶらぶら歩くんだ。そして監督するんだ。両手をポケットにつっこんで煙草《たばこ》をふかしながら。ところでおまえはあいつらがひと思いにみんなをやっつけるとでも思うのかい。どうしましてだ。うめくままにほうっておくのさ。ときによると一時間もな。そのモロッコ人は言ってたよ。はじめのときはへどが出そうだったと」

「ここではまさかそんなことはやるまい、ほんとうに弾《たま》がなければだが」とわたしは言った。

四つのあかり窓と、天井の左の方にあけた円い口から日の光がはいってくる。この口は空に向って開いていた。いつもは蓋《ふた》をしてあるこの円い穴から、石炭をこの地下室へあけるのだ。穴のちょうど下のところに石炭粉の山があった。病院のなかを暖めるためのものだったが、戦争のはじめから病人をほかへ移してしまったので石炭は使わずにそのままになっていた。蓋をしめるのを忘れていたので、ときにはその上に雨のかかることさえあった。

トムはふるえだした。

「畜生、ふるえやがる。また始まりだ」

彼は立ちあがって体操をやりはじめた。体を動かすごとにシャツが開いて白い毛むくじゃらの胸がはだけた。彼はあおむけに寝て両足をあげ、鋏《はさみ》のように打ちあわす。大きな尻のふるえるのが見える。トムはがっしりしているが脂肪が多すぎる。鉄砲の玉か銃剣の先がいまにこの柔らかい肉塊のなかへ、ちょうどバタのかたまりのなかへはいるようにはいっていくのだとわたしは思った。それはこの男がやせている場合とはまた違った気持をわたしに与えた。

べつだん寒いというのではないが、わたしは肩の感覚も両腕の感覚もなくなっていた。ときどき何か足りないものがあるような気がした。あたりに上着をさがしはじめる。が、やがてきゃつらが上着を渡してくれなかったことをふと思い出す。なんだかいやな気持だ。きゃつらはわれわれの服をはいで兵隊にくれてやり、シャツしか残してはくれなかった——それから入院患者が土用のさなかにはく麻のズボンと。しばらくすると、トムはまた立ちあがって息を切らせながらわたしのそばに腰かけた。

「暖まったかい」

「暖まるもんかい。だが息が切れたよ」

晩の八時ごろ司令官がファランへ党員二人をつれてはいってきた。手に一枚の紙切れを持っている。彼は看守に向って、

「あの三人はなんという名だ」

「スタインボックとイビエタとミルバルであります」と看守は言う。

司令官は鼻眼鏡をかけて人名表を見た。

「スタインボック……スタインボック……これだな。おまえは死刑だ。明日の朝銃殺だ」

彼はなおも表を見て、

「ほかの二人も同様だ」と言った。

「そんなことありません。ぼくにかぎって」とファンが言った。

司令官は驚いたようすで彼をながめた。

「おまえはなんという名だ」

「ファン・ミルバルです」

「じゃたしかに名前がある。おまえは死刑だ」

「ぼく、なんにもしません」

司令官は肩をそびやかし、トムとわたしの方を向いて、

「おまえたちはバスク人だろう」

「バスク人なんかだれもいませんよ」

彼はむっとしたらしい。

「なんでもバスク人が三人いるという話だった。さがしまわって時間をつぶすにはおよぶまい。じゃなんだね、むろん牧師を呼ぶつもりはないだろうな」

われわれは返事もしなかった。彼は言った。

「ベルギーの医者が今すぐやってくる。おまえたちとひと晩いっしょにすごす許可を得ているのだ」

彼は挙手の礼をして出ていった。

「言わんこっちゃない。ひでえやつらだ」とトムが言った。

「うん、この子にたいしてなんということだ」とわたしは言った。

正義感からそうは言ったもののわたしはこの子が好きではなかった。顔がきゃしゃすぎるところへ恐怖と苦悩がすっかり人相を変え、目鼻だちをひんまげていた。三日前までは優男《やさおとこ》型の少年だった。それならそれで好きにもなるのだ。ところが今ではひねた男娼《だんしょう》のようで、たとえ釈放されてももう若返りはすまいと思われた。すこしぐらいあわれんでやる気持があってもけっして悪いことではないが、わたしはあわれみが大きらいだったし、この子はむしろぞっとするほど不気味だった。もうなんにももの は言わず土色になっていた。顔も手も土色だった。彼はまた腰をおろし目をむいて床を見つめた。トムは気のいいやつでこの少年の腕を取ろうとしたが、少年はしかめ面《つら》をしてはげしく身を振りはなした。「ほうっておくがいいさ、いまにきっと泣きだすよ」とわたしはささやいた。トムはしかたなくわたしの言葉に従った。彼は少年を慰めたかったのだ。慰めることに気をとられて、自分のことを考える誘惑を感じなくなるからだ。ところがそれがわたしをいらいらさせた。わたしはいままでその機会がなかったから、ついぞ死のことを思ったことがなかった。ところが今、機会はそこに来ている。死を思うほかすることはないのだ。

トムはしゃべりだした。

「おまえは人間をやっつけたことがあるかい」とわたしにきく。

わたしは答えなかった。彼は八月のはじめから六人殺したことを説明しだした。彼は今の境遇がどんなものかを悟っていない。いや悟ろうとしていないことがわたしにはよくわかった。わたし自身まだ十分には実感できない。ひどく苦しいものだろうかと考えてみたり、弾丸のことを思ったり、焼くような弾のあられが自分の肉体を貫くさまを想像したりした。そういうことは、みんなほんとうの問題をはずれている。しかし、わたしは平気だった。理解するには、まるまるひと晩の余裕がある。しばらくするとトムは口をつぐんだ。横目で見ると彼も土色になっている。悄然《しょうぜん》としている。「いよいよ始まりだ」とわたしは思った。ほとんど日は暮れてにぶい光があかり窓からさしこんでくる。そして石炭の山が空の下に大きな影をつくっている。天井の穴からはもう星影が一つ見えていた。今夜は晴れて冷たいだろう。

扉が開いて二人の看守がはいってきた。そのうしろには灰褐色《はいかっしょく》の制服を着た金髪の男がついている。彼はわれわれに会釈《えしゃく》して、

「わたしは医者です。この苦しいまぎわに皆さんをお助けする許可を受けているのです」

感じのいい、上品な声だ。わたしは、

「ここへ何しに来られたんです」と言った。

「なんにでもお役にたちましょう。この数時間がすこしでも楽にすごせるように、できるかぎりのことをするつもりです」

「なぜわたしたちのところへ来られたんですか。ほかのやつもいます。病院は満員ですぜ」

「ここへ派遣されたんですよ」とあいまいに言う。「そうそう、煙草を吸いたいでしょうな。え?」とあわててつけ足した。「巻煙草がありますよ。そして葉巻も」

彼はイギリス煙草とプーロスをくれたが、われわれは断わった。わたしは相手の目をにらみつけた。彼はてれたらしい。わたしは言った。

「あんたは同情心からここへ来たんじゃない。それにわたしはあんたを知ってますよ。わたしはとっつかまった日、あんたが兵営の庭でファシストといっしょにいるところを見ましたよ」

わたしはなお続けようとした。ところが突然われながら意外なことがおこった。この医者の存在が急にわたしの興味をひかなくなってしまったのだ。いつもなら、一人の人間をこれぞとねらったら放しっこないのだ。ところがもの言う気がまったくなくなって、わたしは肩をそびやかしてそっぽを向いた。しばらくして頭をあげると彼は不思議そうにわたしを観察している。看守たちは藁床の上に腰かけていた。やせた大男のペドロは両の親指を回している。もう一人は眠るまいとしてときどき頭を振っていた。「あかりはいりませんか」とペドロが急に医者に言った。医者はうなずいた。まるで木偶《でく》のように頭はにぶいが、まんざら悪い男ではなさそうだ。青い冷たい大きな目を見ていると特に想像力の欠けているのが瑕《きず》のような気がした。ペドロは出ていき、石油ランプを持って帰ってきた。そしてランプをベンチの隅《すみ》に置いた。よくも照らさないがないよりはましだ。昨晩は真っ暗ななかにほうっておかれたのだから。わたしはランプが天井に描き出す円光をしばらくのあいだ見つめていた。吸いこまれるような気持だった。やがてふとわれに帰った。円光は消えた。わたしは何か途方もなく重いものに圧《お》しつぶされたような感じがした。死の思いでもなく恐怖でもない。名のないものだった。頰《ほお》がほてり頭のなかが痛かった。

わたしは気を取りなおして二人の相棒を見た。トムは顔を両手に埋めている。脂肪ぶとりのした白い首筋しか見えない。ファン少年は目だっていちばん取乱している。口をあけ鼻《び》腔《こう》がぴりぴりふるえていた。医者は近よって、励ますように少年の肩に手をかけた。だが医者の目は冷たかった。やがてわたしはこのベルギーの医者の手が陰険にファンの腕を伝って手首までさがっていくのを見た。ファンは無関心に、されるとおりになっている。ベルギー人は何くわぬ顔で、少年の手首を三本の指でつまみ、同時にちょっと身をひいてわたしに背を向けるようにした。だがわたしはそり身になった。そうして医者が懐中時計を出し、少年の手首を放さずに、ちらと時計をながめるのを見た。しばらくすると彼は力の抜けた手を放し、壁のところへ行ってもたれ、何かすぐ書きとめておかねばならぬ重大事を思い出したように、ポケットから手帳を出して二、三行書きこんだ。「畜生め」。わたしはむかっとしてこう思った。「おれの脈はみせないぞ。もし見に来やがったらあの面《つら》をぶんなぐってやろう」

見には来なかったが、じっとわたしを見つめているのが感じられた。わたしは頭をあげてにらみかえした。彼は空々しい声で、

「ここはふるえるほど寒いとは思いませんか」

いかにも寒そうだ。紫色になっている。

「寒かありませんよ」とわたしは答えた。

彼は相変らずきびしい目でわたしを見つめている。わたしははっと気がついて顔に手をやった。汗びっしょりになっている。冬の真っ最中、風の吹きこむこの地下室にいてわたしは汗をかいているのだ。髪の毛をなでると汗のためにじっとりしている。と同時にシャツがぬれて肌《はだ》にくっついているのに気がついた。すくなくも一時間前か

ら汗を流していながら、てんで感じなかったのだ。ところがベルギー人のやつ、これを見のがしはしなかった。彼は汗のしずくがわたしの頰を伝うのを見て考えたのだ。これはほとんど病理学的な恐怖状態の現われだと。そして、自分は寒いのだから常態だと感じ、常態であることに誇りを感じているのだ。わたしは立ちあがって医者の顔をぶんなぐろうと思った。ところが手をあげかかると早くも屈辱感と憤怒《ふんぬ》は消えて、無関心にベンチの上へ倒れかかった。

わたしはハンカチで首をふくだけだった。こんどは汗が髪から首筋へしたたり落ちるのを感じたからだ。気持が悪かった。もっともわたしはまもなくハンカチでふくのもやめてしまった。ふいてもむだだ。ハンカチはもうしぼれるほどにぬれ、汗は相変らず流れていたから。股《また》からも汗が出て、湿ったズボンがベンチにくっつく。

ファン少年は藪《やぶ》から棒に、

「あなたはお医者さんですね」

「そうだよ」とベルギー人は言った。

「苦しいものですか……長いあいだ」

「何がさ……いや、そんなことはない」とベルギー人は優しい声で「すぐ済んでしまう」

まるで有料患者を安心させているようだった。

「でもぼく……こんなこと聞きました……二度射《う》ちなおさなきゃならないことがよくあるって」

「ときにはある」とベルギー人は首を振って「はじめの一斉射撃がすっかり急所をはずれることがあるからね」

「するとまた弾をこめてもういっぺんねらいなおすんですね」彼は考えこみ、しゃがれた声で「ひまがかかるかなあ!」

彼は苦しむことがたまらなくこわかった。そればかり思いつめていた。年齢のせいだ。わたしなどはもうたいしてそのことは考えていなかった。汗の出るのは苦痛の恐怖ではなかったのだ。

わたしは立ちあがって石炭粉の積んである方へ歩いていった。トムははっとして憎々しげな視線をなげかけた。わたしの靴がきしむので、それで彼はいらいらしているのだ。わたしは思った。おれもこいつのように土色の顔をしているのだろうか。見ると彼も汗をかいていた。空はすばらしく晴れている。この暗い隅っこへは光はまるでさしてこない。頭さえあげれば大熊座《おおぐまざ》の星が見える。だがそれはもう以前とは違うのだ。一昨日、大司教館の地下牢《ちかろう》からわたしは空の大きな切れはしを見ることができた。そうして一刻一刻が違った記憶を呼びさましてくれた。朝、空が澄んだほのかな青色をしているときには大西洋に沿った浜べを思い、真昼どきには太陽を見て、アンチョビーとオリーヴを食べながらマンサニリアを飲んだセヴィリアのバーを思い出し、午後になって日がかげると闘技場の半分が日の光にきらきら光っているのにはや深い影があとの半分にひろがっていくのを思った。こうして地上のすべてのものが空に影を宿すのを見るのは苦しかった。ところが今は見たいだけ上を見上げても空はもうなんにも思いおこさせはしない。このほうがましだ。わたしはトムのそばへもどって腰をかけた。長いあいだがたった。

トムは低い声でしゃべりだした。しゃべりつづけていないと、自分の考えていることがよくわからないのだ。どうやらわたしに話しかけているらしいが、わたしの方を見てはいない。こんなに土色になって汗をかいているわたしを見るのがきっとこわかったにちがいない。わたしたち二人は対のように似ていた。そしておたがいにたいしては鏡以上にいやな存在だった。彼はこの世の人、ベルギー人を見つめていた。

「おまえにはわかるかい。おれにはわからない」

わたしも小声でしゃべりだした。わたしはベルギー人を見つめていた。

「何、どうしたのだ」

「おれにはわからないことがおころうとしているんだ」

トムのまわりには異様な臭気が漂っていた。わたしは平生よりもにおいに敏感になっているらしかった。わたしはあざけるように、

「いまにわかるさ」

「どうもはっきりしないんだ」と執拗《しつよう》に彼は言う。「しっかりしていようと思う。だがせめて知っておきたいのだ……聞いてくれ。おれたちは中庭へ引っぱられていく。いいかね。それからおれたちの前にやつらが整列する。何人ぐらいかなあ」

「さあ、五人から八人まで。それ以上じゃあるまい」

「よし、八人としておこう。『ねらえ』と号令がかかる。八つの小銃がこっちをねらっているのが見える。おれはきっと壁のなかへはいってしまいたい気がするだろう。おれは背中で力のかぎり壁を押す。壁はびくともしない。恐ろしい夢のなかのように。そういうことはよく想像できるのだ。ああ、どんなにはっきり想像できることか！」

「そう。それはおれにも想像できるよ」

「きっといやな気持だろうな。あいつらは顔をめちゃめちゃにするために目と口をねらうんだよ」と彼は憎々しそうにつけ加えた。「おれはもう今から傷が痛むんだ。一時間ほど前から頭と首が痛いんだ。ほんとうの痛みじゃない。もっとひどいやつだ。

それは明日の朝感じる痛みなんだ。だがそれからは？」

わたしには彼の言おうとすることがよくわかっていた。が、わかっているふうは見せたくなかった。痛みといえば、わたしだって体じゅうに痛みを感じていた。たくさんの小さな切り傷のように。忘れるわけにはいかないが、わたしも彼とおなじでそれをたいしたこととは思っていなかった。

「それからはきみはお陀仏《だぶつ》さ」と冷酷にわたしは言った。

彼は自分自身に向ってしゃべりだした。が、目はベルギー人から放さなかった。ベルギー人はろくに聞いているようすもない。わたしは彼が何をしに来たのか知っていた。われわれの考えていることなど彼に興味はない。彼はわれわれの体を、生きながら死にあえぐ肉体をながめるためにやってきたのだ。

「まるで悪夢のようだ」とトムが言う。「何かを考えようと思う。これだ、いまにわかる、という気がいつもする。ところがそれがするりとすり抜け、逃げていき、消えてしまう。それからあとは何もないのだと自分に言って聞かせる。だがそれがどういうことなのかわからない。ほとんどつかめそうになるときがある……がまた消えてしまう。おれはまたいろんな色や弾《たま》や銃の音を考えはじめる。誓って言うが、おれはマテリアリストだ。おれは気ちがいになりはしない。だが、何かしら一つ変なものがあるのだ。おれは自分の死体を見ることができる、それはむずかしいことじゃない。だがその死体はおれがおれの目で見るんだ。おれはもうなんにも見えなくなる。聞えなくなる。そしてほかのやつらにはやっぱりこの世は続いている……そこまで考えられなきゃうそなんだ。ところがパブロ、人間はそういうことを考えるようにできてはいないんだよ。いいかい。おれは何かをひと晩じゅう待ち明かしたことは前にもあった。だがこいつばかりはそれと違う。こいつはうしろからふいに襲ってくるのだよ、パブロ。そしておれたちにはどうしても心の用意ができっこないのだ」

「もうよせ、懺悔《ざんげ》を聞いてくれる坊さんを呼ぼうか」とわたしは言った。

　彼は答えなかった。わたしは彼がともすると予言者ぶって、一本調子の声でわたしをパブロと呼びたがることに気づいていた。わたしはそれをいけ好かなく思っていた。しかしアイルランド人はみんなそうであるらしい。なんだかこの男は小便くさい感じがした。けっきょくわたしはトムとうまが合わなかったのだ。そして二人がいっしょに死ぬのだからといって、何もこれ以上彼と共鳴すべき理由は見あたらなかった。それとは事情の違う連中もいる。たとえばラモン・グリスがそうだ。だがトムとファンのあいだにはさまれながら、わたしは孤独だった。もっともわたしには、そのほうがよかった。ラモンといっしょだったらいやにしんみりしてしまうかもしれない。ところが今わたしは恐ろしいほど冷酷だ。そしてあくまで冷酷で通したかった。

彼は相変らず、茫然《ぼうぜん》自失したようにぶつぶつ言いつづけた。ものを考えないためにしゃべっているのにちがいなかった。まるで前立腺炎《ぜんりつせんえん》にかかった年寄りのように、小便のにおいがぷんぷんした。むろんわたしも彼と考えはおなじで、彼の言うことはみな自分も言いそうなことだった。死ぬことは自然じゃない。いざこれから死ぬとなればあの粉炭の山もベンチも、ペドロのきたない顔も、もう何もかも自然とは思えなかった。ただわたしにはトムとおなじことを考えるのがいやだったのだ。ところがわたしにはひと晩じゅう、五分間ぐらいの間をおいて、彼とわたしがおなじことを考えつづけ、同時に汗をかき、ふるえつづけるだろうということがわかっていた。わたしは彼を横目に見た。するとはじめて彼は異様な姿に見えた。顔に死相が浮んでいるのだ。わたしは誇りを傷つけられた。わたしは二十四時間トムのそばに生活し、トムの話を聞きトムに話しかけ、二人のあいだになんの共通点もないことを知っていた。ところが今われわれは双生児のように似ているのだ。それも二人がいっしょに死ぬ、ただそれだけのために。トムは顔を見ずにわたしの手を取って、

「パブロ、おれは考えるんだ……人間がまったく無に帰してしまうというのはほんとかどうかと」

わたしは手をそっと引いて言った。

「足もとを見ろ、きたないやつだ」

彼の足もとには水がたまり、ズボンからしずくがたれている。

「なんだろう」彼は愕然《がくぜん》として言った。

「小便をたれてるんだぞ」とわたしは言った。

「そんなことあるもんか。おれは小便なんかしていない。なんにも感じない」と怒りたける。

ベルギー人は近よっていた。そしてさも親切そうに、

「苦しいかね」ときいた。

トムは答えなかった。ベルギー人は何も言わずに小便のたまったのをながめた。

「おれには何がなんだかわからない。だがおれはこわいんじゃない。誓って言うがこわいんじゃない」と荒々しい調子でトムは言った。

ベルギー人は答えなかった。トムは立ちあがって隅《すみ》っこへ小便をしに行き、前のボタンをはめながらもどってくると、また腰をおろして黙りこんだ。ベルギー人はノートをとっている。

われわれはこの男を見つめていた。ファン少年もじっと見ていた。三人とも彼を見

つめていた。彼は生きているのだからだ。彼には生きている人間の身ぶり、生きている人間の心配があった。生きている人間が当然ふるえるように、彼はこの地下室でふるえている。従順な、栄養のいい肉体を持っている。われわれはもうほとんど自分の肉体を感じてはいなかった——いずれにしてもおなじ仕方では感じていなかったのだ。わたしはズボンの股のあいだをさぐってみたかったが、その勇気がなかった。わたしはじっとベルギー人をながめた。両足をのばしてふんぞりかえり、筋肉を自由に支配している彼——あすのことを考えることのできる彼。ところがわれわれは血の気のない三つの影法師のようにここにいる。われわれは彼を見つめ、彼の生命を吸血鬼のように吸っている。

彼はとうとうファン少年に近づいた。何か職業的な目的でこの子の首筋にさわろうとするのか、それとも憐憫《れんびん》の情に駆られたのか。もしあわれみによって行動したのだとすれば、そのひと晩のうち、あとにもさきにもそれがただ一度のことだった。彼はファン少年の頭や首をなでた。少年は相手から目を放さず、されるままにまかせていたが、やがて突然相手の手を握って、異様な顔つきでその手を見つめた。彼はベルギー人の手を両手に握っていた。この脂《あぶら》ぎった赤い手を土色のやせ細った手が締めつけているところはけっして気持のいいものではなかった。

わたしにはこれから何がおころうとするのかよくわかっていた。トムにもわかっていたにちがいなかった。しかしベルギー人はただあっけにとられて父親のように微笑している。しばらくすると少年は大きな赤い手を口のところへ持っていって嚙《か》みつこうとした。ベルギー人はさっと身をひき、よろめきながら壁のところまで後じさりした。一瞬間、彼は愕然とわれわれを見つめた。われわれが自分とおなじ人間ではないことをとっさに理解したに相違ない。わたしは笑いだした。すると看守の一人は飛びあがった。もう一人は眠っていた。開いたままの目が白かった。

わたしは疲れと異常な興奮を感じていた。明け方になっておこること、死のことはもう考えたくない。これは無意味なことだ。むなしい言葉かからっぽなものに出くわすだけだ。ところが、ほかのことを考えようとすると、自分に向けられた銃身が見えてくる。わたしはおそらく二十ぺんも続けさまに自分の処刑を実感した。あるときなど、もう事は終ったのだ、という気がした。すこしのあいだ、眠っていたにちがいない。やつらはわたしを壁の方へ引きずっていく。わたしはじたばたする。許してくれと言う。わたしはっと目をさましてベルギー人を見た。眠っているうちに大きな声を出しはしなかったかと心配したのだ。ところが彼は口ひげをなでていた。なんにも気づかなかったのだ。もしその気になったら、しばらくぐらい眠ることはできそうだ。

二十四時間一睡もせず、くたくたになっていたからだ。だがわたしは生きている二時間をむだにしたくはなかった。やつらは明け方にわたしを起しに来るだろう。わたしは寝ぼけてそのあとについていき、声もあげずにおさらばする。それはまっぴらだ。わたしは動物のように死にたくない。わたしは理解したいのだ。それにわたしは悪夢にうなされるのが恐ろしかった。わたしは立ちあがって歩き回った。そして気を変えるために自分の過去の生活を考えはじめた。いろんな思い出がごっちゃに帰ってくる。いい思い出もあれば悪いのもある——いやすくなくも以前にはわたしはそう呼んでいた。そこには人の顔もあれば、いろんな事件もあった。祭のときヴァレンシアで、牛の角にやられた少年闘牛士の顔や、伯父の顔や、ラモン・グリスの顔が目に浮んだ。いろんな事件も思い出した。一九二六年、三カ月のあいだ失業していたこと、あやうく飢死にしそうになったこと。グラナダでベンチの上に夜を明かしたことも思い出した。三日間飲まず食わずだった。わたしは気ちがいのようになっていた。死にたくなかったのだ。それを思うと微笑が浮んだ。わたしはどんなにはげしく幸福を、女を、自由を追いかけていたことだろう。そしてそれはなんのためだ。わたしはスペインを解放しようと思っていた。わたしはピ・イ・マルガルに心酔して無政府主義運動にはいり、民衆大会に出て演説した。わたしはまるで不死身でもあるように、すべてをまじめに考えていたのだ。

　そのときわたしは自分の全生涯を目の前につかんでいるような気がした。そして「これは真《ま》っ赤《か》なうそっぱちだ」と思った。わたしの生涯はもう終ったのだからなんの価値もありはしない。自分はなぜ女どもといっしょに散歩したり、ふざけたりすることができたのだろうと考えた。もしこんなふうに死ぬものとさえわかっていたら、小指一本動かすことではなかったのに。わたしの生涯は袋のように締め閉ざされて眼前にある。しかもその中身は中途半端《はんぱ》のしろものだ。ふとわたしは自分の生涯を裁こうとした。いい一生だと自分に言って聞かせたくなった。でも判断を下すわけにはいかない。これは未完成品なのだ。わたしは永遠に向って手形を振出すことに一生を費やしてきた。わたしはなんにもわかってはいなかったのだ。わたしにはなんの未練もない。未練の残りそうなものはたくさんある。マンサニリアの味や、夏、カディクスの近くの小さい入江でした海水浴など。でも死はあらゆるものの魅力を奪ってしまった。

　ベルギー人は急にえらいことを思いついた。

「諸君、わしはきみらを愛している人たちにことづてなり形見を届けてあげてもいいよ――軍政部の承認さえあれば……」

トムはうなるように、

「だれもありません」

わたしは何も答えなかった。トムはしばらく待ってからわたしを不思議そうに見つめて、

「コンチァにはなんにもことづてはないのかい」

「ないよ」

わたしはさも仲間うちらしいこの同情がいやだった。もっともゆうべコンチァのことを話したのがいけなかったので、あれは言わずにがまんすべきだったのだ。しかしきのうまでは、あの女に五分でも会えるなら片腕を斧《おの》で切り落してもいいくらいに思っていた。だからしゃべってしまったのだ。自分ではどうにもならなかったのだ。しかし今ではもう会いたくもなく、言うことも何もない。腕に抱きしめる気さえない。わたしの肉体は土色になり汗が出ているから見るのもいやだ——ところがあの女の肉体も、いやでないとは断言できない。わたしの死んだことを聞いたらあの女はきっと泣くだろう。それにしても、死んでいくのはこのわたしだ。わたしはあの女の優しい目を思った。あの女がわたしをじっと見つめていると、何かが向うからわたしの方へ伝わってきたものだ。しかしわたしはもうおしまいだと思った。たとえ今あの女が何

を見ても、あの女の視線はあの女の目のなかにとどまってわたしまではとどかないだろう。わたしは孤独だ。

トムも孤独だがわたしとおなじように孤独ではない。彼は馬乗りになって薄笑いを浮べながら、じっとベンチをながめていた。何かを聞いているようだ。彼は片手を出して用心ぶかく木にさわった。何かをこわすのを恐れるかのように。それからつと手をひいて身ぶるいした。もしわたしがトムだったらベンチにさわって興がるようなことはしなかったろう。これもやっぱりアイルランド人のお芝居だ。しかしわたしも物が変に見えることは感じていた。物はいつもより影うすれ、密度が希薄になっていた。ベンチやランプや粉炭の山を見ただけで、自分がこれから死ぬのだということが感じられた。むろん死をはっきり見るわけにはいかないが、わたしの死ぬことはいたるところ物の上に見えた。瀕死《ひんし》の病人の枕《まくら》もとで小声に話す人たちのように物が退いて、そっと遠くに控えているそのやり方のなかに。トムが今ベンチの上にふれたのは彼自身の死だったのだ。

わたしの今の状態では、たとえ無事に家へ帰ってよい、いのちは助けてやると知らされても平気だろう。何時間か待つのも何年か待つのもおなじことだ。不滅であるという錯覚を失ってしまったうえは。わたしは何物にも執着はなかった。ある意味では落着いていた。だがそれは身の毛のよだつ落着きだった――わたしの肉体を思うと。わたしの肉体。わたしは肉体の目で見、肉体の耳で聞いている。だがそれはもうわたしではない。わたしの肉体は一人で汗をかき、一人でふるえている。わたしにはもう覚えのない肉体だ。まるで他人の肉体のように、それがどうなっていくのかを知るには、それにふれ、それを注視しなければならない。ときどきわたしはまだ肉体を感じた。急降下する飛行機に乗っているときのように、すべりおりるような、ころげ落ちるような感じがした。また心臓の鼓動するのも感じられた。だがそれでは安心ならなかった。わたしの肉体から来るすべてのものは、いやにうさんくさいのだ。たいていのときは肉体は黙っておとなしくしている。わたしにはもう、一種の重さのようなもの、わたしに対立する醜悪な存在しか感じない。わたしには巨大な蛆虫《うじむし》につながれているような印象だ。わたしはふとズボンにさわってそれがぬれているのを感じた。汗にぬれたのか小便かわからない。だが用心に、石炭を積んだところへ小便をしに行った。

ベルギー人は時計を出して見た。

「三時半だ」

畜生！　こいつ、わざと時間を知らせやがったんだ。トムは飛びあがった。われわれはまだ、時のたつのに気づいていなかった。夜の闇《やみ》は不定形の暗いかたまりのようにわれわれを取巻いていた。わたしは夜の始まったことさえ覚えてはいなかった。ファン少年はわめきだした。両手をねじあわせて哀願するように、

「死にたくない、死にたくない」

彼は両手をあげて地下室の端まで走っていき、藁床《わらどこ》の一つに倒れてすすり泣いた。トムはどんよりした目で見ていたが、もう慰めてやる気さえなかった。事実それにはおよばなかった。少年はわれわれより騒々しい。だがわれわれほどは参っていない。彼は熱の力で病気と闘う病人のようなものだ。熱さえなくなったときこそずっとたいへんなのだ。

彼は泣いていた。彼は自分自身がいとしいのだ。死のことを考えているのではない。わたしも一瞬間、ただ一度だけ泣きたくなった。自分がいとしくて泣きたくなった。だが実際にはその反対のことがおこった。わたしは少年に一瞥《いちべつ》をなげ、しゃくりあげる彼のやせこけた肩を見て、たちまち冷酷な自分を感じた。自分は他人をも自分自身をもあわれむことはできない。きれいに死にたい、わたしは心にそう言った。

トムは立ちあがって、あの円い穴のちょうど下のところへ行き、じっと日の出を待ちはじめた。ところがわたしはがんばった。きれいに死にたい。ただそれだけ考えていた。ところが例の医者が時間を知らせてくれたときから、わたしは過ぎていく時を、

一滴一滴と流れていく時を、底のほうに感じていた。

まだ暗いうちにトムの声を聞いた。

「聞えるかい」

「うむ」

やつらが中庭を歩いている。

「何をしに来るんだろう。まさか闇のなかで撃てもしまいに」

やがてなんにも聞えなくなった。わたしはトムに、

「ほら夜明けだよ」と言った。

ペドロはあくびをしながら立ちあがり、ランプを消しに来た。そして相棒に、

「ひでえ寒さだ」と言った。

地下室はすっかり薄明るくなっていた。遠くに銃声が聞えた。

「始まったな」とわたしはトムに言った。「うしろの庭でやってるにちがいない」

トムは医者に煙草《たばこ》を一本くれと頼んだ。しかしわたしはほしくなかった。煙草もアルコールもほしくなかった。そのときから、やつらはのべつに撃ちつづけた。

「わかるかい」とトムは言った。

そしてまだ何か言い足そうとしたが、口をつぐんで扉をじっと見つめていた。扉は

開いて一人の副官が四人の兵士をつれてはいってきた。トムは煙草を取落した。

「スタインボックは？」

トムは答えなかった。でペドロが彼を指さした。

「ファン・ミルバルは？」

「藁床の上にいるやつです」

「立て」と副官は言った。

ファンは動かなかった。二人の兵士が腋《わき》の下を持って立ちあがらせた。しかし放すとすぐまた倒れてしまう。

兵士たちはためらった。

「最初のやつは弱っちゃいない、おまえら二人でつれていけ。向うへ行ってなんとかしよう」副官はそう言ってトムの方を向いた。

「さあ、来い」

トムは二人の兵士にはさまれて出ていった。もう二人の兵士はそのあとについていった。腋の下と脛《すね》を持って少年を運んでいく。少年は気絶しているのではない。目を大きく開いている。そして涙が頰《ほお》を伝って流れている。

わたしが出ようとすると副官はとめた。

「おまえはイビエタだね」

「ええ」

「おまえはここに待っておれ。今すぐ呼びに来る」

皆は出ていった。ベルギー人と二人の番卒も出ていって、わたしは一人残された。どういうことになったのか、さっぱりわからないが、ひと思いにやってもらったほうがよかった。ほとんど規則的な間をおいて一斉射撃の音が聞える。そのたびごとにわたしは戦慄《せんりつ》した。だがわたしは歯を食いしばり両手をポケットにつっこんでいた。どこまでも取乱したくなかったのだ。

一時間ほどたってわたしを呼びに来た。そうして葉巻の匂《にお》いのする二階の小さな一室へつれていった。この部屋の暖かさは息がつまるほどに感じられた。そこには二人の将校が肘掛椅子《ひじかけいす》に腰をおろし、書類を膝《ひざ》に載せて煙草をすっていた。

「おまえの名はイビエタだな」

「はい」

「ラモン・グリスはどこにいる」

「知りません」

わたしに訊問《じんもん》しているのは小柄の太った男だった。鼻眼鏡の奥の目がすごい。

「こっちへ来い」

わたしは近よった。彼は立ちあがり、わたしを地の下にめりこませでもするようににらみつけながらわたしの両腕をひっつかんだ。と同時に力まかせにわたしの二の腕をひねりあげた。それはわたしを苦しませるためではなく、わたしを威圧しようという大芝居なのだ。彼はまたわたしの顔にくさい息を吹きかけるのも必要だと思ったらしい。わたしたちはしばらくそうしていた。わたしはむしろ笑いたくなった。死んでいく人間を威圧するには、それぐらいではまだまだ足りない。てんでこたえないのだ。彼はわたしをはげしく突き飛ばしてまた腰かけた。

「おまえのいのちと、あいつのいのちとの取換えっこだ。あいつのありかを言ったら、いのちだけは助けてやる」

鞭《むち》を持ち長靴をはいて、美しく飾りたてたこの二人の男も、やっぱりやがては死ぬ人間なのだ。わたしよりはすこし遅いかもしれぬがたいして遅くはない。ところがやつらは書類のなかに懸命になって人の名前をさがし、投獄したり殺したりするためにほかの人間を追いかけ、スペインの将来について、またその他の問題について意見を持っている。やつらのけちくさい活動はわたしには不愉快な、ばかばかしいものに思われた。わたしにはどうしてもやつらの気持になって考えることができず、やつらが気ちがいのように思えるのだった。

太った小男は長靴を鞭で打ちながら、相変らずわたしを見つめている。彼のすることなすことは敏捷《びんしょう》な獰猛《どうもう》な野獣を髣髴《ほうふつ》させるようにわざと仕組まれているのだった。

「どうだ、わかったか」

「グリスがどこにいるかわたしは知りません。マドリードにいるものとばかり思ってました」

もう一人の将校は無精げに血の気のない手をあげた。この無精らしさも曰《いわ》くがあるのだ。わたしはやつらのからくりをすっかり見ぬくことができた。そういうことをおもしろいと考える人間のいるのにはあきれてしまう。

「十五分間猶予《ゆうよ》するからよく考えろ」と彼はゆっくり言った。「この男をリネン・ルームへつれていけ。そして十五分たったらまたつれてこい。あくまで拒んだらすぐに処刑だ」

やつらはちゃんと心得てやっている。わたしはひと晩待ち明かした。それからやつらはトムとファンを銃殺するあいだわたしを地下室で一時間も待たせた。さて今度はリネン・ルームに閉じこめるのだ。やつらはきのうから筋書きを書いておいたにちがいない。やつらは人間の神経というものはしまいにはすりきれてしまうものだと考えたのだ。そうしておいてわたしをとっちめるつもりだったのだ。

が、おあいにくさまだ。リネン・ルームへ行くとわたしはぐったりしたので腰掛に腰をおろした。そして考えはじめた。やつらの提議について考えたのではない。むろんわたしはグリスのありかを知っている。あの男は町から四キロほどのいとこの家に隠れているのだ。またわたしは拷問《ごうもん》にかけられないかぎり（やつらはそんなことは考えていないようすだ）あの男の隠れ家《が》を明かしはしない、ということも自分で知っている。そういうことは、すっかり段取りがついているのだから、わたしには全然興味はない。ただわたしは自分の行動の理由を知りたいのだ。わたしはグリスをやつらに渡すくらいなら死んだほうがましだと思っている。それはなぜだろう。わたしはもうラモン・グリスが好きじゃない。あの男にたいするわたしの友情は夜明けすこし前、コンチァへの愛といっしょに、生きる欲望といっしょに死んでしまった。なるほどわたしはあの男をやっぱり尊敬している。あれはがんばり屋だ。だがわたしが身代りに死のうというのはそんなことのためではない。あの男のいのちはわたしのいのち以上に価値なんかありはしない。だれのいのちだって価値はないのだ。一人の人間を壁に立たせ、そいつが死ぬまで撃ちまくる。それがわたしだろうとグリスだろうとほかの人間だろうとおなじことだ。あの男がスペインのためにはわたしより役にたつことはよくわかっている。だがわたしにはスペインも無政府主義もくそくらえだ。何もかもくだらなくなってしまった。ところがわたしはここに生きている。グリスを渡せばこの身は助かる。だのにそれをわたしは拒絶しているのだ。わたしはそれをむしろこっけいだと思った。これは意地なんだ。わたしは思った。

「ずいぶん頑固《がんこ》だなあ……」そう思うと変に愉快なものが胸いっぱいになった。やつらはわたしを呼びに来た。そして二人の将校のところへつれていった。鼠《ねずみ》が一匹足もとから飛び出した。それがわたしにはおもしろかった。わたしは一人のファランへ党員の方を向いて言った。

「鼠が見えましたか」

彼は返事しなかった。仏頂面《ぶっちょうづら》でいやにまじめくさっていた。わたしは笑いたくなったが、いったん笑いだしたらとまらないような気がしてがまんした。このファランへ党員は口ひげをはやしていた。わたしはまた言ってやった。

「ひげを切りなよ」

生きているあいだ毛を顔じゅうにはびこらせるというのがおかしかった。彼は自信なげにわたしを蹴《け》った。それでわたしは口をつぐんだ。

「どうだ、考えてみたか」と太った将校が言った。

わたしは非常に珍しい昆虫《こんちゅう》のように、もの珍しげにやつらをながめた。そして言った。

「あの男の行くえは知っています。あの男は墓地に隠れているのです。地下墓所のなかか、でなければ墓掘りの小屋に」

これは一杯くわせてやるためだった。わたしはやつらが立ちあがり、バンドを締め、忙しそうに命令するのを見たかったのだ。

やつらは飛び起きた。

「よし。モレス、おまえはロペス中尉《ちゅうい》のところへ行って十五人借りてこい。おまえは」と小さな太っちょはわたしに言った。「もしありのままを言ったのなら吾輩《わがはい》に二言はない。もしかついだのならひどいめにあうぞ」

やつらはがやがや言いながら出ていった。わたしはファランへ党員に守られて静かに待っていた。やつらがいまにどんな顔をするかと思ってわたしはときどき薄笑いした。わたしは頭がぼっとなり、妙に意地悪くなっていた。わたしはやつらが墓石を持ちあげ、地下墓所の扉を一つ一つあけて回るのを想像した。わたしはまるで自分がほかの人間ででもあるように今の情景を心に描いてみた。英雄になろうとがんばっている囚人、口ひげをはやしてまじめくさったファランへ党員、それから墓のあいだを走り回っている軍服の男たち。たまらないくらいこっけいだ。

半時間すると例の小さな太っちょが一人もどってきた。おれを処刑する命令を与えに来たのだな。ほかのやつらは墓地に残っているにちがいない。

将校はわたしをじっと見た。てれくさそうなふうは全然ない。

「こいつをほかのやつらといっしょに大きいほうの庭へつれていけ。戦争が終ったら正規の法廷がこいつの運命を決めるだろう」

何がなんだかわからない。

「じゃわたしは……銃殺にならないんですか……」

「どっちにしろ今はやらん。あとはおれの知ったことじゃない」

やっぱりわからない。

「どうしてなんです」

彼は答えもせず肩をそびやかした。兵士たちはわたしをつれ去った。大きな庭には百人ばかりの囚人がいた。女も子供も幾人かの老人も。わたしは中央の芝生《しばふ》のまわりを回りだした。どうなったのかさっぱりわからない。わたしは茫然《ぼうぜん》としていた。正午になると食堂で飯が出た。二、三人のやつがわたしに呼びかけた。知合いにちがいないがわたしは返答しなかった。わたしには自分がどこにいるのかさえわからなかったのだ。

夕方ごろ、新手《あらて》の囚人が十人ばかり庭の中へ押しこまれた。わたしはパン屋のガルシャを発見した。彼は、

「運のいいやつだ。彼は、おまえの生きてるのにまた会えようとは思わなかったよ」と言った。

「やつらはおれをいったん死刑に決めて、それからまた思いなおしやがったんだ。そのわけはわからないが」

「おれは二時につかまったよ」とガルシャが言う。

「なぜだい」

ガルシャは政治に関係してはいない。

「わからねえ。やつらは自分と考えの違う者をみんなつかまえるんだ」

彼は声を低めて、

「やつらはグリスをやったよ」

わたしはふるえだした。

「いつ？」

「けさのことだ。あいつもへまをやりやがった。喧嘩《けんか》をしたってんであいつは火曜日

にいとこの家を出た。かくまってくれるやつがないわけじゃないのに、あいつはもう、だれのやっかいにもなりたくなかったんだ。イビエタのところなら隠れてもいいが、イビエタはつかまったんだからおれは墓地へ身を隠すつもりだとそう言ったよ」

「墓地へ？」

「そうさ。それが、へまなのさ、むろん、やつらはけさそこへ出向いていった。そうなるのが当り前さ。やつらは墓掘りの小屋であいつを見つけ出し、ズドンとやっつけてしまったのさ」

「墓地へ！」

あたりがぐるぐる回りだした。気がつくとわたしは地面にすわりこんでいた。わたしは涙が出るほど笑って笑って笑いこけた。

部屋

白井浩司訳

一

ダルベダ夫人はトルコ菓子をつまんだ。その上にふりかかっている砂糖の薄い粉を吹きとばさないように息をひそめて、静かに唇《くちびる》に近づけた。〈ばらみたいな匂《にお》いだわ〉と思った。そして不透明なその肉にふいに嚙《か》みついた。口のなかが、腐ったような香りでいっぱいになった。〈病気になるとこんなに感覚が鋭敏になるなんて変だわ〉。回教寺院や、お追従《ついしょう》的な東洋人のことが思い出された（新婚旅行でアルジェに行ったことがあるのだ）。蒼白《あおじろ》い唇にかすかに微笑が浮んだ。トルコ菓子もまたお追従的だった。

読んでいる本のページが、注意していても白い粉で薄くおおわれてしまうので、何度もくりかえしその上を、手のひらで払わなければならなかった。すべっこい紙の上を、砂糖のこまかい粉末が、きしった音をたててころがり、すべった。〈アルカションを思い出すわ。あのときは砂浜で本を読んでいたっけ〉。一九〇七年の夏を海べですごしたのだった。緑色のリボンのついた大きな麦藁《むぎわら》帽子をかぶり、ジップかコレット・イヴェルの小説を持っていって、堤防のすぐそばに陣取った。風が吹くたびに膝《ひざ》の上に砂がいっぱいふり注ぐので、ときおり端をつかんで本を振らなければならなかった。それとまったくおなじ感覚だった。ただ、砂粒はかわいていたが、砂糖のこまかい粉末は、すこし指先にくっつくのだった。黒い海の上に、帯のようにひろがっていた、蒼味をおびた灰色の空が思い出された。〈エヴはまだ生れていなかった〉。自分の体が思い出にすっかり重くなり、香木の手箱のように貴いものに感じられた。そのころ読んでいた小説の題名がふいに記憶によみがえった。それは『かわいい奥さん』という作品で、退屈なものではなかった。しかし、えたいの知れない病気にかかって寝室に閉じこもりがちになってからは、回想録や歴史の本が好きになった。病気の苦しみや、まじめな読書や、思い出とかきわめて繊細な感覚に向けられる周到な気のくばり方などによって、自分が温室の美しい果物のように、成熟すればよいのにと思うのだった。

彼女はすこしいらいらしながら、やがて夫が部屋の扉をノックしに来るだろうと思った。一週間のほかの日には夜来るだけで、無言で妻の額に唇をつけると、真向いの安楽椅子《いす》に腰をおろして、ル・タン紙を読む。しかし、木曜日は夫の〈書入れ日〉で、娘のところへたいてい三時から四時までの一時間をすごしに行くのだ。出かける前に妻の部屋に来ると、二人でにがにがしい気持で婿《むこ》のことを語りあう。些《さ》細《さい》な点までも予期できるこの木曜日の会話は、彼女を疲労困憊《こんぱい》させた。静かな寝室がすっかり、夫にかき乱される。夫は腰をおろそうともせず縦横に歩きまわり、軽快にくるりと踵《きびす》を返す。夫が激怒するたびに、それはガラスの破片のように夫人を傷つけた。きょうはいつもより、なおさら悪い日なのだ。やがてエヴの告白を夫に伝えねばならない。そうすると、夫の恐ろしい大きな体が、怒りにはねあがらんばかりになるのを見るにちがいないと考えると、体が汗ばんできた。彼女は受け皿にトルコ菓子を取ると、ためらいがちに、ややしばらくそれを見つめていたが、寂しげにもとにもどした。この菓子を食べているところを夫に見られたくないのだった。

ノックする音を聞いて、彼女はぎくりとした。

「どうぞ」と、力ない声でそれに答えた。

ダルベダ氏は爪先《つまさき》だちではいってきた。

「エヴに会いに行くよ」と、彼は毎木曜日とおなじように言った。

ダルベダ夫人は夫にほほえんだ。

「あたしの分も接吻《せっぷん》してやってね」

彼はそれに答えず、気がかりなようすで額に皺《しわ》をよせた。木曜日にはいつもおなじ時刻に、食後のけだるさと内にこもった焦燥が、彼の内部でいりまじるのだった。

「帰りがけに、フランショのところへ寄ってみるよ。あの男が真実を話して、娘を説き伏せてくれればいいのだが」

彼はフランショ医師のところに頻繁《ひんぱん》に足を運んだが、その効果はなかった。ダルベダ夫人は眉《まゆ》をあげた。昔、とても健康だったときには、好んで肩をすくめたものだったた。しかし、病気にかかり、けだるくなってからは、そんな身ぶりをするとあまり疲れるので、顔面の動きに変えたのだった。彼女は、肯定を目でし、否定を口の端でした。そして肩のかわりに眉をあげるのだった。

「あの娘《こ》からむりやりにでもあの人を取りあげねばならないわね」

「それはできないって、いつか言っただろう。法律もたいへんつごう悪くできているんだ。フランショがいつかわたしに言ったことだが、決心がつかずに自宅に病人を置いとく家族の者たちと、医者は、思いもよらぬいざこざをおこすそうだ。医者は忠告を与えはするが、それ以上のことは何もできない、腕をこまねいているだけだ、とね。あいつが」と彼は言いつづけた。「公然と醜聞をたてるか、それともあの娘《こ》が、あいつを監禁してくださいと言いだすかしなければ、取りあげられやしない」

「だけど、それはすぐってというわけにはいかないわ」

「そうだ」

彼は鏡の方に向いて指をひげに入れ、すきだした。夫の充血した頑丈《がんじよう》な襟《えり》くびを、ダルベダ夫人は情愛もなくながめやった。

「あの娘《こ》が、もしもああいう暮しを続けていったら、あいつ以上に頭が狂ってしまうよ」と、ダルベダ氏が言った。「あすこはおそろしく不健康だ。あの娘《こ》は一歩もあいつから離れない。おまえに会いに来る以外は絶対に外出もしないし、人を招きもしない。あの部屋の雰囲気《ふんいき》は、文字どおり息がつまるよ。ピエールがいやがるというので、あの娘《こ》は一度も窓をあけない。病人の意見を尊重しなければならぬというみたいだ。香を焚《た》いているが、香炉で汚物を燃やしているのかと思ったよ。教会にでもいるようだ。そうだ、わたしはときどき考えてみるのだが……あの娘《こ》の目つきは妙じゃないかね？」

「そうかしら。変だとは思わないわ。もちろん、寂しそうだけど」

「顔が死人のように土気色をしている。眠るのかな？　食事をしているのかな？　こういうことはあの娘《こ》にきくべきじゃない。けれどピエールのような無頼漢がそばにいたのじゃ夜じゅう眠れまい」彼は肩をすくめた。「わたしたちあの娘《こ》の両親が、あの娘《こ》を護《まも》ってやれないなんて、どうも腑《ふ》におちない話だ。フランショのところにいれば、ピエールはもっとよい看護を受けるにきまっている。広い公園があるし、それにまた」と、ちょっとほほえみながら言い足した。「あいつは、同病のやつらと意気投合すると思う。あすこにいるやつらは、みんな子供みたいなんだ。やつらは、やつらだけにさせときゃいいのさ。あいつらは一種の秘密結社をつくっている。はじめからあすこにいれるべきだった。あいつのためを思って言うのだ。まったくあいつの得になることだからな」

しばらくして彼は言い足した。

「あの娘《こ》が、ことに夜、ピエールといっしょにいてもらいたくないね。どんなことがおこるかしれやしない。あいつはぎょっとするほど、陰険な顔をしているからね」

「そんなに心配するほどのことがあるかしら？」と、ダルベダ夫人が言った。「だって、ピエールはいつもあんなふうだったわ。みんなをからかっているような感じだったわ。かわいそうな子」と、溜息《ためいき》まじりに言葉を続けた。「自尊心のせいであんなことになったのね。あたしたちのだれよりも頭がいいとうぬぼれていたのよ。議論をやめるために、『あなたのおっしゃることはごもっともです』と、あなたに言う癖があったわ……。今、自分の状態を見ることができないのは、あの人にとって、神さまのお恵みよ」

あざけるような、いつもすこし横に傾いていた彼の面長な顔を、彼女は不快げに思い出した。エヴが結婚したてのころ、ダルベダ夫人は、婿ともうすこし親密になりたいということ以外には、何も望むことはなかった。だが夫人の努力は、彼によってくじかれてしまった。ピエールはほとんど口もきかず、気の抜けたようすで、人の言うことにいつもあわてて賛成するのだった。

ダルベダ氏は先刻の考えを追いながら言った。

「フランショに、設備を見せてもらったが、すばらしいものだ。病人には特別室があてがわれ、そのうえご丁寧にも肘掛椅《ひじかけい》子《す》やソファベッドがついている。テニスコートもあるし、プールも作られることになっている」

彼は窓の前に棒立ちになって、脚《あし》を弓なりにし、体をちょっと揺らしながら、窓ごしにそとをながめていた。ふいに彼は体を沈めると、ポケットに両手をいれたまま、身軽に踵《かかと》でくるりと回った。ダルベダ夫人は、いまにも汗が流れそうに感じた。いつもいつもおなじことだった。やがて檻《おり》のなかの熊《くま》のように、彼はあっちこっちと歩きだすだろう。するとその一歩一歩に彼の靴がきしるだろう。

「ねえあなた」と、夫人が言った。「かけてちょうだいよ。あなたが歩いていると、疲れてしまうわ」それから、ためらいがちに言い添えた。「重要なお話があるのよ」

ダルベダ氏は安楽椅子に腰をおろして、両手を膝の上に載せた。ダルベダ夫人の背骨を軽い戦慄《せんりつ》が走った。しゃべらねばならぬ時がきたのだ。

「あの、知ってるかしら、あたし、火曜日、エヴに会ったの」彼女は当惑げに咳《せき》をしながら言った。

「うん」

「いろいろとおしゃべりしたの。あの娘《こ》はとてもかわいらしかったわ。あんなになんでも打明けてくれたのは近ごろ珍しいことよ。それでちょっときいてみたの。ピエールのことをどう考えているか、って。あたしにはわかったわ」ふたたび当惑したが、言いつづけた。「あの娘《こ》はピエールを、非常に愛しているのよ」

「わたしだって、そんなことくらい知っているさ」と、ダルベダ氏が言った。

夫はすこし彼女をいらだたせた。夫には事こまかに、一から十まで話さなければならなかった。彼女はいつも話半分で理解するような、気がきいて勘のよい人びとと交際して暮すことを夢想するのだった。

「いいえ、そのことではないわ。あの娘《こ》は、あたしたちが想像しているのとは別のことで、あの人に執着しているのよ」

暗示とか、ある話の意味が理解できなかったときいつもするように、ダルベダ氏は、怒りのこもった心配そうな目を、くるくると動かした。

「それはどういうことなんだい？」

「シャルル、あたしを疲れさせないでね。母親はある事がらについては、とてもしゃべりにくいものだということを察してちょうだい」

「おまえの言うことはさっぱりわからん」と、ダルベダ氏はいらいらして言った。

「ともかく、あのことを意味するのじゃあるまいね……？」

「それがそうなのよ」

「やっぱり……じゃ今でも？」

「そうなの、ええ、そうなの」じれていた彼女は、三度、軽い叫び声をたてた。

ダルベダ氏は腕をひろげ、黙然と頭をたれた。

「シャルル」と、心配になって夫人が口をきった。「こんな話をあなたにするべきじゃなかったわ。でも一人で、くよくよと考えていられなかったのよ」

「わたしたちの娘が」と、ゆっくり彼が言った。「あの白痴と。あいつはエヴがだれだかもうわからない。あれのことをアガトと呼んでいる。あの娘《こ》には、自分の務めというものがもうわからないにちがいない」

彼は顔をあげ、きびしい目で妻をながめた。

「今の話は確かなんだね？」

「疑う余地はないわ。あたしもあなたとおなじように考えたわ」と、勢いこんで言い足した。「あたしも、まさかと思ったし、それにあの娘《こ》の気持がわからないのよ。あのかわいそうな不幸な人に、さわられると考えただけでぞっとするわ……。けっきょく」と、吐息しながら彼女は言った。「ピエールは、あのことのために娘から離れたがらないのだと思うわ」

「ああ。あいつが娘を妻にくれ、と言ってきたとき、わたしがなんと言ったか憶《おぼ》えているかい？　わたしはね、『あの男はエヴに気に入りすぎるよ』と言った。おまえはわたしの言葉を信じようとしなかった」

彼は突然テーブルをたたいて顔を赤らめた。

「そりゃ背徳だ！　あいつが娘を抱いて、アガトと呼びながら接吻する。それから、像がとぶとかどうするとかいう作り話を、ぺちゃくちゃしゃべりまくる。ところが娘は、あいつにしたいほうだいのことをさせている。いったい二人はどういう関係にあるのだろう？　あの娘《こ》が心からあれに同情し、毎日会いに行けるような養護施設にいれてやったらしめたものだが。わたしは一度だってあのことを考えたためしがない……。あの娘《こ》を寡婦《かふ》とみなしていたんだ。ねえジャネット」と、彼は荘重な声で言った。「率直にいえば、あの娘《こ》が普通の感覚の持主なら、恋人をつくったほうがまだましだと思うね」

「シャルル、おやめなさい」と、夫人が叫んだ。

ダルベダ氏は力なく、はいりしなに円テーブルの上に置いた帽子とステッキを手に取った。

「そういう事情ならたいして希望は持てないが、ともかくわたしの義務だから、娘には話をするつもりだ」と、彼は言葉を結んだ。

ダルベダ夫人は夫が出かけることをせかせた。

「ねえあなた、とにかくエヴは……何よりも頑固だわ。あの人が不治なことを知っているくせに、意地を張っているのよ。失敗の気まずさを感じたくないのね」夫を励ますために彼女はそう言った。

ダルベダ氏はひげをなでながら夢想にふけっていた。

「頑固だって？　うん、そうかもしれない。おまえの言うとおりなら、最後にはあの娘《こ》は疲れきってしまうだろうよ。あの男はいつだって人づきあいが悪く、満足に話もできない。わたしが挨拶《あいさつ》をしても、ぐにゃりとした手をさしだすだけで、口をきかない。エヴと二人だけになると、あいつは固定観念にもどるんだと思う。娘は、あいつが締め殺されるような叫び声をたてるときがあると言うが、それは幻覚に襲われるからだ。像がうなりだす。それがこわくってならない。そいつが、まわりをはねたり、あの男をにらみつけたりするのだそうだ」

彼は手袋をはめながら言葉を続けた。

「娘が待ちくたびれるとは思わないが、その前に頭が狂いはしないかな？　あの娘《こ》がちょっと外出したり、人に会ったりするといいと思う。親切な青年――うん、そうだ。サンプロンのところの技師のシュローデルのような、未来のある青年に出会う時もあるだろう。あれがちょいちょい方々で彼と出会って、徐々に人生をやりなおそうという考えに馴《な》れていくといいんだが」

会話を逆もどりさせることを恐れて、夫人はそれに答えなかった。夫は妻の方に身をこごめた。

「さあ、出かけにゃならんな」

「行ってらっしゃい」と、額をさしだしながら夫人が言った。「あの娘《こ》にあたしの分も接吻《せっぷん》してやってね。それから、あたしがあの娘《こ》を不憫《ふびん》に思っている、って伝えてね」

夫が出ていってしまうと、ダルベダ夫人は肘掛椅子の奥にぐったりと寄りかかり、憔悴《しょうすい》して目を閉じた。〈なんて元気なんだろう〉と、とがめるような気持で彼女は考えた。すこし元気が出てくると、蒼白《あおじろ》い手をそっとのばして、目を閉じたまま手探りで、受け皿にトルコ菓子を取った。

エヴは夫とともにル・バック街の、古い建物の六階に住んでいた。ダルベダ氏は百十二段もある階段を敏捷《びんしょう》にのぼった。呼鈴《よびりん》を押したときも、息切れさえしていなかった。彼は満足そうに、ドルモア嬢の言葉を思い出した。〈あなたのお齢《とし》で、シャルル、ただもう驚嘆のほかなしよ〉。彼は木曜日以上に、特にこの敏捷な登攀《とうはん》のあと以上に、自分が頑丈《がんじょう》で健康であることをはっきり感じることはなかった。

彼のために扉をあけに来たのはエヴであった。〈ほんとうだ、ここに女中はいない。ああいう娘たちは、とうていここに住めまい。わたしにだってできないからな〉。彼はエヴに接吻した。「やあ、どうだね」

エヴはひややかに「こんにちは」と答えた。

「すこし顔が蒼いようだね」と、頰《ほお》にさわりながら彼が言った。「あまり運動をしないらしいね」

沈黙が流れた。

「ママはお元気?」と、エヴがきいた。

「まあね。火曜日に会ったんだって？　うむ、相変らずさ。ルイーズ叔母さんがきのうあれに会いに来たよ。ママは喜んでいた。お客の来るのがとてもうれしいんだ。でも長居はいけない。叔母さんは例の抵当物権の問題で子供たちとパリに来ている。あの話、おまえにしたと思うが、変な話さ。わたしの意見を聞きに事務所にやってきたが、とるべき態度はひとつしかない、と言ってやった。つまり売ればいいのさ。買手も見つかった。ブルトネル、知ってるだろう、ブルトネルさ。今、あの男は事業から引退したがね……」

彼はふいに言葉を切った。エヴは彼の話にどうにか耳を傾けていた。エヴはもうなんにたいしても興味を持たないのだ、と彼は寂しげに思った。〈昔は本だった。あのときは本を取りあげねばならなかった。今じゃ読書さえしていない〉

「ピエールのぐあいはどうだね？」

「いいわ。お会いになる？」

「そりゃもちろん。わたしはあの子に会いに来たんだ」と、愉快そうに彼は言った。

彼の心は、不幸な青年にたいする同情でいっぱいだったが、面と向うと、どうしても嫌悪《けんお》感がわいてくるのだった。〈わたしは不健康な人びとが大きらいだ〉。それは明らかにピエールの過《あやま》ちではなかった。彼は恐るべき遺伝を背負っていたのだ。ダルベダ氏は溜息《ためいき》をもらした。〈用心してもしかたがない。ああいう病気はわかったところでいつも手おくれなんだ〉。そうだ、ピエールに責任はなかった。だがやはり、彼は彼の内部にあの欠陥を持ちつづけていた。それがピエールの性格の根底をなしていて、他人をあるがままに判断しようとするとき、常に除いて考えることのできる、癌《がん》とか結核とかいうようなものではなかった。ピエールがエヴのご機《き》嫌《げん》をとっていたとき、彼の神経質な優美さや鋭敏さが、たいへんエヴに気に入っていたが、それは白痴の花々であったのだ。〈彼がエヴと結婚したとき、もう頭は狂っていた。ただそれがそとに現われなかったにすぎない。ところで彼の責任は、どこから始まるのか、あるいはむしろどこで終るのか。ともかく彼は、自己分析をしすぎた。いつも自分の上に考えがもどっていった。しかしそれは病気の原因だろうか、それともその結果だろうか?〉ダルベダ氏はこんなことを考えながら、暗くて長い廊下に沿って、娘のあとについていった。

「このアパルトマンはおまえたちには広すぎるね。引っ越したらどうだね?」

「いつもパパはおなじことを言うのね」と、エヴは父に答えた。「ピエールが自分の部屋を離れたがらないって、前に言ったでしょう」

エヴは不思議な人間だと言えた。夫の状態についてよく理解しているかどうかを自問すべきだったから。夫は正真正銘の気ちがいだった。それなのに、夫が完全な良識をそなえているかのように、エヴはその判断や意見を尊重しているのだった。

「おまえのためを思って言っているのだ」すこしいらいらしてきたダルベダ氏が、言葉を続けた。「わたしが妻だったら、陽当《ひあた》りの悪い、この古いアパルトマンにいるのは心配だね。近ごろオートゥイ方面に建てられる、非常に風通しのいい、三部屋くらいのこぢんまりした明るいやつなんかにはいったらどうだね。借り手がなかなか見つからないので家賃をさげたから、ちょうど潮時なんだよ」

エヴは静かに扉の掛け金をまわした。ふたりはピエールの寝室にはいった。重苦しい香の匂《にお》いに、ダルベダ氏ののどがつまりそうになった。カーテンは下がっていた。薄暗がりのなか、肘掛椅子《ひじかけいす》の背の上に、繊《ほそ》い首が浮いていた。ピエールは彼らに背を向けて食事をしていた。

「こんにちは、ピエール」と、声を高めながらダルベダ氏が言った。「どうだね、きょうのぐあいは？」

ダルベダ氏は病人に近づいた。病人は小さなテーブルを前にして椅子に腰をおろしていた。陰険な顔つきだった。

「半熟の卵を食べたのかい」ダルベダ氏は、さらにいっそう声を高めて言った。「こりゃすてきだ……」

「ぼくは聾《つんぼ》じゃありません」優しい声でピエールが言った。

ダルベダ氏はいらいらしてエヴの方に、味方になってもらおうとするような目を向けた。しかしエヴは、きびしい視線を返してひとこともしゃべらなかった。ダルベダ氏は、自分がエヴを傷つけたことを理解した。〈そうか、それならこの娘《こ》にとって、なおさら困ったことだ〉。この不幸な青年にふさわしい調子を見いだすことは彼には不可能だった。この男は四歳の子供よりも分別が足りなかった。だがエヴは彼を、一人前の大人として扱ってほしかったのだろう。ダルベダ氏は、いらいらしながら、かかるこっけいな配慮がすべて当をえない時がくるのを、期待せずにはいられなかった。病人は、そして特に狂人は、間違ってばかりいるので、彼はじりじりしてくるのだった。たとえばピエールは、あらゆることにおいて間違った。一言半句を言うときでも、わけのわからぬことを言わぬためしがなかった。だが、ピエールにごくわずかの謙遜《けんそん》を要求することも、あるいは彼の誤りを一時的に認めさせることも、むだな骨おりだったろう。

エヴは卵の殻と、ゆで卵の容器をさげた。それからピエールの前に、テーブルクロースをひろげ、その上にフォークとナイフを一本ずつ並べた。

「こんどは何を食べるんだい?」と、陽気にダルベダ氏が言った。

「ビフテキよ」

ピエールはフォークを手に取り、蒼白い長い指先にはさんで、念入りに調べた。それから薄笑いをもらした。

「こいつはこんどのやつじゃない」それを置きながら彼はつぶやいた。「お告げがあったんだよ」

エヴは近づいて、興味津々《しんしん》たるようすでフォークをながめた。

「アガト、ぼくに別のやつをくれ」と、ピエールが言った。

エヴは彼の言うなりになった。ピエールは食べはじめた。エヴはその怪しげなフォークを手に取って、じっと見つめながら両手で固く握りしめた。はげしい努力をしているように思われた。〈二人のしぐさ、二人の関係は何から何まで、なんて奇々怪々なんだ〉と、ダルベダ氏は思った。

居心地《いごこち》が悪かった。

「注意しろよ。螯《はさみ》があるから背中の真ん中を持ちたまえ」と、ピエールが言った。

エヴは吐息をついて、食器台の上にフォークを置いた。ダルベダ氏はかっとなった。この不幸な男の気まぐれのすべてに、譲歩するのがいいことだとは思われなかった。

ピエールの側からいってさえも、それは有害であった。フランショは、「常人は絶対に病人の譫語《うわごと》の相手になってはいけない」と、よく言ったものだった。彼に、別のフォークを渡してやるよりも、彼を優しくさとし、そのフォークは他のフォークとまるっきりおなじだということを、知らせたほうがましだったろう。食器台に近よると、ダルベダ氏は、これ見よがしにフォークを手に取って、その歯に、軽く指で触れた。それから彼はピエールの方を振向いた。しかしピエールは、何ごともなかったようすで肉を切っていた。穏やかな、なんの表情もない視線を、彼は義父の方にあげた。

「ちょっとおまえと話したいことがあるんだが」と、ダルベダ氏はエヴに言った。

エヴは従順に父にしたがって客間にはいった。長椅子に腰をおろすと、彼はフォークを手にしているのに気がついて、腹だたしげにそれを小テーブルの上に投げた。

「ここのほうがいい」

「あたしはちっともここに来ないわ」

「煙草《たばこ》をのんでもいいかね？」

「ええ、どうぞ」と、いんぎんにエヴが言った。「葉巻はいかが？」

ダルベダ氏は煙草を巻くことにした。彼は、いましも始めようとしている議論を、好ましく思っていた。ピエールと話していると、彼は、巨人が子供と遊ぶとき自分の力をもてあますであろうように、自分の理性に当惑を感じるのだ。明晰《めいせき》、精密、的確という彼の長所のすべてが、彼に背を向けてしまうのだった。ダルベダ夫人ははっきり打明けるべきだが、ジャネットと話すときにいくらか似ている〉。ダルベダ夫人はたしかに白痴ではなかったが、病気が……夫人の理性を眠らせてしまったのだ。それとは反対にエヴは父ゆずりの、生一本な論理的性格をそなえていた。エヴと議論するのは、楽しいことだった。〈だからこの娘《こ》に堕落してもらいたくないのだ〉。彼は目をあげた。娘の知的で繊細な顔だちを見たいと思ったのだ。しかしあてがはずれた。昔、あれほど理性的で透明だった顔に、今、何か曇った、不透明なものがかかっていた。エヴはいつも非常に美しかった。彼は、エヴがとても念入りに、ほとんどあでやかといってよいほどに化粧しているのに気がついた。アイシャドーをし、長い睫毛《まつげ》にマスカラをつけている。その完璧《かんぺき》で強烈なメーキャップは、父に耐えがたい印象を与えた。

「おまえの顔は、化粧のせいで緑色に見える。病気になりゃしないかと心配なんだよ。あんなに慎みぶかかったおまえが、なんて濃い化粧をしているんだ!」

エヴは答えなかった。彼は、重そうな黒髪のかたまりの下にある、目ざめるばかりの、しかもやつれた娘の顔を、困惑の面持で一瞬のあいだまじまじと見つめた。エヴはある悲劇役者にそっくりだ、と彼は思った。〈わたしはこの娘《こ》がだれに似ているか、正確に知っている。あの女にだ。オランジュの野外円形劇場で、フランス語でフェードルを演じたあのルーマニア女にだ〉。このような不愉快な事実に気づいたことを、彼はエヴのために残念に思うのだった。〈うっかり口をすべらしてしまった。つまらぬことで娘の機《き》嫌《げん》をそこねないほうがどれだけましかしれやしない〉

「悪かったね」と、彼はほほえみながら言った。「わたしが旧式な自然崇拝論者だということを知っているね。わたしは、近ごろの婦人が顔に塗りたくる、あのすべてのポマード類が大きらいなのだ。しかしわたしのほうが間違っている。時代に順応すべきだからね」

エヴは愛らしく父にほほえんだ。ダルベダ氏は巻煙草に火をつけて二、三度白い煙をふかした。彼は話しはじめた。

「ねえ、わたしはこう言おうと思っていたのだ、二人で昔のようにおしゃべりしよう、と。さあおかけ、おとなしくわたしの言うことを聞いておくれ。おまえの老いぼれのパパを信頼するんだよ」

「立っていたいわ。それでどんなお話なの？」

「簡単な質問をしよう」と、ダルベダ氏は前よりもいくらか冷たい声で言った。「こんなことをしていて、けっきょくどうなるんだ？」

「こんなことをしていてって?」と、びっくりしてエヴがききかえした。

「そうだ、おまえの送っている生活のいっさいだ」彼は言葉を続けた。「わたしがおまえを理解していない、と思っては困る」彼の頭にふいにあることがひらめいた。「しかし、おまえがしようとしていることは、人間の力をこえたことだ。おまえは想像のなかでだけ生きていたいんだろう? あれが病気だということを認めたくないんだね? おまえは現在のピエールを見ようとはしない。そうじゃないのかね。おまえは昔のピエールだけを見ている。でもねえおまえ、そいつは払戻しの不可能な賭金《かけきん》なんだよ」彼はさらに語を続けた。「そう。おまえに聞かせたい話がある。たぶんおまえの知らないことだと思う。あれはわたしたちがサーブル＝ドロンヌにいたときだった。おまえは三つだった。ママの知合いになった若い愛らしい婦人に、上品なかわいい男の子がひとりいた。おまえたちは仲よく海べで遊んだ。ほんとうに二人とも小さく、おまえはその子の許嫁《いいなずけ》だった。それからしばらくして、ママはパリでその若い婦人に会いたいと思った。ところがほかの人から、その婦人がたいへんな不幸に見舞われたという話を聞いたのだ。そのきれいな男の子が、自動車の泥よけで首を切断されたのだ。『あのかたをお訪《たず》ねになるのはいいことですが、お子さんがお亡《な》くなりになった話は、特にお避けにならねばいけません。あのかたは、お子さんの亡くなられたことを信じようとはしないのです』と、ママは人に言われた。ママが訪ねるとその婦人は、半分気が狂っていた。子供がまだ生きているように暮していて、子供に話しかけたり、テーブルに食器を並べたりするのだ。神経がひどくたかぶっていたので、半年後には、ついに力ずくで養護施設につれていかれ、それから三年間もそこで暮した。いや違うよ、おまえ」ダルベダ氏は頭を振りながら言った。「それは非常識というものだ。その婦人が勇気をもって真実を認めたほうがよかったのだ。そうすれば一度苦しんだだけで、あとは時がたてば苦しみは自然に消されていっただろう。物ごとを直視すること、ただそれだけさ。ほんとうだよ」

「パパは間違っていてよ」と、エヴはやっとの思いで言った。「あたし、よく知っているわ、ピエールは……」

ことばは出てこなかった。エヴは体をまっすぐにし、肘掛椅子の背に両手をかけていた。顔の下半分には、何か不毛な、醜いものがあった。

「それで……どうした?」と、びっくりしてダルベダ氏がききかえした。

「どうしたって?」

「だっておまえが……」

「あたしは、あるがままのピエールを愛していますの」と、エヴは早口で、さも飽き飽きしたといった調子で答えた。

「それはうそだ」と、力強く彼が言った。「それはうそだ。おまえはピエールを愛しているのではない。愛することはできない。愛情とは、健康で正気の人間にたいしてしかいだくことができないものだ。おまえはピエールに同情を寄せている。きっとそうだと思う。それにまた、おまえは、あの子のおかげで幸福に暮した三年間の思い出を、きっとたいせつにしまっておきたいのだろう。でも、ピエールを愛していると言ってはいけない。そんなことは信じられんよ」

　エヴは黙っていた。敷物をうつろなようすで見つめていた。

「答えられるだろうな」ひややかに彼は言った。「こんな話はわたしにとってもつらいのだ」

「なんとも答えられないわ、だってあたしを信じてくれないんですもの」

「じゃ、おまえがあの男を愛していると言うなら」と、激昂《げっこう》して彼は叫んだ。「それはおまえにも、わたしにも、かわいそうなママにも大きな不幸だ。なぜかというと、これは隠しておいたほうがいいと思っていたのだが、じつはピエールは三年以内に最も完全な精神錯乱に陥るだろう。やがてあれは獣のようになる」

　彼はきびしい目で娘をながめた。娘の頑固さのために、つらい打明け話をしなければばならなかったことが腹だたしかった。

エヴは身じろぎしなかった。目をあげさえしなかった。

「それは知っていたわ」

「だれに聞いたんだ？」と、あっけにとられて彼がたずねた。

「フランショに。半年も前のことだわ」

「ところがわたしはそのフランショに口どめをしといたのだ」と、にがにがしげに彼は言った。「けっきょくそのほうがよかったかもしれない。だが、ああいう状態のピエールをおまえといっしょに置くことは許されないことだ。おまえの試みている闘いは失敗するにきまっている。あの病気は容赦しないからね。しなければならぬことがあり、手当をつくせばなおるというなら、何も言いはしない。しかしちょっと目をあけてごらん。おまえはきれいで利口で快活だ。なんの得にもならないのにすすんで苦労している。もちろんその行為は当然賞讃《しょうさん》されるだろう。でももうやめなさい。おまえは義務を、義務以上のことを果した。それ以上がんばるのはかえって不道徳になるよ。人間というものは、自分にたいしても義務があるのだ。おまえはわたしたちのことを考えてくれないのかい。おまえはピエールをフランショの療養所に送るべきだ」

彼は最後の言葉を一語一語区切りながら言った。「おまえに不幸しかもたらさなかったこのアパルトマンを引きあげて、わたしたちの家におもどり。もしおまえがだれかの役にたち、どうしても他人の苦痛を慰めたいなら、ママがいるよ。ママは、かわいそうに看護婦に面倒をみてもらっているので、だれか親身になって世話をしてくれる人が、そばにいてほしいんだ」彼は言い添えた。「それにママならおまえのすることを認め、おまえに感謝することもできる」

　長い沈黙が流れた。ダルベダ氏は隣の部屋でピエールが唱《うた》っているのを聞いた。それはどうにか歌といえるもので、むしろ鋭くせわしない吟詠調《レシタチフ》に似ていた。ダルベダ氏は娘の方に目をあげた。

「じゃ、いやなんだね？」

「ピエールはあたしといっしょにここにいるわ。あたしたちはおたがいによく理解しあっているのよ」と、静かにエヴが言った。

「一日じゅう、ばかなまねをしてだね」

　エヴはほほえんで父の上に、あざけるような、ほとんど快活といってよい奇妙な視線をなげた。〈ほんとうだ。やっぱり二人はあのことばかりしているのだ。いっしょに寝るんだな〉と、彼は憤慨しながら思った。

「おまえはまったくおばかさんだね」と、彼は椅子《いす》から立ちあがりながら言った。

エヴは寂しげに笑って、自分に言いきかせるように、つぶやいた。

「そんなでもないわ」

「そんなでもないって？　わたしはたったひとつのことしか言えない。おまえが恐ろしい、とね」

彼はあわただしげに娘に接吻《せっぷん》して出ていった。〈あの哀れな屑《くず》を腕ずくで引っぱってきて、有無を言わさず灌水浴《かんすいよく》の下にぴったり押しつけることのできそうな、屈強な男を二人、送らねばなるまい〉。彼は階段をおりながら考えた。

静かな、からりと晴れた秋の日であった。太陽は道行く人びとの顔を黄金色にいろどっていた。ダルベダ氏は、それらの顔の単純さに驚嘆した。ある顔は鞣《なめ》したようであり、他の顔はすべっこい感じだった。それらの顔は、彼にも身近かなものに思われる、すべての幸福と心労とを一様に映していた。

〈わたしがエヴに何をとがめたのか、はっきりとわかる〉と、彼はサン・ジェルマン大通りにさしかかりながら思った。〈わたしがとがめたのは、人間の世界から離れて暮しているという点なのだ。ピエールはもう人間じゃない。あの娘《こ》がピエールに与えている、あらゆる配慮、愛情、それをこれらの人びとからすこしずつ剝奪《はくだつ》している。

人間をきらうという権利を持ってはならない。悪魔がそこに住んでいるなら、わたしたちは共同して暮そう〉

彼は道行く人びとを共感をもってながめた。彼は彼らの荘重で明るい視線が好きであった。陽《ひ》の光をいっぱいに浴びたこの街の雑踏のなかで、人びとは、あたかも大勢の家族に囲まれているかのような気安さを感じていた。

女の子の手をひいている、無帽の婦人が露店の前に立ちどまった。

「あれなあに？」と、ラジオの器械を指さしながら少女がたずねた。

「さわっちゃいけないよ。あれは器械なの、音楽が聞えてくるんだよ」と、母親が言った。

二人はいっとき、ものも言わず、うっとりとして立ちつくしていた。ダルベダ氏は心柔らぎ、少女の方に身をこごめてほほえみかけた。

二

〈行ってしまった〉。入口の扉が、かわいたきしりをたててふたたびしまった。エヴは客間に一人残っていた。〈あの人死ねばいい〉

エヴは、肘掛椅子《ひじかけいす》の背もたせを固く握りしめた。いましも父の目を思い出したのだ。

ダルベダ氏は、さも万事心得ている、といわんばかりのようすでピエールの上にごんで、自分こそ病人の話し相手ができるのだ、といった調子でピエールに言ったのだ、「こりゃすてきだ……」父はピエールをながめていた。ピエールの顔は、父のすばやい大きな目の奥に描かれた。〈あの人がピエールをながめるとき、ピエールを見ているのだと思うとき、あたしはあの人が憎らしい〉

エヴの手は肘掛椅子に沿ってすべった。彼女は窓の方に顔をあげた。まぶしかった。部屋は陽《ひ》の光でいっぱいだった。絨毯《じゅうたん》の上では蒼白《あおじろ》い円光となり、空中では目をくらます埃《ほこり》のようなものになって、いたるところ、陽がさしていた。どんな場所をも探ってまわり、どんな隅《すみ》でもみがき、家具に触れてそれを世帯上手《しょたいじょうず》な主婦のように光らせる、この慎みのない、まめな光との慣れを彼女は失っていた。しかしエヴは、窓ぎわまで進んで、窓ガラスとすれすれにたれていたモスリンのカーテンを引きあげた。ちょうどそのとき、ダルベダ氏がアパルトマンを出ていった。父親の広い両肩がエヴの目にふいにはいった。父はまばたきしながら顔をあげて空をながめた。それから、青年のように大股《おおまた》で遠ざかっていった。〈むりをしているんだわ〉と、エヴは思った。〈すぐに横腹が痛みだすわ〉。エヴはもうほとんど父を憎んではいなかった。あの頭のなかには、ほんのちょっとしたこと、若く見られたいという、わずかの気がかりがあるにすぎないのだ。しかし父が、サン・ジェルマン大通りの角を曲って、その姿が見えなくなったとき、エヴはふたたび怒りにとらわれた。〈あの人はピエールのことを考えているんだわ〉。彼らの生活の一部分が、閉ざされた部屋から脱け出て、太陽の照っている街のなか、人びとのあいだに、尾をひいている。〈ではあたしたちのことを、皆が忘れてくれることは絶対にないのだろうか？〉

ル・バック街にほとんど人通りはなかった。老婆《ろうば》がちょこちょこと車道を横ぎった。三人の少女が笑いながら通っていった。それから折鞄《おりかばん》をかかえ、健康でもったいぶった、彼らのあいだだけに通じる会話をしている紳士たちが通った。〈あれは、正常な人たちだ〉と、エヴは思ったが、自分の心に、それほど彼らを憎悪《ぞうお》する力のあることにびっくりした。でぶでぶに太った美しい女が、瀟洒《しょうしゃ》な紳士の前に重そうに走ってきた。紳士が両腕に女を抱いて接吻《せっぷん》した。エヴは冷酷な笑い声をたててカーテンをおろした。

ピエールはもう唱《うた》ってはいなかった。しかし四階の若い女がピアノを弾《ひ》きだした。それはショパンの練習曲《エチュード》だった。エヴの気持はもう平静に返っていた。彼女はピエールの部屋の方へ一歩足を進ませた。しかしすぐに立ちどまると、すこし胸苦《むなぐる》しさを覚えながら壁に寄りかかった。ピエールの部屋を離れるたびに、そこにもどらねばならないのだと考えると、いつもきまって落着きがなくなるのだった。けれどもエヴは、その部屋以外の場所で暮せないことをよく知っていた。エヴは部屋が好きだった。元気の回復するのを待ちながら、影もなく匂《にお》いもないこの客間を、すこし時をかせごうとするかのように、冷たい好奇の目でながめまわした。〈歯医者の客間みたいだわ〉。ばら色の絹の肘掛椅子、長椅子、背のない腰掛など、控えめで質素で、父親のような感じがしていた。大人の良友なのである。エヴは、さっき窓からながめたときの紳士たちのように、明るい色の服を着たもったいぶった人たちが、すこし前から始めた会話を続けながら、この客間にはいってくるときのありさまを想像した。彼らはここがどんなところか確かめもせず、しっかりとした足どりで部屋の真ん中に進んでいく。そのなかの一人は、航跡のように背後に手をなびかせ、行きがけにクッションやテーブルの上の品物などに触れても驚きもしない。そういう落着きはらった人びとは、行手に家具があっても、それを避けて回り道をするどころか、静かに家具の位置を変えるだろう。最後に、彼らは会話に熱中したまま、背後に一瞥《いちべつ》さえ与えずに腰をおろすだろう。〈ここは正常な人びとの客間だわ〉と、エヴは思った。閉ざされた扉のハンドルにエヴはじっと視線を注いでいた。苦悩にのどが締めつけられた。〈はいっていかなければならないわ。あまり長いあいだ、ピエールを一人にさせておいては、絶対にいけないいんだわ〉。この扉をあけねばならないだろう。それからエヴは、薄暗がりに目が慣れるように努力しながら、入口で立ちどまってしまうだろう。すると部屋は全力を尽してエヴを押しかえすだろう。だがこの抵抗に勝たねばならず、部屋の真ん中に進まねばならないのだ。急にエヴはピエールにとても会いたくなった。ピエールといっしょに父をあざけりたくなった。しかしピエールは、エヴを必要としていないし、彼にどんなあしらい方をされるか、予測はできないのである。エヴは、もう自分には、どこにもいる場所がないのだということを、誇りに似た気持でふいに思った。〈正常な人たちは、まだあたしが彼らの仲間だと思っている。でもあたしには、一時間も彼らのあいだにいることはできない。あたしはあすこで、この壁の向う側で暮さなければならない。しかしそこではあたしは必要とされていないのだわ〉

エヴの周囲にいちじるしい変化がおきた。陽の光は弱まり灰色になった。それは、前の日から換えなかった花瓶《かびん》の水のように濁った。エヴは、この弱まった光線のなかに浮んでいる物体の上に、長いあいだ忘れていた憂愁を見いだした。それはいまや果てなんとする、秋の午後の憂愁であった。エヴはためらいがちに、ほとんど気おくれしながら、自分のまわりを見まわした。すべてあれらのことは、非常に遠い昔にあった。この部屋には昼も夜も、季節も憂愁もなかった。エヴは非常に遠い秋を、子供のころの秋をぼんやりと思い出した。それから急に体を硬くした。思い出が恐ろしかったのだ。

ピエールの声がした。

「アガト、どこにいるんだ？」

「いま行くわ」と、エヴが叫んだ。

彼女は扉をあけて、部屋のなかに進んでいった。

鼻孔と口とが、香の厚みのある匂いでいっぱいになった。エヴは目を大きく見ひらき、前方に手をさしのばした――この匂いもこの薄暗がりもエヴにとっては、ずっと前から、水や空気、あるいは火と同様に、ことさら珍しくもない、身近かな、単に刺激が強く手ざわりのよい元素のかわりをするものにすぎなかった。エヴは足もとに気をつけながら、靄《もや》のなかに漂っているかのような蒼白い斑点《はんてん》に向って進んだ。蒼白い斑点はピエールの顔だった。ピエールの衣服は、（病気になってからは黒い洋服を着ているので）暗がりに溶けて見えなかった。彼は頭をのけぞらし目を閉じていた。美男だった。エヴは、彎曲《わんきょく》しているピエールの長い睫毛《まつげ》をながめ、それからそばの低い椅子に腰をおろした。〈苦しそうだわ〉と、エヴは思った。目がだんだんと暗がりに馴《な》れていった。はじめに仕事机が姿を現わした。それからベッド、それから肘掛椅子のそばの絨毯を埋めているピエールの身のまわり品、鋏《はさみ》、糊《のり》の壺《つぼ》、書物、押草標本など。

「アガト？」

ピエールは目をあけて、ほほえみながらエヴをながめた。

「あのフォークの一件、わかったかい？　あいつをこわがらせようと思ってやったまでさ。あのフォークはほとんどなんでもありゃしなかったんだよ」

エヴの懸念《けねん》は氷解した。彼女は軽く微笑を浮べた。

「とてもうまかったわ。あの人をすっかり怯《おび》えさせたわよ」

ピエールも微笑した。

「あれを見たかい？　あいつは長いあいだフォークをいじっていた。両手で握ったね。それはつまりあいつらが、物を持てないということなんだ。あいつらはそれを握ってしまう」

「ほんとうね」

ピエールは右手の人さし指で、左の掌《てのひら》を軽くたたいた。

「あいつらはこれで握る。指を近づけて目ざす物に達すると、それを打倒すために掌をかぶせる」

ピエールは唇《くちびる》の先で、早口にしゃべった。何か当惑しているような顔つきだった。

「あいつらは何をほしがっているんだろう」と、とうとうピエールが言った。「あいつは前にも来たことがある。なぜあいつを送ってよこすのだろう。ぼくのしていることを知りたければ、スクリーンの上に書いてあることを読みさえすりゃいい。自分の家を出る必要さえない。あいつらは過《あやま》ちを犯している。権力はあるかもしれないが、間違いだらけだ。ぼくは、けっして過ちを犯さない。それがぼくの切札だ。オフカ」とピエールは言った。「オフカ」ピエールは長い手を額の前で動かした。「阿魔《あま》め！ オフカ、パフカ、シュフカ。もっとほしいかい？」

「それは鐘なの」と、エヴはきいた。

「うん、鐘が鳴りだした」ピエールは、きびしい調子で言い足した。「あいつは下っ端《ぱ》だ。おまえはあいつと知合いなんだね。いっしょに客間に行ったね」

エヴは答えなかった。

「あいつは何をほしがっていたんだ」と、ピエールがきいた。「そのことを、おまえに話したにちがいない」

エヴはちょっとためらったが、乱暴に答えた。

「あなたを閉じこめたがっていたのよ」

ほんとうのことをものやわらかに言ったとき、ピエールは怪しむのだった。ピエールの疑惑をまぎらせ一掃するには、狂暴な打撃のように、真実をぶちまけるにかぎるのだった。エヴはうそをつくよりも、ピエールをむごいめにあわせるほうが好きであった。ピエールを欺《あざむ》き、そしてピエールがエヴの言ったことを信じているとき、どうしても軽い優越感をいだいてしまうのだったが、同時にエヴは自分に嫌悪《けんお》を催すのだった。

「ぼくを閉じこめるって」と、皮肉な調子でピエールは、おなじ言葉をくりかえした。「あいつらは常軌を逸している。壁ってものが、ぼくにどんな効《き》きめがあるんだ。それがぼくを拘束できるとでも思っているらしい。ぼくはときどき考える。世の中には二つの組があるんじゃないのか、とね。ほんとうの組、それは黒んぼの組だ。それからもうひとつは、そこに一所懸命に首をつっこんで、ばかなまねをくりかえす、じゃまばかりする人間の組だ」

肘掛椅子の肘掛の上でピエールは手をひらひらさせ、それをおもしろそうに見ていた。

「壁は横ぎられる。ところでおまえはなんて答えた?」と、好奇心を顔にあらわして、彼はエヴの方に体を向けた。

「あなたを閉じこめることはできないって」

ピエールは肩をすくめた。

「そう言っちゃいけない。わざとそう言ったんじゃないなら、やはりおまえも過ちを犯したのだよ。あいつらには、したいことをさせておけばいいのだ」

ピエールは口をつぐんだ。エヴは寂しげに顔を伏せた。「あいつらはそれを握ってしまう」ピエールはいかに軽蔑《けいべつ》した調子でこれを言っただろうか——そしてそれはいかに正しかっただろうか。〈あたしもやはり物を握るのだろうか。用心してもむだだわ。どうせあたしのすることは、たいていこの人をいらだたせている。ただそれを言わないだけなのだわ〉。エヴはふと、自分が哀れに思われた。それは十四のとき、元気で軽快だった母に、「おまえは手をどこに置いたらいいかわからないってみんなに思われるよ」と、言われたときに似ていた。エヴは思いきって体を動かすことができなかった。しかし、ちょうどそのとき、体の位置を変えたいという、耐えがたい欲求を感じた。エヴは、絨毯とすれすれにそっと両足を椅子の下へひいた。テーブルの上の、支柱をピエールが黒く塗ったランプと、チェスの道具に彼女は目をやった。チェス盤の上に、ピエールは黒い歩兵しか置かなかった。彼はときどき椅子から立ちあがってテーブルに近づくと、歩兵をひとつひとつ手にとってそれに話しかけ、ロボットと呼んだ。するとそれらの歩兵は、彼の指のあいだで、ひそかな生の営みに息づくように思われた。ピエールがそれをテーブルの上にもどすと、こんどはエヴがさわってみるのだった（エヴはすこしこっけいな気がした）。それは生気のない単なる木片に返っていたが、何か漠然《ばくぜん》とした、捕捉《ほそく》しがたいもの、ある感覚のようなものが、その上に残っていた。〈これはあの人のものなのだ。この部屋には、もうあたしのものはひとつもないのだわ〉。昔は、二、三の家具があった。鏡や、祖母からゆずりうけた、ピエールが冗談におまえの化粧台と呼んでいた、寄せ木細工の小さな化粧台などだった。ピエールはそれらのものを手なずけてしまい、事物は彼一人に、真実の姿を見せるのだった。エヴは何時間、凝視を続けたかしれない。しかしエヴは失望させられどおしだった。それらのものは、倦《う》むことのない意地悪い頑固《がんこ》な態度をとって、絶対に外形しか示さないのである——あたかもフランショ医師や、ダルベダ氏にたいしてのように。〈でもあたしは、もうまったくパパのようには物を見ていない。そういうことは全然できないわ〉と、エヴは苦悩を感じながら思った。

エヴは膝《ひざ》をすこし動かした。脚《あし》がむずむずしたのだ。彼女の体はしまって、張りきっていた。それがかえってつらかった。自分の体があまり元気にあふれ、慎みのないことに気がついていた。〈あたしは人から見られない物になってここにいたい。ピエールに見られないであの人を見ていたい。あの人に、あたしは必要じゃないのだわ。この部屋のなかであたしはよけいな存在なんだわ〉。エヴは頭をすこし回してピエールの上の壁をながめた。そこに凶兆がしるされるのだった。そのことは知っていたが、エヴには凶兆を読みとることができなかった。エヴはしばしば壁紙に描かれている大きな紅ばらを、それが目の下でおどりだすように見えるまで、長いあいだ見つめることがあった。紅ばらは薄暗がりのなかで燃えあがった。凶兆は多くの場合、ベッドの左上の天井のそばにしるされる。だがときどき場所が変った。〈あたしは立つべきだ。もうだめ、これ以上長く、ここにすわっていることはできない〉。壁の上には、玉ねぎの切れはしに似た白いレコードがあって、それがくるくると回っていた。エヴの手はふるえだした。〈あたしは気の狂うときがある。いいえ、やはりそうじゃない〉と、エヴはほろにがい気持で思った。〈狂人になることはできないわ。いらいらする。ただそれだけのことよ〉

ふいに彼女は自分の手の上に、ピエールの手を感じた。

「アガト」と、優しくピエールが呼びかけた。

彼はエヴに微笑した。しかし何か嫌悪《けんお》を感じているみたいに、螯《はさみ》を避けようとして蟹《かに》の背中をつまむように、指先でさわっているのだった。

「アガト、ぼくはおまえを非常にたよりにしたいんだ」

エヴは目を閉じた。胸が波だった。〈答えてはいけない。何か答えれば、ピエールはあたしを信じなくなるだろう。もう何も言わなくなるだろう〉

ピエールはエヴの手を放した。

「ぼくはおまえが好きだよ、アガト。だけどぼくには理解できない。なぜしょっちゅう部屋にいるんだ」

エヴは答えなかった。

「どうしてなんだい」

「あたしがあなたを愛してるってこと、ご存じでしょ」と、素っ気なくエヴが言った。

「そうかなあ。なぜぼくを愛せるんだ？　おまえをぞっとさせてるはずだよ。ぼくは狂人だもの」

ピエールはほほえんだ。しかし急にまじめな顔つきになった。

「おまえとぼくのあいだにはひとつの壁がある。ぼくはおまえを見ている。おまえに話しかける。でもおまえは別の側にいる。ぼくたちがおたがいに愛しあうことを何がじゃましているのだろうか。昔はもっと易《やさ》しかったたね、ハンブルクにいたころは」

「そうね」エヴは悲しげに答えた。いつもハンブルクであった。ピエールは一度もほんとうの過去を話したためしがなかった。エヴもピエールもハンブルクに行ったことはなかった。

「ぼくたちは運河に沿って散歩をした。艀船《はしけ》があったね。憶《おぼ》えている？　船は黒かったね。橋の上には犬が一匹いたっけ」

　ピエールは、そのつど、作り話をしていくのだった。うかつに信用のできない顔つきをしていた。

「ぼくはおまえの手を握っていた。おまえの皮膚はぼくのとは違っていた。おまえが言ったことをぼくはすっかり信じていた。黙っていなさい」と、彼は叫んだ。

　彼はちょっと聞き耳をたてた。

「あれが来そうだ」と、暗い声で言った。

　エヴはびっくりした。

「そうなの？　もう二度と来ないとばかり思っていたのに」

　三日前からピエールはいつもより平静だった。像は現われなかった。自分では絶対にそのことを認めないが、ピエールは非常に像を恐れていた。エヴは、像はすこしもこわくはなかったが、それが部屋のなかで、うなり声をたてて舞いだすと、ピエールがこわくなるのだった。

「お守りを取ってくれ」と、ピエールが言った。

エヴは立ってお守りを取った。それはピエールが自分ではった厚紙の断片を寄せ集めたもので、像を追いはらうために用いるのだった。それは蜘蛛《くも》に似ていた。一枚の厚紙には〈穽《おとしあな》にたいする力〉、別のには〈黒〉という字が書かれていた。また三番めのには、目に皺《しわ》をよせて笑っている顔が描かれていて、ヴォルテールのつもりなのだった。

「これはもう役にたたない」と、ピエールは、お守りの把手《とって》を持って陰気なようすでそれをながめた。

「なぜ？」

「あいつらがひっくりかえしたんだ」

「別なのを作る？」

ピエールは長いあいだエヴを見つめていた。

「ほんとうにそうしてほしいのだね？」と、ピエールが口のなかでもぐもぐと言った。

エヴはピエールにいらいらしてくるのだった。〈妖怪《ようかい》が来るときいつも予告を受ける。どうしてそれができるのかしら。けっして間違ったためしがない〉

お守りはピエールの指先に、情けない格好でつりさがっていた。〈この人はこれを使いたくないために、いつも何かと理由を見つける。日曜日にあれが来たときは、なくしてしまったなんて言ってたわ。糊《のり》の壺《つぼ》のうしろに見えていたのに。この人に見えないわけはなかった。あの像を、この人自身が引きよせるのじゃないかしら〉。ピエールが、あくまで誠実であるかどうかを知ることは絶対に不可能だった。あるときは、彼の意志に反して、彼が、不健康なかさばった観念と幻覚に襲われたのだと思われたが、別の場合には作りごとをしているように見えた。〈この人は苦しむけれど、どの程度に像とか黒んぼとかを信じているのかしら。いずれにしてもこの人が、像を見ないことはあたしにもわかっている。その声を聞くだけなのだ。それが通ると顔をそむける。それでもともかく、見た、と言う。それがどんな姿だったかをあたしに話す〉。フランショ医師の赤ら顔が思いうかんだ。「けれどもねえ奥さん、精神病者はだれでもうそつきなんですよ。彼らが実際に感じることと、感じると主張することとを区別なさろうと思ったら、いいかげんばかをみるでしょうよ」エヴは、はっとした。〈フランショなんか、なんの関係もないわ。あんなふうに考えることはよそう〉

ピエールは立ちあがってお守りを紙屑籠《かみくずかご》に投げ捨てに行った。〈あたしは、あなたのような考え方がしたいのだわ〉と、エヴはつぶやいた。ピエールはできるだけ場所をとるまいとするように、腰にしっかりと両肘《りょうひじ》をあてて、爪先《つまさき》でちょこちょこと歩いた。ピエールはふたたび椅子《いす》に腰をおろすと、エヴにかたくなな視線をなげた。

「壁紙を黒にしないといけない。この部屋には黒が十分でないから」

ピエールは肘掛椅子のなかに体を縮めた。エヴは彼の、けちけちした、常に引っこもう、縮まろうと待ちかまえているような体をながめた。腕、脚、顔は、収縮性の器官のようだった。掛時計が六時を打った。ピアノの音はやんでいた。エヴは思わず溜《ため》息《いき》をもらした。像はすぐにはやってこないだろう。待たねばならないのだ。

「あかりをつけましょうか?」

暗いなかで待ちたくなかった。

「好きなようにおし」と、ピエールが言った。

エヴは仕事机の上の小さなランプをともした。赤い靄《もや》が部屋をいっぱいにした。ピエールもまた待っているのだった。

彼はしゃべってはいなかった。しかし唇《くちびる》が動いていた。それは赤い靄のなかの二個の暗い斑点《はんてん》だった。エヴはピエールの唇が好きだった。昔、それは心をそそられる、肉感的なおもむきを持っていたが、今はすこしもそういう感じはしなかった。それはすこしふるえながら、たがいに離れるとすぐ結びつき、たがいに押しあってはまた離れる。唇だけがピエールの無表情な顔のなかで、生きているのだった。それは臆病《おくびょう》な二匹の獣に似ていた。彼は幾時間も、こうして音もたてずにつぶやくことができた。

しばしばエヴは、この執拗《しつよう》なかすかな動きに魅せられてしまうのだった。〈ピエールの口が好きだわ〉。ピエールはもう絶対に、エヴに接吻しようとはしなかった。彼は接触をきらった。夜になると男の硬くざらざらした手が彼に触れ、全身をつまみ、非常に長く爪《つめ》をのばした女の手が、不潔な愛撫《あいぶ》をするのだった。しばしば彼は服を着たまま眠るのだが、手は服の下をすべってきて彼のワイシャツを引っぱるのだった。あるときピエールは、笑い声を聞くと同時に、厚ぼったい唇が彼の唇の上におかれたのを感じた。その夜以来、彼はもはやエヴに接吻《せっぷん》しようとはしなかった。

「アガト、ぼくの口をながめてはいけないんだ！」

エヴは目を伏せた。

「唇の動きで相手の気持を読みとれるぐらい知らなくはないよ」彼は、横柄《おうへい》な調子で言葉を続けた。

肘掛椅子の肘掛の上で手がふるえていた。人さし指がのびて親指を三度たたいた。他の指は痙攣《けいれん》していた。それはまじないだった。〈あれが始まるのだ〉と、エヴは思った。ピエールをしっかりと抱きしめたかった。

ピエールは非常な大声で、上《うわ》っ調子でしゃべりだした。

「サン・ポリーのこと憶えている？」

答えてはならない。それは穽《おとしあな》かもしれなかった。

「ぼくはそこでおまえと知合いになった」と、彼は満足そうに言った。「ぼくはデンマークの水夫の手からおまえを救い出した。あやうく喧嘩《けんか》になるところだったが、一杯おごったので、おまえをつれ出しても、やつらはべつに文句をつけなかった。すべてこうしたことは、一場の喜劇にすぎなかった」

〈うそをついている。この人は自分の言っていることをひとことだって信じてやしない。あたしがアガトというのでないことを知っている。うそをつくとき、この人がきらいだわ〉。しかしピエールの凝視する眼差《まなざ》しを見ると怒りはしずまった。〈うそをついているのじゃない。せっぱつまっているのだわ。あれが近づいてくるのを感じて、音を聞くまいとしゃべっているんだわ〉。ピエールは肘掛に両手でしがみついていた。その顔には光沢がなかったが、微笑を浮べていた。

「ああいう出会いはしばしば不思議なものだ。しかしぼくは偶然を信じない。だれにおまえが送られてきたかたずねない。おまえが答えないということはわかっている。いずれにせよ、おまえは、ぼくを踏みつけにするほど、上手《うわて》だった」

彼は、鋭い、あわただしい声で、苦しそうにしゃべっていた。発音することができなかった言葉があって、それは、形をなさない柔らかい物体のように口から出てきた。

「おまえはぼくをお祭の真っただ中に、黒い自動車の輻輳《ふくそう》するあいだにつれていった。しかし自動車のうしろには軍隊がいて、ぼくが背を向けるやいなや、たちまち充血した目を光らせだした。おまえはぼくの腕にもたれかかっていながら、彼らに何ごとかを合図したようだ。ぼくには何ひとつ、確かなことはわからなかった。それほどぼくは、戴冠式《たいかんしき》の偉大な式典に夢中になっていた」

　ピエールは目を大きく見ひらいて、前方をまっすぐながめていた。彼はしゃべりやめずにぎごちないしぐさで、非常にすばやく額に手をやった。すこしも黙ろうとはしなかった。

「それは共和国の戴冠式だった」ピエールはかん高い声で言った。「式典のために植民地から、あらゆる種類の動物が送られてきたので、戴冠式としては、ひときわ印象的な見ものだった。おまえは、猿の群れのなかにまぎれこみはしないかとびくびくしていた。ぼくは猿の群れのなかにいたってしゃべれた」ピエールは周囲を見わたしながら横柄な態度でくりかえした。

「ぼくは黒んぼのなかにいたってしゃべれる！　テーブルの下にもぐって、見のがされると思いこんでいる一寸法師は発見され、たちどころにぼくの視線によって釘《くぎ》づけになる。黙ることを命令する」彼は叫んだ。「黙ることだ。みんな部署につけ。像の侵入を警戒しろ。命令だ。トラ、ラ、ラ――ピエールは口の前で手をラッパのようにしてどなった――トラ、ラ、ラ、トラ、ラ、ラ、ラ」

ピエールは沈黙した。エヴは部屋のなかに、いましがた像がはいってきたことを知った。ピエールは体をこちこちに硬くして、真《ま》っ蒼《さお》な、軽蔑《けいべつ》をこめた顔つきになった。エヴもまた体を硬くした。二人とも黙って待っていた。だれかが廊下を通った。それは家政婦のマリーだった。今、着いたところなのだろう。〈ガスの料金を渡さなければ〉と、エヴは思った。それから像が舞いだした。それはピエールとエヴのあいだを通っていった。

ピエールは、あっ、と叫んだ。そして脚を奥へ引っこませ、肘掛椅子のなかに体を縮めた。彼は顔をそむけていた。ときどき嘲笑《ちようしよう》を浮べるが、額は汗のしずくで光っていた。その真っ蒼な頬《ほお》と、ゆがんでふるえているとがらした口を、エヴは正視できなかった。彼女は目を閉じた。瞼《まぶた》の赤い地《じ》の上で黄金色の糸がおどりだした。エヴは年老いて、体が重くなるのを感じた。自分から非常に遠くないところで、ピエールの息づかいが荒かった。〈妖怪がとびはねている。うなり声をたてている。あの人の上におおいかぶさる……〉。エヴは、肩と右のわき腹に、軽いくすぐったさと、窮屈さを覚えた。本能的に、エヴは左方へ体を傾けた。それは不快な接触を避け、重く不格好な物体を通過させるためのようだった。突然、床がきしった。エヴァは目をあけたくてしかたがなかった。空気を手で払いながら、右側のようすを知りたいという狂的な欲望にとらわれた。

　しかしエヴァは何もしなかった。目を閉じたままでいた。すると鋭い喜びに体がふるえてきた。〈あたしもやはりこわいのだわ〉と、エヴァは思った。エヴァの全生命は左半身へ避難した。彼女は、目を閉じたままピエールの方に身をこごめた。ごくわずかの努力をするだけで十分だったろう。そうしてはじめて、あの悲劇の世界へはいることができただろう。〈あたしは像がこわい〉。それははげしい盲目的な肯定だった。まじないだった。エヴァはあらんかぎりの努力をして、像の存在を信じようとした。体の右半身を麻痺《まひ》させた苦痛から、ひとつの新しい感覚を、ひとつの触覚を形成しようと試みていた。エヴァは、腕や横腹や肩に、像が触れていくのを感じていた。

　それは地にはうごとく静かに飛んでおり、うなり声をたてていた。それが依怙地《いこじ》な顔つきをし、目の縁の石から睫毛《まつげ》がはえているのを知ってはいたが、的確に想像することはできなかった。像は、まだまったく生命力のあるものではなく、肉のはがねや湿った鱗《うろこ》が、大きな体の上についていることを彼女は知っていた。指先の石が剝《は》げている。掌をごそごそさせている。エヴァはそれらすべてを見ることはできなかった。ただ重たげで、醜悪な、人間の格好はしているが、石のように隙間《すきま》のない頑固《がんこ》な感じの巨大な女たちが、ごく身近かをすべっていくように思われた。〈あれがピエールの上にこごむ。――両手がふるえだしたほど、エヴはげしい努力を続けた――あれがあたしの上にこごむ……〉。そのとき恐ろしい叫び声が、突如エヴの心を凍らした。〈像がピエールにさわった〉。エヴははじめて目をあけた。ピエールは頭を両手でかかえてあえいでいた。エヴの体からは力が抜けていった。〈まるで遊戯だわ〉。エヴは後悔をしながら考えた。〈単なる遊戯だわ。一瞬間も、あたしはまじめに像の存在を信じなかった。ところがそのあいだ、ピエールはほんとうに苦しんでいたのだわ〉

ピエールはぐったりとし、息づかいが荒かった。瞳孔《どうこう》を奇妙に開き、汗をたらしていた。

「あれを見たのかい?」と、ピエールがきいた。

「見えないのよ」

「そのほうがいい。見るとこわいだろうからね。ぼくは慣れちゃった」

エヴの手は今もふるえていた。顔がほてっていた。彼はポケットから巻煙草《まきたばこ》を取出して口にくわえたが、火をつけようとはしなかった。

「見るだけならなんでもないが、さわられるのがいやだ。おできをうつされるのではないかと思うと恐ろしい」

彼はしばらく考えこんでいたが、エヴにたずねた。

「あのうなり声を聞いた？」

「ええ、飛行機の爆音みたいね」（ピエールは前の日曜日、これとおなじ表現をしたのだ）

彼はすこしばかりへりくだった態度を見せてほほえんだ。

「それは誇張だね」と、ピエールは言った。でもその顔は蒼《あお》いままだった。ピエールはエヴの手に視線を注ぎながら言った。「手がふるえているね。こわかったのかい、アガト、かわいそうに。でも、気をもまなくていいよ。あれはもうあすまでは来ないから」

エヴは、しゃべることができなかった、歯の根があわなかった。ピエールがそのことに気づきやしないかと、心配だった。彼は長いあいだエヴをしげしげとながめていた。

「おまえはすごく美しい」と、ピエールは頭を振りながら言った。「気の毒だな、ほんとうに気の毒だ」

彼はすばやく手をのばしてエヴの耳に軽く触れた。

「ぼくの美しい悪魔。おまえはすこしぼくを気づまりにさせる。おまえがあまりきれいなので、ぼんやりしちゃうよ。つづめて言うことが問題でなければ……」

ピエールは言葉を切り、びっくりしてエヴをながめた。

「この言葉じゃなかった。思わず口から出た……出てきたんだ」彼はあいまいな微笑を浮べた。「舌の先には別の言葉があった……ところがこの言葉が……それに代った。おまえに言ったことを忘れちゃったよ」

彼はしばらく考えこんでから頭を振った。

「さあ寝よう」そして子供らしい声で言い足した。「ねえアガト、疲れたよ。もう考えが浮んでこない」

ピエールは巻煙草を捨てて、心配そうに絨毯《じゆうたん》をながめた。エヴはその頭の下に、枕《まくら》をすべらせた。

「おまえも寝ていいよ」目を閉じながら、彼は言った。「あれはやってこないから」

〈つづめて言うこと〉。ピエールは穏やかな、ほほえみのようなものを浮べた寝顔を横に向けて、眠っていた。頬を肩で愛撫《あいぶ》したいみたいだった。エヴは眠くはなかった。彼女はさっきピエールの言った言葉を考えていた。〈つづめて言うこと〉。ピエールは突然、獣のようになった。すると、長く白っぽい言葉が口のそとへ流れ出た。彼は、言葉を見ているように、しかもそれがなんであるのかはっきりしないもののように、いぶかしげに前方をながめていた。彼の口は力なく開かれていた。内部で何かがこわれたようであった。〈ピエールは早口でわけのわからないことを言ったわ。こんなことは、こんどがはじめてだった。自分でもそれに気がついていた。もう考えが浮ばないと言ってたわ〉。ピエールは欲情的な軽いうめき声をあげて、手をかすかに動かした。エヴはそれをきびしい目で見つめた。〈目をさますとき、どんなふうかしら〉。この考えがエヴを悩ました。ピエールが眠ると、どうしてもこの考えが浮ぶのだった。考えずにはいられなかった。彼が錯乱した目をして起きあがり、わけのわからないことを口ばしりはしないかと、それが心配だった。〈あたしはどうかしている。あれは、一年たたなければ始まるはずはないのだから。フランショがそう言ったわ〉。しかし、苦悩は消え去らなかった。一年、冬、春、夏、そしてもう一度めぐってくる秋のはじめ。ある日、ピエールの顔つきは朦朧《もうろう》とし、顎《あご》には締りがなくなるだろう。目は半分だけ開かれ、涙をたらしているだろう。エヴはピエールの手の上にこごんで、唇をつけた。〈その前に、あなたを殺しましょう〉

エロストラート

窪田啓作訳

人間というやつは、これを高みから見おろさなくてはいけない。おれはあかりを消して、窓に寄った。人間どもは上からながめられようとは、夢にも思わぬ。やつらは、正面に、ときには背後に、気をくばる。が、その効《き》きめはいっさい、一メートル七〇の見物相手のものだ。七階から見おろした山高帽の形について、いったいだれが考えたことがあったろう? やつらは、強い色彩や派手な布きれで、肩と頭蓋《ずがい》とを護《まも》るのを怠り、あの「人間」の大敵、垂直降下の見晴らし、というやつと闘うことを知らないのだ。おれは身を傾けた。そして笑いだした。人間どもがあれほど得意にしている、あのすてきな「直立姿勢」というやつは、いったいどこへ行ったんだ。やつらは舗道の上に押しつぶされて、なかばはいつくばった二本の長い脚《あし》が、肩の下から飛び出していた。

七階の露台。おれが全生涯をすごさねばならなかったのは、ここだ。精神的優越をささえるには物質的象徴をもってしなければならない。それを欠けば、精神的優越はくずれ落ちるのだ。さて、正直に言って、人間どもにたいするおれの優越とは、なんだろう? 位置の優越。それ以外の何ものでもない。自己のうちにある、「人間」の上方におれは身を置いて、ながめる。それゆえ、ノートルダムの塔や、エッフェル塔の見晴らし台や、サクレクールや、ドランブル通りのおれの七階をおれは愛した。それはすぐれた象徴だ。

ときには通りへ降りていかねばならなかった。たとえば、事務所へ行くために。おれは息がつまった。人間どもとおなじ平面に立つと、そいつを蟻《あり》と見ることは、ひどくむずかしくなる。やつらは、さわるのだ。いつだか、通りで、死人を見た。そいつはうつぶせに倒れていた。裏返すと、血まみれだった。開いた目と、怪しい風体と、一面の血とを、おれは見た。「なんでもない。こいつは書きたての絵ほどにも感動的ではない。鼻を赤で塗りたくった、それだけだ」とおれはつぶやいた。しかし、あるいやらしい甘さを感じた。そいつはおれの脚とうなじをとらえた。おれは失神した。やつらはおれを薬局に運び、両肩を平手でたたき、アルコールを飲ませた。やつらを殺してやったろうに。

やつらがおれの敵だということを、おれは知っていたが、やつらのほうは知らずにいた。やつらはたがいに気が合い、たがいに肘《ひじ》を組みあっていた。このおれに、やつらは、あれこれ、手をかしてくれたでもあろう。……やつらは、おれを同類だと思っていたのだから。しかし、もしやつらがほんのわずかでもほんとうのところを見ぬいていたら、おれを打倒していただろう。おまけに、あとになってから、事実やつらはそうしたのだ。やつらがおれをつかまえ、おれがどういうやつかを知ったとき、おれをひどいめにあわせ、二時間も平手でたたき、警察では頰打《ほおう》ちやげんこつをくれ、おれの腕に食いつき、ズボンを引剝《ひきは》いだ。それから、最後に、やつらはおれの鼻眼鏡を地面に投げ捨てた。四つんばいでおれがそれをさがしているあいだ、やつらは笑いながら尻《しり》に足蹴《あしげ》をくれた。やつらがおれを打倒してしまうだろうとおれは終始覚悟していた。おれは強くはないし、自分を防ぐこともできないのだから。久しくおれをねらっていた連中がいた。でかいやつらだ。やつらは、おれがどうするかをながめ、笑うつもりで、通りで、おれを打ちこらしめた。おれは何も言わなかった。合点《がてん》がいかぬふりをした。が、それでも、やつらはおれをやっつけた。おれはやつらを恐れていた。それは一つの予感だった。しかし、おれがやつらを憎むにはもっと重大な理由があったことは、よくおわかりだろう。

　この点については、おれが拳銃《けんじゅう》を一挺《ちょう》買って以来、万事はうまくいきだした。爆発し、音をたてる、あの器具を一つ、欠かさず身におびると、強くなったように感ずる。日曜日に、おれはそれを手に取り、無造作にズボンのポケットに入れ、散歩に出た。――たいがいは、ブールヴァールの方へ。おれは、拳銃がズボンを蟹《かに》みたいに引きつらすのを感じた。また、腿《もも》に冷たくそれを感じた。が、だんだんと、おれの体に触れて、それは暖まってきた。おれはあるこわばりを感じつつ歩いた。ちょうどふくれてきて、ひと足ごとに陰茎が歩みを制するやつみたいな歩きぶりをした。おれはポケットに手をすべらせ、ものを探った。ときどき、便所にはいった——が、そのなかでも、しばしば隣に人がいることがあるから、十分に注意をはらった。——おれは拳銃を取出し、重さをはかった。黒い碁盤縞《ごばんじま》模様のある銃尾と、なかば閉じた瞼《まぶた》みたいな黒い引金とをながめた。そとからおれの開いた足とズボンの裾《すそ》とを目にした、他の連中は、おれが小便をしたと思ったろう。が、おれは小便所ではけっして小便はしない。

ある晩、人間どもを撃ってやろうと思いついた。土曜の夜だった。おれはレアをさがすために、そとへ出ていた。モンパルナス通りの、あるホテルの前に立っている金髪の女だ。女とのねんごろな交渉はおれには全然なかった。何か盗まれるような気がしただろうから。もちろん、人は女どもの上に乗るのだが、女どもは、その毛深い大きな口で、きみらの下腹を貪《むさぼ》りくらう。おれが聞いたところでは、この取引で儲《もう》けるのは——しかも、はるかに——女どもなのだ。おれはといえば、だれにも何ひとつ要求しないが、また何ひとつ与えたくもないのだ。それでなくて、おれには、嫌悪《けんお》をもっておれに耐えてくれる、冷たい敬虔《けいけん》な女が必要だった。毎月の最初の土曜、おれはレアとともに、デュケーヌホテルの一室に登った。女は着物を脱ぐ。おれは女に触れることなしに、女をながめる。ときには、おれのズボンのなかに、一人で発射した。ときには、なしおえるために家に帰る余裕があった。その晩は、いつもの場所に女が見つからない。おれはしばらく待った。女の来るのが見えないので、かぜをひいたかなと想像した。一月のはじめで、たいそう寒かった。がっかりした。おれは想像力に富んでいるし、また、その夜あてにしていた快楽をはげしく思い描いていたからだ。オデッサ通りには、たしかに、以前からしばしば気づいていた栗色《くりいろ》の髪の女がいた。少々年増《としま》の、しかし、引きしまって肉づきのいい——。おれは年増の女はきらいではない。年増は着物を脱いだとき、他の女よりよけい裸になったように見えるから。だが、あいつはおれの仕方を心得ていない。それで、単刀直入にあれを申入れることは、おれも多少照れくさかった。それに、おれは新しい近づきを信用しない。こういう類《たぐ》いの女は戸のかげに、ごろつきを隠しておかぬともかぎらない。そうすれば、突然、そいつがはいりこんできて、きみらから金を巻きあげる。げんこつの雨が降らないとすれば、めっけものだ。しかしながら、その晩は、自分でもわけのわからぬ大胆さで、おれは拳銃を取るために家へもどり、冒険を試みることに決心した。

十五分ののち、おれが女に近よったときには武器はポケットにおさまっていた。おれはもう何もこわくなかった。近くからながめると、女はむしろみじめなようすに見えた。女は、おれの部屋の真向うの女、曹長《そうちょう》の女房に似ていた。おれはその女房の裸をずいぶん前から見たいと思っていたのだから、おおいに満足した。曹長が出かけてしまうと、女房は窓をあけはなしたままで着物を着る。それで、そいつを脅やかしてやろうとしばしばおれは窓かけのうしろに隠れて見た。が、女房はいつも部屋の奥で身づくろいをしたのだ。

ステラホテルでは、空《あき》部屋は五階にひと間しかなかった。おれたちは登った。女はかなり重かった。一段ごとに立ちどまって、息をついた。おれは楽々たるものだった。おれは腹は出ているが、体はやせている。五階以上登らなければ、息を切らすことはない。五階の踊り場で女は立ちどまった。右手を心臓にあてて、はげしく呼吸した。左手で部屋の鍵《かぎ》をさしだした。

「高いわね」おれにほほえもうと試みながら、女が言った。

黙ったまま鍵を受取り、おれは扉をあけた。ポケットのなかで筒先を正面に向けて、拳銃を左手で握った。スイッチをひねってからようやくそれを放した。部屋はからだ。便所には、ご休憩客用に、緑色の石鹼《せっけん》の切れっぱしが置いてある。おれは笑った。おれとならば、洗滌器《せんじようき》も、石鹼の切れっぱしも、まったく用なしだ。女はおれのうしろで、相変らずあえいでいた。それがおれを刺激した。おれは振返った。女は唇《くちびる》を突き出した。おれは女を押しのけた。

「着物を脱げよ」とおれは女に言った。綴織《つづれおり》の肘掛椅子《ひじかけいす》がある。おれは心持よく腰をおろした。おれが煙草《たばこ》をすわぬことを残念に思うのは、こうした場合だ。女は服を脱ぎだした。それから、おれに疑いぶかい視線を向けながら、脱ぐ手を休めた。

「なんという名前さ?」うしろにひっくりかえりながらおれは言った。

「ルネ」

「そう。ルネ。急げよ。待っているんだ」

「あんたは脱がないの?」

「ああ、ああ、おれのことは気にするな」とおれは言った。

女は足もとにズロースを落し、それを拾いあげて、ブラジャーとともに丁寧に服の上に載せた。

「あんたったら、あれがだめなの、のろくさいの? あんたの女に、ひともみしてもらいたいの?」と、女がたずねた。

同時に女はおれの方へひと足進み、おれの椅子の肘掛に手をついて身をもたせかけた。女はずるずると、おれの脚のあいだにひざまずこうとした。しかし、おれは荒々しく女を立ちあがらせた。

「そうじゃない。そうじゃないんだ」とおれは言った。

女は驚いておれを見た。

「では、わたしにどうしろって言うの？」

「なんにも。歩くんだ。行ったり来たりして。おれはそれだけでいい」

女は不様《ぶざま》なかたちで、縦に横に歩きだした。女が裸でいるとき、歩くことほど女を困らせるものはない。女は踵《かかと》を平らに置く習慣を持たない。娼婦《しょうふ》は背を曲げ、腕をたらした。おれはといえば、大喜びだった。その場の、肘掛椅子にゆったりと腰をおろし、首まで着物をつけ、手袋さえはずしてはいなかった。年増女は言いつけどおりすっかり裸になり、おれのまわりをぐるぐる回った。

女は頭をおれの方へめぐらし、体裁をつくるために婉然《えんぜん》とほほえみかけた。

「わたしをきれいだと思って？　目がさめるぐらい？」

「そんなこと、気にするな」

「いったい、わたしをいつまでもこんなふうに歩かしとくつもりかい？」かっとなって女がたずねた。

「すわれよ」

女は寝台の上にすわり、おれたちは黙ってたがいにながめあった。女は鳥肌《とりはだ》になっている。壁の向う側からは、目ざましのかちかちが聞える。突然、おれは女に言った。

「脚をひろげろ」

女は四分の一秒ほどためらい、それから応じた。おれは脚のあいだをながめ、鼻息を吸いこんだ。それから、涙が目に浮んだほどひどく、笑いだした。おれは女にぽつんと言った。

「わかったか？」

そしてまた笑いだした。

女はびっくりしておれをながめ、ひどく赤くなり、脚をつぼめた。

「畜生」女は歯がみして言った。

しかし、おれはいっそうひどく笑ったので、女ははね起きて、椅子の上のブラジャーを取った。

「おい、おい」とおれは言った。「おしまいじゃないぞ。今すぐ五〇フランやるからな。だが、金を払うからには、やるんだ」

女はいらいらとズロースをつけた。

「たくさんよ、ええ。あんた何がしたいのかわからないよ。わたしをからかうために、ここに引っぱりこんだって言うんなら……」

そのとき、おれは拳銃を抜き出して、女に示した。女は真剣な顔でおれをながめた。何も言わずに、ズロースを脱いだ。

「歩け」とおれは言った。「ぐるぐる歩くんだ」

女はさらに五分間も歩きまわった。それからおれはあれを女にゆだね、慰ませた。下ばきがぬれたと感じたとき、おれは立ちあがって、五〇フランの札を女に出した。女は受取った。

「さよなら」とおれはつけ加えた。「金の割には、おまえさん、体をつかわないで済んだろう……」

おれは出かけた。片手にはブラジャーを、片手には五〇フラン札を握ったままの、素っ裸の女を部屋の中央に残して。おれは金を惜しいとは思わなかった。女を面くらわしてやったのだから。娼婦というやつは容易に驚かないものなのだが。階段を降りながら、おれは考えた、「おれの望むところは、つまり、やつらをみんなびっくりさせることだ」と。おれは子供みたいに陽気だった。おれは緑色の石鹸を持ち出していた。うちへ帰ると、湯に漬《つ》けて、指のあいだで、細い薄皮になってしまうまで長いことすった。そいつは長く長くしゃぶった薄荷《はつか》ボンボンみたいだった。

しかし、夜中におれはびくりと目をさました。拳銃を女に示したときの女の目つきや顔、ひと足ごとにだぶつく脂《あぶら》ぎった腹を、ふたたび見た。

なんとおれはばかだったろう、と思った。苦い悔いを感じた。あそこにいるあいだに、おれは発射して、掬杓《あわすくい》みたいにあの腹をえぐってやるべきだったろう。その晩およびそれに続く三夜、おれは、へそのまわりを取巻く、六つの小さな赤い穴を夢に見た。

それからというもの、おれは拳銃なしでは外出しなかった。おれは人びとの背をながめた。その足どりによって、おれがそいつに撃ちこんだときの倒れ方を想像した。日曜日、おれは、クラシックの演奏会のはねぎわ、シャトレ座の前に待伏せに行くのが習慣になった。六時ごろベルが聞える。案内女どもが、鉤《かぎ》でガラス扉をくりつけに来る。それが始まりだ。人群れはゆっくりと出てくる。人びとは、なお夢にみちた目つき、美しい感情にみちた心地で、漂うように歩いていく。身の回りを驚いたようすでながめているやつも多かった。通りは、やつらには夢のように見えていたはずだから。そのとき、やつらは、神秘的に微笑した。やつらは一つの世界から他の世界へと渡りつつあったのだから。このおれが待っていたのは、そのもう一つの世界においてだ。おれは右手をポケットにすべりこませ、おれの武器の銃尾を力いっぱい握りしめていた。一瞬ののち、おれはやつらに発射している自分を目に見た。おれはパイプみたいにやつらをやっつけ、やつらは折り重なって倒れた。生き残りも、狼狽《ろうばい》のあまり、扉のガラスをうち砕いて、劇場のなかへ逆流した。そいつは、まことに刺激的な遊びだった。しまいには、おれの手はふるえていた。おれは落着きを取りもどすために、ドレーエルへコニャックを飲みに行かねばならなかった。

女どもなら、殺しはしなかったろう。おれは腰に射《う》ちこんだろう。そうでなければ、ふくらはぎに。やつらを踊らせるために。

おれはまだ何も決めてはいなかった。しかし、決心がついたかのように、すべてふるまおうと、決めた。おれはこまごました付属部分を整えることから始めた。ダンフエール・ロシュローの市《いち》の、射的場へ練習に行った。厚紙の成績はりっぱではなかったが、人間どもは、特に近くから射撃する場合には、大きな標的になるのだ。それから、おれはおおびらにやろうと気をくばった。事務所に同僚のすべてが集まる一日を選んだ。ある月曜の朝。おれは、原則として、やつらにひどく愛想がよかった。やつらの手を握ることは大きらいだったけれども。やつらは、おはよう、と言うために手袋を脱いだ。やつらは、毛のズボンを脱がせ、手袋を引きさげ、ゆっくりと指に沿うてすべらせて、ぶよぶよとして皺《しわ》だらけの掌《てのひら》を、裸にむき出すという、一種猥褻《わいせつ》な仕方をした。おれは、だがけっして手袋をとらなかった。

月曜の朝は、たいしたことはなかった。商事部のタイピストが、われわれに領収証を持ってきた。ルメルシエが娘を軽くからかった。女が出ていくと、やつらは熱のない仕方で、その魅力をあげつろうた。それからリンドバーグを論じた。ひどくリンドバーグが好きなのだ。おれはやつらに言った。

「おれは黒い英雄が好きだな」

「黒んぼか?」とマッセがたずねた。

「いいや、黒い魔術というときの黒さ。リンドバーグは白の英雄だ。おれには興味がない」

「大西洋横断がやさしいことかどうかね」とブーザンが鋭く言った。

おれはやつらに黒い英雄という自分の考えを述べた。

「アナーキストだな」とルメルシエが要約した。

「いいや」とおれは静かに言った、「アナーキストはそれなりに人間を愛するものだ」

「それじゃ、狂人だろう」

だが、学のあるマッセが、このとき話に加わった。

「おれはきみの言うタイプを知ってる」と彼は言った。「エロストラートというやつだ。やつは有名になりたいと思った。そこで、世界の七不思議の一つ、エフェーズの寺院を焼きほろぼすのがいちばんいいと思ったのだ」

「それで、その寺院を建てたやつの名は？」

「憶《おぼ》えちゃいないよ」と彼は打明けた。「だれだってそんな名前を知っちゃあいないと思うよ」

「そうかね？　きみはエロストラートの名前だけは憶えているんだね？　その男はひどい計算違いはしなかったというわけだな」

会話はこの言葉でおしまいになった。おれはひどく落着いていた。やつらはあの会話をつごうのよいときに思い出すだけだろう。おれは、それまでエロストラートについて何も聞いたことはなかったのだが、その話は、おれを勇気づけた。男が死んでから二千年以上だが、彼の行為は黒ダイヤのように、なお照り輝いているのだ。おれの運命は短く、悲劇的だろう、とおれは信じはじめた。最初はそのことがおれに恐れを与えたが、やがて慣れた。ある意味では、まことに残忍な話だが、他面、そのことが、過ぎていく「瞬間」に、莫大《ばくだい》な力と美を与えるのだ。通りに降りていったとき、おれは身内に奇妙な力を感じた。おれはあの拳銃《けんじゅう》、爆発し、音をたてるあいつを、身に着けていた。が、おれが自信を引出したのは、もはや、あの拳銃からではなく、おれ自身からだった。おれは、拳銃、爆薬、爆弾種の存在だった。おれもまた、暗い生涯のはてに、一日、爆発するだろう。おれは、マグネシウムの閃光《せんこう》のように、はげしく短い炎で、世界を輝かすだろう。たまたまそのころ、数夜おなじ夢を見た。おれはアナーキストだった。おれはツァーの通り道に待ち受けた。凶器をたずさえていた。定めの時に、行列が通った。爆弾が破裂した。おれたち、おれとツァーと金ぴかの三名と官吏とは、群衆の目の前で、空中にはねあがった。

いまやおれはまる数週間事務所に現われずにいた。わが将来の犠牲者のさなかに、大通りを散歩した。あるいはまた、部屋に閉じこもって、計画をたてた。十月のはじめに、くびになった。そこで、おれはつぎのような手紙をしたためることにひまを用いた。おれは手紙に百二部の写しをとった。

《拝啓。あなたは有名だし、あなたの諸作品は三万部刷られている。そのわけはと申しますと、それはあなたが人間を愛しているからです。あなたは血のなかにユマニスムを持っておられる。運がいいのです。あなたがたはいっしょにいると、快活になります。あなたの仲間の一人に会うやいなや、たといその人を知らなくとも、彼に共感を覚えます。彼の肉体を、その関節のつなぎ方を、意のままにひろげたり、つぼめたりする脚を好み、また特に、その手を好みます。おのおのの手に五本の指があり、親指を他の四本に対立させうるということが、あなたの気に入ります。隣の人がテーブルの上の茶碗《ちゃわん》を取りあげると、あなたは楽しくなります。そこには、まことに人間的な、(あなたの作品でしばしば描き出された)、ある取りあげ方があるからです。猿の仕方よりしなやかでもなく、敏速でもないが、しかしまことに知的な仕方ではありませんか。あなたはまた人間の肉を愛する。足慣らしの時期にはいった大負傷者みたいなあの物腰、一歩ごとに歩みを考えなおすようなようすや、野獣も耐えることのできない、例の視線を愛します。そこで、人間に向って人間について語るにふさわしい調子を見いだすのは、あなたには容易なことでした。つつましい、だが狂いたった調子がそれです。人びとは、がつがつとあなたの書物に飛びつき、りっぱな肘掛椅子《ひじかけいす》でそれを読み、あなたが彼らにいだいている、不幸な人目につかぬ大きな愛情を考えます。こうすることで、彼らは、多くのことについて、醜かったり、卑怯《ひきょう》であったり、妻を寝とられたり、一月一日に増俸がなかったりしたことから、慰められるのです。かくして、人びとは好んであなたの最近のロマンについて云々《うんぬん》します。これはりっぱな仕事だ、と。

《思うに、人間を愛さない一人の男がどういうものかを、あなたはお知りになりたいでしょう。それこそ、このわたしです。わたしはほとんど人間を愛さない。これからすぐ、半ダースばかり殺そうとしているほどです。なぜ、たった半ダースだけなのか、とおそらくあなたは不思議にお思いでしょう。それは、わたしの拳銃には六発しか弾《たま》がないからです。言語道断なことですね。加うるにまったく拙劣なやり方でしょう。だが、わたしはあなたに申します、わたしは彼らを愛することができないのだ。あなたの感ずるところのものを、わたしは十分に理解はします。が、人間においてあなたをひきつけるものは、わたしをうんざりさせるのです。わたしは、あなたのように、目を適当に保って、左手で経済雑誌のページをめくりながら、節度をもって咀嚼《そしやく》する人間を見ました。海豹《あざらし》の食事につらなるほうを選んだとしても、それはわたしの過《あやま》ちでしょうか？　百面相に陥ることなしには、人間は、その顔でどうすることもできない。口を結んだなり噛《か》み砕いていると、口の端が上がったり下がったりして、人間は、平静から泣かんばかりの驚きへと、たえまなく移っていくように見える。あなたがそれを愛することは、わたしもよく知っています。あなたはそれを「精神」の配慮と呼ぶのです。だが、わたしはそれに嘔吐《おうと》を催します。そのわけは存じません。わたしはそういうふうに生れついたのです。

《わたしたちのあいだに、単なる趣味の相違しかないのだとしたら、わたしがあなたを悩ませることもないでしょう。だが、あたかもあなたが温情を持ち、わたしがいささかもそれを持たないかのように、すべて行われるのです。オマールアメリケーヌ（訳注　えび料理の一種）を好もうと好むまいと、それはわたしの自由です。が、わたしが人間を愛さないなら、わたしは人非人《にんぴにん》であり、日向《ひなた》に席を見いだすことはできません。人間どもは人生の意味を独占しました。わたしの言わんとするところをあなたが理解してくださることを期待します。三十三年このかた、わたしは数々の閉ざされた門に突き当ります。その門の上には「ユマニストならざるものは、何びともここに入らざるべし」と書かれています。企てのいっさいを、わたしは放棄せねばならなかった。選ばなければなりませんでした、それはばからしい、しいられた試みであるか、あるいは、それは遅かれ早かれ人間どもの利益にならねばならなかった。わたしがはっきりとは人間どもに向けてはいなかったところのあの思想を、わたし自身から切り離して、これを表明するには至りませんでした。それは、わたしのうちに軽いオルガニックな運動として残りました。わたしが用いる道具すら、人間どもに属していることを感じました。たとえば、言葉です。わたしはわたしのうちの言葉を望んだことでしょう。だが、わたしの用いるそれは、知りがたいいくつもの意識のなかに尾をひいていました。

言葉は、他人のもとで獲得した習慣のおかげで、わたしの頭のなかで、一人できちんと身を整えるのです。あなたに手紙を書きつつ、その言葉を利用することは、遺憾なしとしません。しかし、これが最後です。人間は愛さなければなりません。そうでなければ、人間どもは、あなたにあれこれつまらぬことをやらせておくのが、関の山です。――とわたしはあなたに申します。ところで、わたしのほうはあれこれやりたくないのです。わたしはもうすぐ拳銃を手にとり、通りへ降りるでしょう。わたしはやつらに抗して人があることを成就《じょうじゅ》しうるか否《いな》かを知るでしょう。さようなら。わたしの出会うのは、あなたかもしれない。そのときわたしがどれほどの喜びをもって、あなたの脳味噌《のうみそ》を飛び散らすかを、おわかりにはならないでしょう。さもなくんば――もっともありうることですが――翌日の新聞をお読みください。あなたはそこに、ポール・ヒルベールと名のる一個人が、エドガー・キネ通りで、憤怒《ふんぬ》に駆られて、五名の通行者を射殺したことを、読むでしょう。あなたは、だれにもまして、大日刊新聞の記事の値するところを、よくご存じです。だから、あなたは、わたしが「怒って」いないことを理解なさるでしょう。反対に、わたしはきわめて平静です。　敬具

ポール・ヒルベール

おれは百二通の手紙を百二枚の封筒におさめ、封筒に百二名のフランス作家の住所を書いた。それから、その全部の六冊の切手の綴込《とじこ》みとともに、机の引出しに入れた。

続く二週間、ほとんど外出せず、おれの罪が、ゆっくりと自分をひたしていくにまかせていた。鏡の前に、おれはときどき姿をながめに行ったが、そこに顔の変化を確認して、うれしかった。両眼は大きくなって、顔の全体をくらいつくした。それは、鼻眼鏡の下で、黒く優しかった。おれは遊星みたいに、そいつをぐりぐりさせた。芸術家の、人殺しの美しい目だ。しかし、殺戮《さつりく》を実行したあとでは、なおいっそう根本的に変るつもりだった。あの二人の美女、女主人を殺して掠奪《りゃくだつ》したあの下女たちの写真を、おれは見た。おれはその女たちの前と後との写真を見た。前には、その顔は、ピケの襟《えり》の上に、しとやかな花々のように揺れていた。それは衛生と人の気をそそる律気《りちぎ》さとを呼吸していた。おとなしく、鏝《こて》がおなじようにその髪を波うたせていた。そして、ちぢれた髪や、襟もとや、写真屋へ行ったときのようなようすよりも、いっそう確かに、瓜《うり》二つの姉妹の似方、まことに正直そうな二人の似姿がそのまま、血のつながりやら家族という自然の根やらを、前面に押し出していた。その後では、二人の顔は火事のように照り輝いていた。その首は、そのうちに打落されるはずの、裸の首だった。あたかも爪《つめ》ある獣が顔の上を一巡したかのように、いたるところ皺《しわ》だらけだった。恐怖と憎悪《ぞうお》との恐るべき皺、肉にめりこんだ襞《ひだ》と穴。それから、あの目、あのきまって黒く底のない、大きな目――おれの目とおなじに。しかしながら、女たちはもうたがいに似てはいない。めいめいが共同の罪の記憶を、めいめいの仕方で、背負っていた。「こんなふうに孤児の頭部を変貌《へんぼう》させるのに、偶然に支配された一つの罪で、こと足りるなら、完全におれが考え、おれが組織した一つの罪から、おれの期待しえないものはないだろう」と、おれはつぶやいた。その罪はおれをひっとらえ、あまりにも人間らしいおれの醜さをたたきつぶすだろう……一つの罪は、それを犯す者の生を二つに断ち切るものだ。人はうしろへもどりたいと願う瞬間があるはずだ。が、そこには、汝《なんじ》のうしろには、あのきらめく鉱物が、道をさえぎっているのだ。おれは自分のものを楽しむためには、あの圧倒的な重みを感ずるためには、一時間でけっこうだった。この時間、おれはそいつを自分のものにするために、いっさいの手はずを整えるだろう。オデッサ通りの高みで、凶行をやっつけようとおれは決心した。狼狽《ろうばい》を利用して逃げだし、やつらにやつらの死骸《しがい》の始末をさせるだろう。走って、エドガー・キネ通りを渡り、すばやくドランブル通りに折れるだろう。おれの住み家の戸口に達するには、三十秒しか要しないだろう。そのころ、追っ手はまだエドガー・キネ通りにいて、おれの足どりを見失い、それをふたたび見つけ出すには、たしかに一時間以上を要するだろう。おれは家でやつらを待つだろう。やつらがおれの扉をたたくのを耳にしたら、おれは拳銃にふたたび装塡《そうてん》し、口のなかに発射しよう。

おれはいっそうぜいたくに生活した。ヴァヴァン通りの飲食店の親爺《おやじ》と交渉して、朝晩ちょっとした料理を運ばせることにした。ボーイがベルを鳴らす。が、おれはあけない。数分待つ。それから扉をなかば開く。と、床の上に置いた長い籠《かご》のなかに、たっぷり盛った皿が湯気をたてているのを見いだした。

十月二十七日、午後六時、おれには一七フラン五〇残っていた。おれは拳銃と手紙包みを持って、部屋を降りた。注意して扉はしめずにおいた。やっつけたとき、早く帰ってこられるためだ。気分がすぐれなかった。手が冷たく、血が頭にのぼり、目がこそばゆかった。百貨店やエコールホテルやおれが鉛筆を買う文房具屋を目にした。が、それとは見わけられなかった。「この通りはどこだろう?」とおれはつぶやいた。モンパルナス通りは、人があふれていた。やつらはおれにぶつかり、おれを押しのけ、肘や肩でおれを突いた。おれはふらふらした。やつらのなかへすべりこむ力がおれには欠けていた。突然に、おれはこの群衆のさなかに自分を見いだした。恐ろしいほど孤独に、ちっぽけに。しようと思ったら、やつらはおれに向ってどんなひどいことでもできたろう。おれは、ポケットのなかの武器のせいで、恐ろしかった。やつらが、武器がそこにあることをいまにも見ぬくように思われた。やつらはきつい目でおれをながめ、威勢よく憤激して、「えーい、えーい……」と言いながら、人間の手足で、銛《もり》みたいに、おれを突くだろう。私刑！　やつらはおれを頭の上へほうり投げ、おれは操《あやつ》り人形みたいにやつらの腕に落ちてくるだろう。計画の実現は翌日に延ばしたほうが賢明だと、おれは思った。一六フラン八〇で、クーポールへ飯を食いに行った。七〇サンチーム残ったが、それは溝《みぞ》へ投げこんだ。

食わず、眠らず、三日おれは部屋にこもった。鎧戸《よろいど》はしめたなりで、窓に近づいたり、あかりを入れたりすることさえ避けた。月曜に、だれかが戸口でベルを鳴らした。息をとめて、おれは待った。一分ののち、またベルが鳴った。おれは爪立《つまだ》って歩き、鍵穴《かぎあな》に目をあてた。黒い布の一片とボタン一個しか見えない。そいつはもう一度鳴らしたが、やがて降りていった。それがだれであったかを知らない。夜中、さわやかな幻を見た。棕櫚《しゅろ》の樹《き》、流れる水。円屋根のかなたの紫の空。のどはかわいていなかった。一時間ごとに、流しの蛇口《じゃぐち》に飲みに行ったからだ。しかし、腹はへっていた。またおれは栗色《くりいろ》の髪の娼婦《しょうふ》を見た。それは、村という村から二十里離れた「黒の高原」に建てさせた、一つの城においてだった。女は裸で、おれと二人きりだった。拳銃《けんじゅう》でおどかして、おれは女をひざまずかせ、四つんばいに走らせることをしいた。それから一本の柱に結わえつけた。長いことこれからなさんとすることを説明したあげく、おれは女に弾丸を浴びせた。これらの映像はひどくおれを興奮させたので、おれはみずから欲情を遂げずにはいられなかった。そのあとで、頭はすっかりからになって、闇《やみ》のなかにじっと動かずにいた。家具がきしりだした。朝の五時だった。部屋を離れるためにになら、どんなものでも与えたろう。だが、通りを歩いている人間どものせいで、おれは降りていくことができなかった。

夜が明けた。もはやひもじさを感じなかった、おれは汗をかきだした。ワイシャツがぐっしょりになった。そとには陽《ひ》が照っていた。そこでおれは考えた。「しめきった部屋に、闇のなかに、彼はうずくまっている。三日以来、彼は食わず、眠っていない。ベルを鳴らしたが、彼はあけない。もうじき彼は通りに降りて、人殺しをやるだろう」。おれはこわくなった。午後六時に、ふたたび飢えがもどってきた。おれは怒りに狂った。一瞬、おれは家具に体をぶつけた。それから部屋部屋に、台所に便所に、電気をともした。声をかぎりに歌いだした。手を洗って、そとへ出た。手紙をすっかり郵便函《ゆうびんばこ》に入れるには、たっぷり二分かかった。十通ずつの包みにして、押しこんだ。封筒のいくらかを皺くちゃにしてしまった。やがて、モンパルナスの通りをたどって、オデッサ通りへ出た。一軒のシャツ屋のガラスの前に立ちどまった。そこに映ったおれの顔を見たとき、「今晩だ」と考えた。

おれはオデッサ通りの高みの、街燈《がいとう》から遠くない場所に、待ち伏せていた。おれは待った。二人づれの女が通った。女は腕を組みあっていた。金髪のほうが言った。

「あの人たち、窓という窓に掛け布をおろしていたわ。エキストラをやっていたのは、地方の貴族たちなの」

「ドーランを塗っていた？」ともう一人がたずねた。

「日当五ルイの仕事には、ドーランなんぞの必要はないことよ」

「五ルイですって」とびっくりして、栗色の髪の女が言った。おれのわきを通り過ぎながら、つけ加えた。「それにご先祖の衣装を着るのは楽しみだったろう、と思うわ」

女たちは遠ざかった。おれは寒かった。が、したたか汗をかいていた。一瞬ののち、三人の男がやってくるのを見た。おれは通り過ぎるにまかせた。おれには六名必要なのだ。左の男はおれをながめ、舌を鳴らした。おれは目をそむけた。

七時五分に、ごく接近して続いた二組が、エドガー・キネ通りを抜けてきた。男一人、女一人と、二人の子供だ。彼らのうしろから、三人の老女が来た。おれは一歩前に踏み出した。女は怒っているらしく、腕で小さい男の子を揺すぶっていた。男はものうい声で言った。「うるさいなあ、この虱野郎《しらみやろう》は」

心臓があまりはげしく打ったので、腕に痛みを感じたほどだった。おれは進み出て、彼らの前にじっと立ちふさがった。ポケットのなかで、おれの指は、引き金のまわりにごく柔らかに巻きついていた。

「失礼」おれにぶつかると、男はこう言った。

部屋の扉をしめてきたことを、思い出した。それがおれを困らせた。扉をあけるために、貴重な時を失わねばならないだろう。人びとは立ち去った。おれはくるりと向きを変えて、機械的にあとを追った。が、もはややつらをねらいたいとは思わなかった。やつらは大通りの群衆のなかに姿を消した。おれは壁にもたれた。八時と九時の鳴るのを聞いた。「すでに死んでいるこれらの人間をすべて、なぜ殺さねばならないのか」とおれは自分にくりかえした。そして笑いたかった。一匹の犬がおれの足をかぎに来た。

太った男がおれを追いこしたとき、おれはびくっとした。おれは男に足どりをあわせた。山高帽と外套《がいとう》の襟とのあいだの、赤い首筋の皺を見た。男はいくぶんよろよろ歩き、荒い息をしていた。たくましく見えた。おれは拳銃を出した。それはきらきらと冷たく、おれをうんざりさせた。おれがやらねばならぬことも、はっきりとは思い出せなかった。おれは拳銃をながめたり、男の襟首をながめたりした。襟首の皺は、苦く微笑する口のように、おれにほほえみかけた。拳銃を下水にほうりこまないか、どうか、自分でも疑わしくなっていた。

出しぬけに、男は振返って、いらいらしたようすでおれを見つめた。おれは一歩あとにさがった。

「あなたに……おたずねしますが……」

男は聞いているふうはなく、おれの手を見つめていた。

「ラ・ゲーテ通りはどこになりましょうか？」

男の顔は脂《あぶら》ぎっていて、唇《くちびる》がふるえていた。ひとことも言わずに、男は手をのばした。おれはいっそう後《あと》じさった。おれは言った、

「わたしは……」

この瞬間、おれは自分がわめきだそうとしているのを、知った。おれはそうしたくなかった。男の腹に三発放った。男は白痴みたいに、膝《ひざ》をついて倒れた。頭は左肩の上にころがった。

「この悪党、この悪党め！」とおれはつぶやいた。

おれは逃げた。のどの音が聞えた。またおれの背後に、叫び声と駆ける足音が聞えた。だれかがたずねた、「いったいなんです。喧嘩《けんか》かね？」それから、そのすぐあと

で、「人殺し、人殺し」と叫び声があがった。その叫びが自分に関係があるとは、考えられなかった。ただ、それは、おれが子供のころの、消防車のサイレンのように、不吉に思われた。不吉にそして少々こっけいに。おれは足のおよぶかぎり走った。

　ただおれはゆるしがたい過《あやま》ちを犯していた。オデッサ通りを、エドガー・キネ通りへ向って、さかのぼるかわりに、おれはモンパルナス通りへ向って降りていたのだ。気づいたときには、遅すぎた。すでに群衆の真っただ中にいた。びっくりした顔が、いくつも、おれの方を振向いた（厚化粧した女の顔を憶《おぼ》えている。女は羽根飾りのついた緑の帽子をかぶっていた）。それから、オデッサ通りのばかどもが、おれの背後で人殺しと叫んでいるのが聞えた。一つの手がおれの肩に置かれた。そこでおれは逆上した。この群衆に押しつぶされて死にたくなかった。さらに二発拳銃を撃った。人びとは悲鳴をあげて、遠のいた。おれはあるキャフェに走りこんだ。お客連がおれの道に立ちふさがった。が、彼らはおれを捕えようとはしない。おれはキャフェを縦につっきって、便所のなかへ閉じこもった。拳銃にはもう一発だけ残っていた。

　一瞬が流れた。おれは息が切れて、あえいでいた。まるで、人びとがわざと黙ったふりをしているかのように、ただならぬ沈黙がいっさいを支配した。おれは武器を目の高さに挙げて、黒くて円い小さな穴を見つめた。弾丸がそこから出るだろう。火薬がおれの顔を焼きつくすだろう。おれは腕を下げて、待った。一瞬ののち、やつらは足音を忍ばせて、近よってきた。床をこする足音から判断して、やつらはまさに一隊をなしているらしい。やつらはこそこそささやきかわし、やがて、沈黙した。おれは相変らず息をあえぎ、仕切りの向う側で、やつらはおれの息を聞いているだろうと考えていた。だれかが静かに進み出て、扉の握りを動かした。やつはおれの弾丸を避けるために、壁ぎわにぴったりはりついているらしい。それでも、おれは撃ちたかった。——しかし、最後の弾丸は、おれのものだ。

「やつらは何を待っているのだ？　とおれは自分にたずねた、もし、やつらが扉に襲いかかって、たちまちに扉を突き抜いてしまうなら、おれは自殺するひまがないだろう。やつらは生きながらにおれを捕えるだろう」。しかし、やつらは急がずに、おれに死ぬ余裕を残してくれた。悪党ども、こわかったのだ。

一瞬ののち、ひと声あがった。

「おい、あけろ、何もひどいことはしないぞ」

沈黙が来た。またおなじ声が叫んだ。

「おまえが逃げられないことくらい、よくわかっているだろうが」

おれは答えなかった。相変らず息をはずませていた。発射する勇気を与えるために、おれは自分に言った、「もしやつらがおれを捕えたら、おれを打倒し、歯を折り、おそらくおれの目をえぐり出すだろう」。おれはあの太っちょが死んだかどうかを知りたかったのだが。あるいは単に怪我《けが》をさせただけだったかもしれない。……そしてもう二発の弾丸はだれにも当らなかったかもしれない。……やつらは何かを用意している。やつらは床の上に重いものを引っぱっているのだろうか？　おれは急いで、銃身を口のなかへ入れ、はげしく噛《か》んだ。が、撃てなかった。指を引き金に当てることすらできなかった。いっさいはふたたび沈黙に陥った。

そのとき、おれは拳銃を投げ捨てて、やつらに扉を開いた。

一指導者の幼年時代

中村真一郎訳

「ぼくの天使のおべべ、きれいね」。ポルチエさんの奥さんはお母さまに話していた。「坊ちゃん、うまうまするの、かわいいわね。坊ちゃんの天使の服、きれいね」。ブファルディエさんは、リュシアンを膝《ひざ》のあいだに引きよせると、腕に唇《くちびる》をつけた。「ほんとうに、お嬢ちゃんのようだ。と彼はほほえみながら言った。なんていう名前なの？　ジャクリーヌ、リュシエンヌ、マルゴ？」リュシアンは真《ま》っ赤《か》になって言った。「リュシアンよ」。もう、ほんとうのところ、彼は自分が女の子でないという確信がなくなっていた。多数の人が抱いて、お嬢さんと言ったし、皆が、彼の紗《しゃ》の翼や、青い長衣や、裸の腕や、金髪の渦をきれいだと思っていた。彼は人びとが、急に、もう彼が男の子ではなくなった、と決めはしないか、と心配だった。文句を言ってもだめだろう。だれも聞いてはくれないだろう。眠るときしか、長い服を脱がせてくれないだろう。そして朝、また目がさめると、寝床の脚《あし》もとに、その服があり、昼間、おしっこしたいときには、ネネットみたいに、服をたくしあげて、しゃがみこまなくてはならないだろう。皆が、かわいいお嬢ちゃん、って言うだろう。たぶん、もう、ぼくは女の子なのだ。彼は気持がとても優しくなるような気がしたが、そのためにほんのすこし、胸がむかつくくらいだった。そして、唇から出る声も澄んだものになり、皆に花をさしだす科《しな》も雅《みやび》やかになった。彼は肘《ひじ》の内側のくぼみを吸ってみたくてしかたなかった。彼は考えた。これはまじめでない、と。彼はまじめでないことが、大好きだった。しかし懺悔火曜日《マルジ・グラ》の日はもっとおもしろかった。彼は道化師《ピエロ》の服を着せられた。彼はリリといっしょに、叫びながら、走ったりはねたりし、二人で卓の下に隠れた。お母さまは手眼鏡で、彼を軽くたたいた。「わたし、坊やが自慢なんですのよ」。彼女は堂々としていて、りっぱだった。奥さまたちのなかでは、いちばん太っていて大柄だった。白い布でおおった、長い食卓の前を通りかかったとき、シャンパンを一杯やっているお父さまは、彼を抱きあげて言った。「いい子！」リュシアンは泣きだして、「うえーん！」と言いたくなった。彼はオレンジ・エードが冷たくて、飲んではいけないと言われていたので、飲ましてくれと頼んだ。しかし、ちっぽけなコップに、ほんのちょっぴり注《つ》いでくれたきりだった。それはべとつくような味で、ちっとも冷たくなかった。リュシアンはオレンジ・エードを、病気の悪いときに飲む、ヒマシ油だと思った。彼は大声で泣きだした。そして、自動車のなかで、お父さまとお母さまのあいだにすわらせてもらったので、やっと機嫌《きげん》がなおった。お母さまは、リュシアンを抱きよせてくれた。彼女は絹ずくめで、暖かく、いい香りがしていた。ときどき、自動車のなかは、白墨みたいに白くなり、リュシアンは目をぱちぱちやった。お母さまが胸にさしている菫《すみれ》の花が、物のかげから出てきて、リュシアンは急に、その匂《にお》いを吸った。彼はまだすこしはめそめそしていたけれど、しっとりとして気持よかった。オレンジ・エードみたいに、ほんのすこし、べとべとするくらいだったが。彼は自分の小さな風呂《ふろ》でばちゃばちゃやって、お母さまにゴムのスポンジで洗ってもらいたかった。彼は赤ん坊のときのように、お父さまとお母さまの部屋に寝させてもらった。彼は笑って、小さな寝床のバネをきしませ、お父さまに、「この子はお調子に乗りすぎてる」と言われた。彼はミカン水をすこし飲まされ、お父さまがシャツ一枚になるのを見た。

翌日、リュシアンは、たしかに何か忘れたことがある、という気がした。彼は昨夜見た夢は、はっきりと憶《おぼ》えていた。お父さまとお母さまが天使の服を着て、リュシアンは便器の上に、素っ裸ですわり、太鼓を鳴らし、お父さまとお母さまが彼のまわりをはねまわった。それは悪夢だった。しかし、夢の前に何かがあった。リュシアンは目がさめていたらしかった。彼が思い出そうとすると、小さな青電燈《あおでんとう》に輝かされた黒い長いトンネルが見えた。その電燈は、両親の部屋に晩にともす終夜燈にそっくりだった。その暗い青い夜の奥で、何かがおこったのだ。——何か白いものが。彼は床に、お母さまの足もとにすわり、太鼓を手にした。お母さまが言った。「なぜ、そんな目つきをするの、坊や」。彼は目を伏せ太鼓をたたいて、「ブン、ブン、タラブン」と叫んだ。しかし、彼女がよそみをすると、彼は生れてはじめて見るみたいに、彼女をまじまじとながめはじめた。ばらのついた青い服。彼はそれをよく見た。顔もよく見た。だが、それはもう、以前とおなじものではなかった。突然に彼はそれだと思った。もう、ほんのちょっとそれを考えれば、さがしてるものが見つかるだろう。トンネルには灰色のかすかな光がさし、何かがうごめいているのが見えた。リュシアンはこわくなり、叫び声をあげた。トンネルは消えた。「どうしたの、坊や」とお母さまが言った。彼女は彼のそばに膝をついて、心配そうなようすをした。「遊んでるの」とリュシアンは言った。お母さまは安心した。しかし、彼はお母さまにさわられるのがこわかった。彼女は変に見えた。それにお父さまもだ。彼はもうけっして、両親の部屋には寝まいと思った。

そのあと数日、お母さまはなんにも気がつかなかった。リュシアンは、いつものように、半ズボンをはいたままで、お母さまと坊やらしいおしゃべりをした。彼が赤頭巾《あかずきん》の話をしてほしいと頼むと、お母さまは膝の上に乗せてくれた。彼女は指を立てて、重々しく微笑しながら、狼《おおかみ》や、赤頭巾のお祖母《ばあ》さんの話をしてくれた。リュシアンは彼女を見て、「それから？」と言った。そしてときどき、彼女の襟《えり》もとの毛にさわった。しかし彼は話は聞いていなかった。彼はこれがほんとうのお母さまだろうかと疑った。彼女がそのお話を終えると、彼は言った。「お母さまの小さいときのことを話して」。そしてお母さまは話をした。でも、たぶん、うそをついていたのだ。たぶん、前は、男の子だったのに、長い服を着せられたのだ――このあいだの晩の、リュシアンのように――そして、娘に見せかけるために、それを着たままでいるのだ。彼はその太ったりっぱな腕に、そっとさわってみた。それは絹の下で、バタのようにすべすべしていた。お母さまの服を脱がせて、お父さまのズボンをはかせたら、どうなるだろう。きっと、すぐ黒いひげがはえるだろう。彼はお母さまの腕を、力のかぎり握りしめた。目の前で、彼女が恐ろしい化物に――でなければ、市場の女みたいに、ひげのはえた女に、姿を変えるような気がした。彼女は口を大きくあけて笑った。そしてリュシアンはばら色の舌と、のどの奥を見た。それはきたなかった。彼はそのなかへ、つばを吐いてやりたくなった。「ハハハ、とお母さまは言った。まあ、よく握るわねえ、坊や、とても強く握ってごらん。わたしを好きなら、もっときつく」。リュシアンは銀の指輪をはめた、きれいな片手を取って、口づけでおおった。しかし、翌日、彼女は彼のそばにすわり、便器に乗っている彼の手をつかんで、「いきんで、リュシアン、いきんで、坊や、さあ」と言っているとき、彼は急にいきむのをやめ、すこし息を切らしてきいた。「でも、ほんとうに、ほんとうのお母さま？」彼女は「おばかさん」と言って、もうじき出るかどうかきいた。その日からリュシアンは、お母さまが芝居をやっているような気がした。そして、もう、自分が大きくなったら、お母さまをお嫁にするとは、言わなくなった。しかし、このお芝居の意味は、彼にはわからなかった。泥棒どもが、トンネルの夜に、お父さまとお母さまを、ベッドへ盗みに来て、そのかわりに、この二人を置いていったのかもしれなかった。でなければ、お父さまもお母さまも本物なんだが、昼間のあいだは芝居をしていて、夜は、がらっと変るのだ。リュシアンは、降誕祭《ノエル》の夜、急に目を開いて、両親が、暖炉のなかにおもちゃを置いているのを見たが、ほとんど驚かなかった。翌日、彼らは、サンタクロースの話をして聞かせた。リュシアンは本気にしたふりをした。彼は彼らが芝居をしているのだ、と思った。あのおもちゃは盗んできたにちがいない。二月に、彼は猩紅熱《しょうこうねつ》にかかって、非常におもしろかった。

病気がなおったとき、彼は孤児ごっこをする習慣がついた。彼は芝生《しばふ》の真ん中の、マロニエの樹《き》の下にすわり、手を泥まみれにして、考えた。「ぼくは孤児なんだ。ぼくはルイという名だ。ぼくは六日も食べていないのだ」。女中のジェルメーヌが食事に呼んだ。彼は食卓でも孤児ごっこを続けた。お父さまもお母さまもなんにも気がつかなかった。彼は泥棒たちに引取られ、すりに養成されているのだ。食事が済んだら、逃げだして自首するのだ。彼はほんのわずかしか飲食しなかった。『居酒屋守護天使軒』という本で、飢えた男の最初の食事は軽くなくてはいけない、ということを読んでいた。皆が遊戯をしているのだから、それはおもしろかった。お父さまとお母さまは、お父さまごっこ、お母さまごっこ、をやっていた。お母さまは坊やがすこししか食べないので心配だ、というお芝居をやっていた。お父さまは新聞を読みながら、ときどき、リュシアンの顔の前で指を動かして、「よしよし、いい子だ！」というお芝居をしていた。そしてリュシアンもやっていた。しかし、彼は自分でも、もう何をやっているのか、よくわからなかった。孤児ごっこなのか、リュシアンごっこなのか。彼は水差しを見た、水の底に、小さな赤い光が、踊っていた。指に黒い産毛《うぶげ》をはやしたお父さまの手が、水差しのなかで、大きく光っているのだと言う人がいるだろう。リュシアンは、突然に、水差しも水差しごっこをしているような気がした。とうとう彼は、やっとの思いで皿にさわり、その午後はおなかがへりすぎていたので、梅を十二個も盗んで、消化不良をおこすところだった。彼はリュシアンごっこは、もうたくさんだと思った。

しかし、芝居をせずにはいられなかった。そして、四六時中、している気がした。彼はじつに醜くてまじめなブファルディエさんみたいになれたらと思った。ブファルディエさんは食事に来ると、お母さまの手の上に身をかがめて、言うのだった。「ご挨拶《あいさつ》申しあげます、奥さん」。そしてリュシアンは客間の真ん中に突っ立って、尊敬にみちて彼を見ていた。しかし、リュシアンにおこることといったら、一つもまじめなことがなかった。ころんでこぶができたとき、彼はときどき、泣くのをやめて自問した。「ほんとに痛いのかしら」。そのとき、彼はもっと悲しく感じ、涙がさらに流れ出た。彼がお母さまの手を口づけして「ご挨拶申しあげます、奥さん」と言うと、お母さまは彼の髪をかきまぜて「だめよ、坊や、大人をからかってはいけないわよ」と言った。彼はほんとうにがっかりした。彼は毎月第一週と第三週の金曜日だけは、大事に思っていた。その日には、大勢の奥さんがたがお母さまに会いにやってきた。そのうちいつも二、三人は喪服を着ていた。リュシアンは喪服を着た夫人たちが好きだった。特に足の大きい人を。一般に、大人は威厳があったから、いっしょにいると愉快だった。——そして、寝床や、小さい子供たちのするいろんなことやらで、われを忘れるとは思われなかったし、彼女らは体にたくさん着物をつけ、その着物も重苦しいもんだから、着物の下にあるものを想像できなかった。彼女たちが集まると、なんでも食べ、話をし、笑い声まで重々しくて、おミサのときのようにりっぱだ。夫人たちは、リュシアンを一人前扱いした。クッファン夫人はリュシアンを膝の上に抱きあげ、ふくらはぎをたたいて、「こんなにきれいな子、見たことないわ」と断言した。それから彼女は彼の好きなものをきき、口づけし、大人になったら何になるかと言った。彼はジャンヌ・ダルクのような大将軍になって、ドイツからアルサス・ローレンを取返す、と言ったり、宣教師になりたい、と言ったりした。話しているあいだは、いつも彼は自分の言うことを信じていた。ベス夫人は大きくて頑丈《がんじょう》な女で、薄いひげがあった。彼女はリュシアンをひっくりかえして、くすぐり、「ちっちゃなお人形ちゃん」と言った。リュシアンは夢中になって、気楽に笑い声をたて、くすぐられて苦しがった。彼は自分が小さな人形、大人のための、かわいい小さな人形であると考えた。彼はベス夫人が彼を裸にして洗い、ゴム人形のように、ちっぽけな揺籠《ゆりかご》のなかに、ねんねさせてくれたらいいがと思った。そしてときどき、ベス夫人は「ものを言うかしら、わたしのお人形は」と言って、急におなかを押しつけた。そのとき、リュシアンは機械人形のふりをして、ちぎれるような声で「ぐうー」と言った。そして二人とも笑った。

　毎土曜、家に食事に来る司祭さんは、お母さまを大好きかときいた。リュシアンはきれいなお母さまと、あんなに強くて優しいお父さまを、大好きだった。彼は、司祭さんの目をのぞきこんで、「ええ」と答えた。その元気のいいようすが、皆を笑わせた。司祭さんは、赤くて粒つぶのついた、いちごのような頭をし、その粒つぶの一つ一つに毛がはえていた。彼はリュシアンに、それはけっこうだ、いつまでもお母さまを愛さなくてはいけない、と言った。それから、お母さまと神さまと、どっちが好きかときいた。リュシアンはすぐ返事がわからなかったので、巻毛を揺すって、虚空《こくう》を足蹴《あしげ》にし、「ブウン、タラブン」と叫んだ。すると大人たちは、彼がそこにいないみたいに、また、話を始めた。彼は庭へ走っていって、裏門から戸外へ忍び出た。籐《とう》の小さな杖《つえ》を持っていた。もちろん、リュシアンは庭から外へ出てはいけなかった。禁じられていたのだ。いつもはリュシアンは、非常におとなしい子供だったが、その日は、言うことをききたくなかった。彼は、いらくさの大きな茂みを、うさんくさそうに見た。もちろん、それも、禁じられた場所だった。壁は黒ずんで、いらくさは、有害な意地悪そうな植物だった。犬が、ちょうどその足もとで用を足していた。植物と犬の糞《ふん》と熱い酒の匂いがしていた。リュシアンはいらくさを杖でたたいて、「お母さま大好きだ、大好きだ」と叫んだ。彼はいらくさが折れるのを見た。それは白い樹液を流しながら、哀れにたれさがった。白っぽい産毛をはやした折れ口が、破れて糸をたらしていた。彼は孤独な小声が叫ぶのを聞いた。「お母さま大好きだ、大好きだ」。大きな蒼蠅《あおばえ》がうなっていた。それは糞蠅《くそばえ》だった。リュシアンはこわかった。——そして強力で腐敗した禁断の匂いが、静かに鼻の腔《あな》をみたした。彼はくりかえした。「お母さま大好きだ」。しかし、その声は異様なものに思われた。彼は飛びたつばかりの恐ろしさを感じ、一気に客間まで逃げ帰った。その日から、リュシアンはお母さまを愛していないことがわかった。彼は良心にとがめは感じなかった。しかし、意地悪な子供でないかぎりは、一生のあいだ、両親を愛しているふりをすべきだと考えていたので、前よりさらに優しくした。フルーリエ夫人はリュシアンがだんだん優しくなるのがわかった。そして、ちょうど、その夏、戦争がおこったので、お父さまは出征したが、お母さまは、リュシアンが非常に親切だったので、悲しみのうちにも、幸福だった。午後、彼女が加減が悪くて、庭の揺り椅子《いす》で休んでいるとき、彼はクッションをさがしに駆けていき、それを頭の下にさしこんだり、足に覆《おお》いをかけたりした。彼女は笑いながら身を防いだ。「だって、暑すぎるわ。坊や。親切ねえ」。彼は荒々しく彼女を抱き、息を切らして「ぼくのお母さま」と言い、それから、マロニエの樹の下に行ってすわった。

彼は「マロニエ！」と言って、待っていた。しかし、なんにもおこらなかった。お母さまは、重い息づまるような静けさの底で、小さなベランダの下に身を横たえていた。熱い草の匂《にお》いがした。処女林の探検家遊びができるくらいだった。しかし、リュシアンはもう、お芝居がいやだった。空気は壁の赤い頂の上のほうでふるえ、太陽は地面とリュシアンの手の上に、燃える斑点《はんてん》を作っていた。「マロニエ！」それはいいましかった。リュシアンがお母さまに「きれいなぼくのお母さま」と言うと、お母さまは微笑し、ジェルメーヌを呼ぶと、腰を曲げたジェルメーヌは涙を流して、お母さまに愚痴を言っていた。しかし、マロニエと呼んでも、なんにもおこらなかった。彼は歯のあいだでつぶやいた。「立木のばか」。そして彼は安心できなかった。しかし、木は身動きしなかったので、もっと大声でくりかえした。「立木のばか、マロニエのばか！　いまに見ていろ、もうすこし待ってろ！」そして彼は足蹴にしてみた。しかし、立木はおとなしくしていた、おとなしく——材木でできているみたいに。夕方、食事のときに、リュシアンはお母さまに言った。「ねえ、お母さま、立木は材木ででできているんですね」。彼はお母さまの大好きな、ちょっとびっくりしたような顔つきをつくった。しかし、フルーリエ夫人は正午の便で手紙を受取ってなかった。彼女はぶっきらぼうに言った。「ばかをおっしゃい」。リュシアンはそこつものになった。彼はおもちゃの組立てぐあいを見るために、全部こわしてみた。彼はお父さまの古い剃刀《かみそり》で椅子の腕木を裂いた。彼は客間のタナグラ人形を落して、中空か、なかに何かはいっているか知ろうとした。散歩するときは、杖で木や花の首を飛ばした。そのたびに、彼は心からがっかりした。物はばかだった。それはほんとうのところ、存在していなかった。お母さまはよく、花や木を指さして、「なんていう名」ときいた。しかし、リュシアンは首を振って答えた。「なんでもないよ。名なんかないんだ」。そんなものは皆、気にする値打ちなんかなかった。ばったの脚をちぎるほうが、ずっとおもしろかった。独楽《こま》のように指のあいだでふるえたから。そして、おなかを押しつけると、黄色いクリームを出した。しかし、それでも、ばったも鳴き声をたてなかった。リュシアンは、痛いときには鳴く動物、たとえば牝鶏《めんどり》を苦しめたかったが、なかなかそばへ行けなかった。フルーリエ氏は三月に帰ってきた。彼は社長だったので、将軍が、皆のように塹壕《ざんごう》にいるより、自分の工場の監督をしていたほうが役にたつだろうと言ったからだった。彼はリュシアンが非常に変っているのがわかった。そしてもう彼の坊やではなくなったと言った。リュシアンは一種の睡眠状態に落ちこんでいた。彼は無気力な返事をした。彼はいつも鼻に指をつっこんでいるか、指に息を吹きかけて、匂いをかいでいた。そして、用を足させるには、頼むようにしなければならなかった。今では、彼は一人で便所へ行った。ただ、戸を半開きにしておいて、ときに、お母さまかジェルメーヌが、元気づけに来た。彼は何時間もしゃがみこんでいて、一度はくたびれて眠りこんだ。医者は彼が背ばかり伸びると言って、強壮剤を処方した。お母さまはリュシアンに新しい遊戯を教えたがったが、リュシアンはすぐうまく覚えて、ついにはどの遊びもおなじ程度のおもしろさだし、いつもおなじことだ、とわかった。彼はしばしばふくれっ面《つら》をした。それもまた、遊びだったが、そのほうがおもしろいくらいだった。お母さまを心配させ、自分でも悲しくうらめしく、口をつぐみ、目はかすんで、ちょっと耳も遠くなった。心のうちは湿って、ものに感じやすくなり、晩に布団《ふとん》のなかで、自分の匂いをかいでいるときみたいだった。この世に一人きりの気持がした。リュシアンはすねた気分から出ることができなくなり、お父さまが、からかうような声で、「すねてるね」と言うと、リュシアンは地面にころげて泣きだした。お母さまが客をするときには、今でもしょっちゅう、客間に行ったけれども、巻毛を切ってからは、大人は彼をそれほどかまわなくなり、相手になってくれても、お説教をしたり、ためになる話をしたりするためだった。いとこのリリが爆撃のために、きれいなお母さまのベルト叔母さんとフェロールへやってきたときには、リュシアンは非常にうれしく、彼に遊びを教えようとした。しかし、リリはドイツ人を憎むのに夢中になっていたし、リュシアンより六カ月年上なのに、まだ赤ん坊の匂いがした。

彼は顔にそばかすがあり、いつも、なかなかわかりが悪かった。しかし、リュシアンが、自分は夢遊病者だ、と打明けたのは、彼にだった。ある人びとは夜、起きて、眠りながら話したり、散歩したりする。リュシアンはそれを『小探検家』のなかで読んでいた。そして彼は、夜のあいだに歩き話し本気で両親を愛する、ほんとうのリュシアンがいるにちがいないと思った。ただ、朝が来ると、彼はすべてを忘れ、リュシアンであるふりをしはじめるのだ。はじめのうちはリュシアンもこの話を半分しか本気にしていなかった。しかし、ある日彼らがいらくさの木のそばに行くと、リリは、あそこをリュシアンに見せて言った。「ごらん、こんなに大きいよ。ぼくは大きい子なんだ。すっかり大きくなったら、ぼくは大人になるんだ。そうして塹壕《ふ》へドイツ人と戦争しに行くんだ」。リュシアンはリリを変なやつだと思った。噴き出しそうになった。「きみのを見せなよ」とリリは言った。彼らは比べてみた。リュシアンのほうが小さかった。しかし、リリはずるをしていたのだ。のばすために引っぱっていたのだ。「ぼくのほうが大きい。とリリは言った——うん、だけどぼくは夢遊病なんだぞ」とリュシアンは静かに言った。リリは夢遊病のことを知らなかった。リュシアンは説明してやらなければならなかった。話が終ったとき、彼は考えた。「ぼくが夢遊病だというのはほんとうなんだ」。そして彼は恐ろしいほど泣きたくなった。彼らがおなじ寝床に寝るとき、リリがその晩は目をあけていて、リュシアンが起きたとき、よくリュシアンを見張って、リュシアンが言うことをすっかり覚えていることに決めた。「きみはすぐあとでぼくの目をさまさせるんだよ。とリュシアンは言った。ぼくが自分のしたことをすっかり覚えているかどうかためすんだ」。夜、眠れないリュシアンは大きないびきを聞いた。リリの目をさまさせなければならなかった。「ザンジバル」とリリは言った。「起きなよ、リリ、ぼくが起きるとき、見てなきゃだめだよ。——眠らしてくれよ」とリリはうつつな声で言った。リュシアンは揺すって、シャツの下をつねった。リリは体を揺すりはじめた。彼は目をあけて、笑いながら目ざめていた。リュシアンはお父さまが買ってくれるはずになっていた自転車のことを考えた。彼は機関車の汽笛を聞いた。それから突然に女中がはいってきて、カーテンを引いた。朝の八時だった。リュシアンは夜のあいだにしたことを、知ることができなかった。神さまは知っているのだ。神さまはなんでも見ているのだから。リュシアンは祈禱台《きとうだい》にひざまずき、お母さまがおミサから帰るときに、彼を祝福してくれるように、おとなしくしていようと努力した。しかし彼は神さまはきらいだった。神さまはリュシアン自身よりもリュシアンのことをよく知っている。神さまはリュシアンがお母さまもお父さまも好きではなく、おとなしいふりをしていて、夜、寝床で、自分のあそこをいじる、ということを知っているのだ。ぐあいのいいことには、神さまはすっかり覚えているわけにはいかない。世界じゅうに小さい子供は、いっぱいいるんだから。リュシアンが額をたたいて、「ピコタン」と言うときに、神さまはすぐ、自分の見たものを忘れるのだ。リュシアンは、また、自分がお母さまを好きだと、神さまを言いくるめようとした。ときどき、彼は心のなかで言った。「なんてぼくはお母さまを好きだろう」。いつも、心の片隅《かたすみ》に、うまく本気にしないところがあった。そして神さまはたしかにその片隅が見えるのだ。そんなときには、神さまの勝ちだ。だが、ときどきは、自分の言うことのなかに、すっかりはまりこめるときがある。大急ぎで、「ああ、なんてお母さま好きだろう」と、ひとことずつはっきり言う。するとお母さまの顔が見えてきて、優しい気持になる。神さまが見ているなと、うすうす考えている。そのうちにそのことも考えなくなる。優しさにどんよりとなり、耳のなかで、言葉が踊る。お母さま、おかあさま。オカアサマ。それはちょっとしか続かないのはもちろんだ。リュシアンが椅子を二本の脚《あし》だけで平衡をとってたてておこうとするときみたいなものだ。だが、もしちょうどそのとき、「パコタ」と言いさえすれば、神さまはちょろまかされる。神さまには善いことしか見えなくて、その見たことは、記憶のなかに永遠に刻まれてしまう。しかしリュシアンは、この遊びにも飽きた。あまり努力がたいへんだったし、それにけっきょくのところ、神さまは勝ったんだか負けたんだか、わからなかった。リュシアンはもう、神さまは気にしなくなった。彼が初《はつ》聖体拝受をしたとき、司祭さんは教義問答をやった連中のなかで、彼がいちばんおとなしくて、信心ぶかい子だったと言った。リュシアンは、のみこみが早く、覚えがよかった。しかし、彼の頭は霧が立ちこめていた。

日曜は晴れた。リュシアンがお父さまといっしょに、パリ通りを散歩するとき、霧が切れた。彼は小さなきれいな水兵服を着ていた。お父さまの職人たちに出会うと、彼らはお父さまとリュシアンに挨拶《あいさつ》した。お父さまが彼らに近づくと、彼らは言った。「こんにちは、フルーリエさん」。それから「こんにちは、若だんなさん」。リュシアンは職工たちが大好きだった。大人でも、ほかの大人みたいではなかったから。そのうえ、彼らは彼をさんづけにしてくれた。それから彼らは鳥打帽をかぶっていて、大きな手には、痛そうにひびのはいった、短い爪《つめ》をはやしていた。彼らは頼もしくて丁寧だった。ブーリゴー爺《じい》さんの髪は引っぱってはいけない。お父さまがリュシアンをどなりつけるだろうから。しかし、ブーリゴー爺さんは、お父さまに話すために、鳥打帽を脱いだ。お父さまとリュシアンは帽子をかぶったままだ。そしてお父さまは荒っぽい大きな笑い声で話した。「おい、ブーリゴー爺さん、息子をお待ちかねだね。

いつ休みになるんだい？　――月末でさあ、フルーリエさん。ありがとうございます、フルーリエさん」。ブーリゴー爺さんはうれしそうだった。そしてブファルディエさんのように、彼をがまさんと呼んで、リュシアンの尻《しり》をひっぱたくようなことは、けっしてしないだろう。リュシアンはブファルディエさんはきらいだった。とても醜かったから。しかし、ブーリゴー爺さんを見るときは、彼は優しい気持になって、善い人になりたくなった。一度、散歩から帰ると、お父さまはリュシアンを膝《ひざ》の上に抱いて、社長とはどういうものか説明してくれた。リュシアンはお父さまが工場にいるときに、職工にどんな話をするか知りたかった。お父さまは彼にどんな態度をしているかやってみせてくれた。声もがらりと変った。「ぼくも社長になるの？　とリュシアンはきいた。――そうさ、もちろんだよ、坊や。おまえを育ててるのはそのためさ。――ぼくはだれに用を言いつけるの？――うん、わたしが死んだら、おまえは工場の持主になって、うちの職工たちに用を言いつけるのさ。――だけど、あの人たちも死んだら。――うん、あの連中の子供に言いつけるさ。おまえは言うことをきかせ、なつかれるようにするんだね。――どうすれば、なつかれるの？　お父さま」。お父さまはちょっと考えてから言った。「まず、皆の名前を覚えるんだね」。リュシアンは心に深く感じた。そして職工長のモレルの息子が、父親が二本の指を切ったと知らせに家へ来たとき、リュシアンは彼にまじめに優しく話をし、まっすぐ相手の目を見て、相手をモレルと呼んだ。お母さまはこんなに善い同情心のある子供を持って自慢だ、と言った。そのあとで、休戦になった。お父さまは毎晩、大声で新聞を読んだ。皆はロシア人やドイツ政府や復興やの話をし、お父さまはリュシアンに地図で国々を教えてくれた。リュシアンは人生でいちばん退屈な年をすごした。戦争の時のほうがまだしもだった。今は皆が仕事が手につかないようすをし、コッファン夫人の目の光も消えた。一九一九年の十月に、フルーリエ夫人は彼を通学生として、聖ジョゼフ学校へ通わせた。

ジェルモレ神父の部屋は暑かった。リュシアンは神父さんの肘掛椅子《ひじかけいす》のそばに立って、背中に手をまわして、すっかり退屈していた。「お母さん、すぐ帰れないの？」しかし、フルーリエ夫人は、まだ帰ろうとは思ってなかった。彼女は緑の椅子のいちばん端にすわり、神父さんの方へ豊かな胸をさしだしていた。彼女は非常な早口で話し怒ってるのだが、それをあらわには見せたがらないときのように、音楽的な声を出した。神父さんはゆっくりと話し、他の人よりも口のなかで言葉がずっと長びくみたいだった。言葉を口から出す前に、砂糖黍《さとうきび》みたいに、ちょっとすするように見えた。彼はお母さまに、リュシアンは、行儀がよくて勉強家だけれども、何ごとにもこわいほど、無関心な子供だと説明した。フルーリエ夫人は環境が変ることが、好《よ》い結果をおこすと考えていたので、非常に失望したと言った。せめて、休み時間には遊びますかと、彼女はきいた。「ああ、奥さん、と神父さんは答えた。遊ぶこともあまりおもしろくないようですね。ときどき騒々しくするし、乱暴になることもありますが、すぐ飽きます。忍耐力がないんだと思いますね」。リュシアンは考えた。「ぼくの話だ」。二人の大人。彼がその話の種になっているのだ。まるで戦争やドイツ政府やポアンカレ氏みたいに、話は重大で、彼のことが問題になっているのだ。しかし、この考えも彼にはおもしろくなかった。耳にはお母さまの歌うような、小さな単語や、神父さんの甘ったるいべとつく言葉がいっぱいになった。彼は泣きたくなった。うまく鐘が鳴り、解放してくれた。しかし、地理の時間中に、彼は非常にいらいらし、ジャカン神父に、便所へ行かしてくれと頼んだ。動きたかったので。

まず、便所のさわやかさ、孤独、そしていい匂《にお》いが彼の気持をなだめた。良心にとがめないために彼はうずくまった。しかし、したくはなかった。彼は頭を挙げ、戸に一面に書いてある落書を読みはじめた。青鉛筆で書いてあった。「バラトーは南京虫《ナンキンむし》だ」。リュシアンは笑った。ほんとうだ。バラトーは南京虫だ。彼はちびだった。もうすこしは大きくなるだろうが、ほとんどわからないだろう。お父さんもちっぽけなんだから。まるでこびとなんだから。リュシアンはバラトーがこの落書を読んだろうかと思った。そして、読むまいと考えた。でなければ、消してあるはずだ。バラトーは指につばをつけて、消えるまで字をこするだろう。リュシアンはバラトーが四時に便所へ来てビロードの半ズボンをおろして、「バラトーは南京虫だ」と読むときのことを想像して、すこし愉快だった。たぶん、彼は自分がそんなに小さいと思ったことはないのだ。リュシアンは明日の昼、休み時間になったらすぐ、彼を南京虫と呼んでやろうと決めた。彼は立ちあがり、右手の壁に青いおなじ筆跡で書いた、もう一つの落書を読んだ。「リュシアン・フルーリエはのっぽのアスパラガスだ」。彼はそれを気をつけて消し、教室へ帰った。「ほんとだ。と彼は仲間を見ながら思った。皆、ぼくより小さいんだ」。そして彼はてれくさくなった。「のっぽのアスパラガス」。彼はイールの小さな木の勉強机にすわっていた。ジェルメーヌは台所にいて、お母さまはまだ帰ってきてなかった。彼は習字の練習に白い紙の上に「のっぽのアスパラガス」と書いた。しかし、言葉は月並に思われ、もうなんの感じもおこさなかった。彼は呼んだ。「ジェルメーヌ、ジェルメーヌ!」「また何か用ですか?」とジェルメーヌがきいた。「ジェルメーヌ、ぼくのジェルメーヌ、この紙に、リュシアン・フルーリエはのっぽのアスパラガスだ、って書いてくれないか」。「リュシアンさん、どうかしてますね」。彼は彼女の首を抱いた。「ジェルメーヌ、ジェルメーヌ、意地悪しないで」。ジェルメーヌは笑いだし、脂《あぶら》ぎった指を前掛けでふいた。彼女が書いているあいだ、彼は見ていなかった。しかし、それから、その紙を部屋へ持っていくと、ゆっくりとながめた。ジェルメーヌの筆跡はとがっていた。リュシアンはかわいた声が耳もとで聞えるような気がした。「のっぽのアスパラガス」。彼は考えた。「ぼくはのっぽだ」。彼は恥ずかしさにうちひしがれた。バラトーがちびのように、のっぽだ。――そして皆が彼の背後であざ笑っていた。それは彼の上に、一つの宿命がなげられたようなものだった。いままでは、仲間を上から下までながめまわすのも、平気だった。しかし、これからは、一生のあいだじゅう、のっぽでいることを、急に言いわたされてしまったみたいだった。夜、彼は父親に、人が心をこめて望めば、背を縮めることができるだろうかときいた。フルーリエ氏は、いいや、と言った。フルーリエ家は皆、大きくて頑丈《がんじょう》だから、リュシアンももっと大きくなるだろう。リュシアンは絶望した。お母さまがそばへ来たとき、彼は立ちあがり、鏡のところへ行って、のぞきこんだ。「ぼくはのっぽだ」。しかし、見てもむだだった。そのことは見えなかった。大きくも小さくも見えないのだ。彼はちょっと下着をまくって、脚を見た。そのとき、彼はコスチルがエブラールにこう言うところを想像した。「おい、見ろよ、アスパラガスの長い脚を」。彼はおかしくなった。寒くなって、リュシアンは身ぶるいした。するとだれかが言った。「アスパラガスは鳥肌《とりはだ》だ！」リュシアンは下着のすそを高くまくりあげた。皆に彼のへそや道具一式がすっかり見えた。それから彼は寝床へ走っていって、もぐりこんだ。彼は下着の下に手を入れたとき、コスチルが見てこう言っているのを想像した。「おい、ちょっと見ろよ、やつのしてることを、のっぽのアスパラガスが」。彼は飛び起きて、息を切らしながら、床のなかで向きなおった。「のっぽのアスパラガス、のっぽのアスパラガス！」指の下に、すっぱいむずがゆさを生れさせるまで。

その後、しばらくは、彼は教室のうしろのほうに席を変えることを、神父さんに頼もうと思った。ボアッセやヴィンケルマンやコスチルが彼のうしろにいて、うなじをながめることができるからだった。彼は自分のうなじを感じた、しかし見るわけにはいかなかった。忘れることさえしょっちゅうあった。しかし、彼が神父さんに精いっぱいに返事して、ドン・ディエーグの台詞《せりふ》を朗読しているあいだに、皆は彼のうしろにいて、うなじを見ながら、こう考えてあざ笑うことができたのだ。「なんて、やせてるんだ。首に二本、筋がついてる」。リュシアンは声を太くして、ドン・ディエーグの屈従を表わそうと思った。声は自分の思うとおりになった。しかし、うなじはいつもそこにあって、休んでいる人間のように静かに無表情にしているのだ。それをバセが見ている。いちばんうしろのベンチはさぼる生徒たちのものになっていたから、そこへ場所を変えたくはなかった。しかし、うなじと肩の背はいつも、もそもそして、しょっちゅう、かいてなくてはならなかった。リュシアンは新しい遊びを発明した。朝、大人のように、洗面所で一人きりで顔を洗っているとき、だれかが鍵穴《かぎあな》からのぞいているのだというつもりになった。コスチルか、ブーリゴー爺さんか、ジェルメーヌか。そのとき彼はどちらからも見られるように、あらゆる方向へ体を向け、ときどきはお尻が突き出てこっけいに見えるように、戸口にお尻を向けたり、四つんばいになったりした。ブファルディエ氏は灌腸《かんちょう》させようとして、忍び足で近づいてくるのだ。ある日、便所にいたとき、がたがたいう音が聞えた。ジェルメーヌが廊下の戸棚《とだな》をたたいているのだった。心臓が止った。彼は戸をそっとあけて、ズボンをたらしたまま、お尻に下着をたくしあげたなりで、出てきた。倒れないで歩くのには、とばねばならなかった。ジェルメーヌは落着いた目つきで見上げた。「坊ちゃんは袋にはいったままで歩きまわってるんですかね」と彼女はきいた。彼はズボンを荒々しくたくしあげると、寝床へ飛んでいって、身を投げ出した。フルーリエ夫人は悲しそうに、たびたび夫に言うのだった。「小さいときにはあんなにきれい好きだったのに、なんてだらしなくなったんでしょう。困ったことだわ！」フルーリエ氏はリュシアンにうつけた眼差《まなざ》しをなげ、そして答えた。「年齢《とし》だよ」。リュシアンは自分の体をもてあました。何をしていても、その体が同時にどこもかしこも、自分の考えなど相手にしないで存在しているのだという気持を避けられなかった。リュシアンは自分が見えなくなると想像するのが好きだった。そして復讐《ふくしゅう》のためと、また、他人が気がつかないでどんなことをしているのかを見るために、鍵穴からのぞいてみるのが癖になった。彼は母親が体を洗っているのを見た。彼女は洗滌器《せんじょうき》の上にすわり、眠ったようなようすをしていた。だれにも見られていないと思っているのだから、彼女はたしかに、自分の体を、顔さえも、すっかり忘れているのだ。海綿だけが、その忘れられた肉の上を行ったり来たりしていた。その身ぶりはものうそうで、途中でやめようとしているみたいだった。お母さまは石鹸《せっけん》の切れはしでブラシをたたき、その手が脚のあいだに見えなくなった。その顔は安らかで、ほとんどもの悲しく、たしかに何かほかのことを考えているようすだった。リュシアンの教育とかポアンカレ氏とか。しかし、そのあいだも、彼女はそのばら色の太ったかたまりだった。洗滌器の陶器の上に、すわりこんだ、部厚な肉体だった。リュシアンは、またほかのときに、上履《うわば》きを脱いで屋根裏へはいこんだ。彼はジェルメーヌを見た。長い縁《へり》のシュミーズが足先へたれさがり小さな円鏡の前で、髪をすいていた。彼女は自分の姿にそっとほほえみかけていた。リユシアンは気ちがいじみた笑いにとらえられ、大急ぎで降りてこなければならなかった。そのあとで、彼は、客間の大鏡の前で微笑したり、しかめ面《つら》までやってみた。一瞬ののちに、飛び立つような恐怖に襲われた。

リュシアンはすっかり眠りこんでしまった。しかし、彼を眠れる森の美男と名づけたコッファン夫人をのぞいてはだれも気づかなかった。のみこむこともつぶすこともできない、大きな空気の玉が、彼の口をいつも半開きにさせていた。それが彼のあくびだった。彼が一人でいると、玉は顎《あご》と舌を優しくなでながら大きくなった。口があんぐりあいて、涙が頰《ほお》を伝った。とても気持がよかった。便所はもう前ほどおもしろくはなくなった。しかし、それに反して、くしゃみをするのは大好きだった。それは彼を目ざめさせ、一瞬、彼は陽気なようすでまわりを見まわし、それからまた、眠りこんだ。彼はさまざまな眠り方を覚えた。冬、彼は暖炉の前にすわり、頭を火の方へさしのばした。顔が真《ま》っ赤《か》になって焦《こ》げそうになると、頭は急にからっぽになった。彼はそれを「頭で眠る」と名づけた。日曜日の朝、反対に、足で眠った。彼は風呂《ふろ》にはいり、ゆっくりと身をのばした。すると眠りが足と胴を、波のように打寄せながらのぼってきた。湯の底に真っ白にふくれて、煮えた牝鶏《めんどり》のようになった。眠った体の上のほうに小さな金髪の頭が、寺院《テンプルム》、寺院《テンプリ》の、寺院《テンプロ》に、地動《セイスム》、偶像破壊者《イコノクラスト》、などという学術語にいっぱいになって君臨していた。教室では眠りは白く、光線で穴があけられていた。「三対いくつか？」一等、リュシアン・フルーリエ。「第三階級とは何か、なし」。一番、リュシアン・フルーリエ、二番ヴィンケルマン。ペルローは代数で一番だった。彼は一つしか睾丸《こうがん》がなかった。片方はおりてこなかったのだ。それを見るのに二スー、触れるのには十スー、彼は取った。リュシアンはたびたび十スー出し、ためらい、手を出し、けっきょく、さわらずじまいだった。しかし、あとで後悔がはげしく、ときには一時間以上も眠れないほどだった。彼は地理は歴史よりはできなかった。一番ヴィンケルマン、二番フルーリエ。日曜には、彼はコスチルとヴィンケルマンといっしょに、自転車で散歩に行った。暑さがのしかかってくる褐色《かっしょく》の野を横ぎって、自転車は弾力のある埃《ほこり》の上をすべっていった。リュシアンの脚は力強く肉がしまっていたが、路《みち》の眠い匂《にお》いは頭に来た。彼はハンドルの上に身をかがめ、目はばら色になり、半分閉じていた。彼は三度続けて、優等賞を取った。彼は『ファビオラ、地下の教会』と『キリスト教精髄』と『ラヴィジュリー枢機官《すうきかん》の生涯』とをもらった。コスチルは夏休みから帰ってきて、皆に『新兵はつらい』と『メッツの砲兵』を教えた。リュシアンはもっと上手《うわて》に出ようとして、父親の医学用語辞典で『子宮』という字を引いて、それから皆に、女の体を説明した。黒板に略図まで描いたので、コスチルは吐き気がする、と言った。しかしそのあとでは、ラッパの話をすると必ず噴《ふ》き出すことになったので、リュシアンはフランスじゅうさがしても、彼ほどよく女の体を知っている二年級の、いや修辞学級の生徒さえ、一人もいないだろうと思って満足だった。

フルーリエ家がパリに住みつくと、マグネシウムを一発やったようなことになった。リュシアンは映画や自動車や街のためにもう、眠れなかった。彼はヴォワザンとパッカード、イスパノ・スイザとロールスとを見わけることを覚え、ときには小型車のことも話した。一年以上前から、彼は長ズボンをはいていた。大学入資試験《バカロレア》の第一部に受かった褒美《ほうび》に、父親が彼を英国へやってくれた。リュシアンは水にふくれた草原や白い絶壁を見た。彼はジョン・ラチマーと拳闘《けんとう》をやり、アッパー・カットを覚えた。しかし、ある晴れた朝、彼は眠ったまま目がさめた。また始まったのだ。彼は居眠りしながらパリへ帰った。コンドルセ高校の初等数学級は三十七人の生徒がいた。そのうちの八人は自分たちが一人前だと言って、他の者たちをうぶ扱いにした。一人前の連中は十一月一日まではリュシアンを軽蔑《けいべつ》していた。しかし、万聖節の日に、リュシアンは一人前中の猛者《もさ》であるガリといっしょに散歩に出かけ、正確きわまる解剖学的知識を、さりげなく見せたので、ガリはすっかり参った。リュシアンは両親が夜遊びを許さなかったので、一人前の仲間にははいらなかったが、彼らとは強者連盟を結んでいた。

木曜日に、ベルト叔母さんが、リリをつれてレイヌアール通りへ食事に来た。叔母さんはすっかり太ってもの悲しそうで、嘆息をついてばかりいた。しかし肌《はだ》は今でもとてもきれいで白かったから、リュシアンは素っ裸にしてみたくなった。彼は夜、寝床のなかでそれを考えた。冬のある日、ブーローニュの森で、胸に腕を組んで、鳥肌だってふるえている彼女の裸姿を、林の中で見つける。近眼の通行人が、杖《つえ》の先で彼女にさわって、「いったい、これはなんだろう」という場面を想像した。リュシアンはいとことは話があわなかった。リリはしゃれすぎた美青年になっていて、ラカナルで哲学をやっており、数学のことは全然わからなかった。リュシアンは、リリが七年たってもまだ、ズボンのなかで大きくして、家鴨《あひる》のように股《また》をひろげて歩き、お母さんを無邪気な目つきで見て、「いいえ、お母さん、しやしませんよ。きっとですよ」と言うところを想像せずにはいられなかった。そして彼はリリの手にさわるのがいやになった。しかし、彼は非常に親切にして、数学の講義を説明してやった。リリはあまり利口でなかったので、こちらがじれて癇癪《かんしゃく》をおこさないように、何度も努力しなければならなかった。しかし彼はけっしてわれを忘れなかった。いつも落着いた、非常に穏やかな声で教えていた。フルーリエ夫人はリュシアンがなかなか才気があると思った。しかしベルト叔母さんは、なんら感謝の意を現わさなかった。リュシアンがリリに勉強を教えようと申出たとき、彼女はちょっと赤くなり、椅子《いす》から起きなおって言った。「いいえ、ご親切ありがたいけど、リュシアン、リリはもう大人ですからね。やりたければ自分でしますよ。他人をあてにする癖がついては困りますから」。ある晩、フルーリエ夫人は突然、リュシアンに言った。「リリはおまえのことをありがたがってると思ってるかしれないけれど、坊やは考え違いしてはだめよ。うぬぼれてるって、リリは言ってるのよ。ベルト叔母さんがそう言ったわ」。彼女は音楽的な声で人のいいようなようすをしていた。リュシアンは彼女が怒り狂っていることがわかった。彼は漠然《ばくぜん》とながらわなにかかったことに気がついて、返事に窮した。翌日とその翌日、彼は勉強に忙しく、そうした話は忘れてしまった。

日曜の朝、彼は急にペンを置いて自問した。「うぬぼれてるって?」十一時だった。リュシアンは机にすわって、壁に織りこまれている麻布のばら色の人物たちをながめていた。彼は左の頰《ほお》に四月のさわやかな陽《ひ》のかわいて埃《ほこり》っぽい熱を、右の頰に暖房のこもった重苦しい熱を感じていた。「うぬぼれてるって?」返事はむずかしかった。リュシアンはまずリリとの最近の会話を思い出し、自分の態度を公平に判断してみようとした。彼はリリの上に身をかがめ、微笑して言ったのだ。「わかった？　わからなければ、そう言ってもいいよ。ね、リリ、もういっぺんやるから」。そのちょっとあとで、こまかい計算を間違った。そして彼は陽気に言った。「今度はぼくの番だね」。それはフルーリエ氏の言い癖で、彼のおもしろがっていたものだった。たいしたことじゃなかった。「だが、そう言ったとき、ぼくはうぬぼれてたんだろうか？」あまり考えこんでいたために、急にまた、雲の一片のような、白くて丸くて柔らかそうなものが出てきた。それはいつか彼の考えたことだった。彼は言った。「わかった？」そして、それは彼の頭のなかにあったのだ。しかし、それは言い表わせなかった。リュシアンはその雲の端をながめようと絶望的な努力をした。すると突然、彼は頭から先にそのなかに落ちこんでいくのを感じた。彼は湯気の真ん中にはいって、自分が湯気になった。彼は布の匂いのする白く湿った熱になった。彼はその湯気から身をそらして、逃げようとしたが、それはついてきた。彼は考えた。「それはぼくだ。リュシアン・フルーリエだ。ぼくは部屋にいる。物理の問題をやっている。日曜だ」。しかし彼の思いは白く霧と溶けた。彼は身を揺すり、麻布の人物たちをくわしく見はじめた。二人ずつの羊飼いの男女と恋の神。それから突然、彼は思った。「ぼく、ぼくは存在する……」そして軽いブレーキがかかり、長い眠りからさめた。

気持がよくなかった。羊飼いはうしろに飛びのき、リュシアンには枝付眼鏡の凸《とつ》のほうで見ているように思われた。彼にはとても気持がよくて、自分のひだのなかへ、うっとりとして溶けこむあの茫然《ぼうぜん》たる気分のかわりに、今度は「ぼくはだれだ?」と自問する非常にさめた困惑があった。

——ぼくはだれだ。ぼくは机をながめる。ぼくは帳面をながめる。ぼくはリュシアン・フルーリエという名だ。しかしそれは一つの名前にすぎない。うぬぼれてるか、うぬぼれてないか、ぼくは知らない。そんなことは無意味だ。

「ぼくはいい生徒だ。いや、それはうわべだけだ。いい生徒、勉強好き。——いや、そうではない。よくノートはとるが、勉強は好きではない。もちろん、大きらいではないが、どうでもいいことだ。何もかも、どうでもいいことだ。ぼくは社長にはならないだろう」。彼は苦しそうに考えた。「しかし何になるんだろう」。しばらくたった。彼は頬《ほお》をつねり、まぶしかったので左の目をまたたいた。「ぼくは何だ、ぼくは?」渦巻きのぼる、際限のない霧があった。「ぼく!」彼は遠くをながめた。言葉が頭のなかで鳴っていた。それから脇《わき》が遠く霧のなかへのがれていく、パジャマの陰鬱《いんうつ》な肩のようなものが、見わけられた。リュシアンは身ぶるいし、手がふるえた。「そうだ、と彼は考えた。そうだ! 確かだったんだ。ぼくは存在してないんだ」。

それに続く数カ月のあいだ、リュシアンはしばしば眠りこもうとやってみたが、うまくいかなかった。彼はじつに規則的に夜九時間眠り、その他の時間はまったく生き生きとしており、だんだんとまどいしてきた。両親は彼がこんなに丈夫なことはないと言っていた。彼は社長になるようにはできていないと考えるに至ったとき、自分がロマンチックになったような気がして、月の下を何時間も歩きたくなった。しかし両親はまだ、夜出歩くことを許してはくれなかった。そこで、しばしば寝床に横になって、体温を計った。体温計は三十七度五分か三十七度六分を示していた。そしてリュシアンは苦い喜びをもって、両親が彼の顔色がいいと思いこんでいる、ということを考えた。「ぼくは存在してないんだ」。彼は目を閉じて、思考を進めた。存在は幻である。ぼくは自分が存在していないと知っているのだから、耳を閉じ、何も考えさえしなければ、無に帰することができる。しかし幻はしつこかった。すくなくとも彼は他の人びとにたいして、一つの秘密をいだいている、という意地の悪い優越感を持っていた。たとえば、ガリはリュシアン以上に存在してないのだ。しかし、彼の讃美者《さんびしゃ》の存在ただ中で、騒々しく鼻息をたてるのを見るだけで十分だった。人はすぐ彼が自分の存在を鉄のように頑丈《がんじょう》だと思っていることがわかった。フルーリエ氏もやはり存在してなかった。――リリもだれも――世界は役者のいない喜劇なのだ。『道徳と科学』の論文に十五点とったリュシアンは、『虚無論』を書こうと思った。そして人びとがそれを読みながら、鶏の声を聞いた吸血鬼のように一人ずつ消えてしまうさまを想像した。その論文にとりかかる前に、彼は学校の哲学の先生の狒々《ひひ》の意見を聞こうと思った。「ごめんなさい、先生、と時間の終りに彼は言った。ぼくたちは存在していないということを論証できましょうか？」狒々はできないと言った。「われ思う《コギト》、と彼は言った。ゆえに《エルゴ》、われ在り《スーム》。きみは自分の存在を疑うのだから、存在してるのだ」。リュシアンは納得はされなかったが、論文を書くことはあきらめた。七月に、彼は数学の資格試験になんとか受かり、両親とフェロールへ出かけた。困惑状態は相変らず続いていた。それはくしゃみしたいような気持だった。

ブーリゴー爺《じい》さんは死に、フルーリエ氏の職工たちの気持は非常に変ってきた。彼らは今はたいした給料を取り、妻君たちは絹の靴下をはいていた。ブファルディエ夫人はフルーリエ夫人にびっくりするような話を聞かせてくれた。「わたしの女中の話では、昨日鳥屋でアンシオームの小娘に会ったというんですがね。お宅のご主人の職工の娘で、母親をなくしたとき、わたしたちが世話をしてやりましたですね。あの娘がボーペルチエの組立工と結婚したんですが、なんと、二〇フランの鶏を注文したと言うじゃありませんか。それもいばりくさって。あの人たちには、もうなんでもこれでいいという度がなくなったんですね。わたしたちの持っているものはなんでもほしがるんですよ」。今では、日曜に、リュシアンが父親といっしょにそのへんを散歩するとき、職工たちは彼らを見ても帽子へちょっと手をやるだけで、おじぎもしないで通り過ぎる者さえあった。ある日、リュシアンはブーリゴーの息子に出会ったが、相手は気がついたふりもしなかった。リュシアンはすこし気にさわった。自分が主人である証拠を見せるべき機会《おり》だった。彼はジュール・ブーリゴーへ鷲《わし》のような眼差《まなざ》しを加えて、背中へ手を回すと、歩みよっていった。しかしブーリゴーはびくびくしなかった。彼はリュシアンを、空虚な目つきで見返して、口笛を吹きながらすれちがった。「気がつかなかったんだ」とリュシアンは思った。しかし、彼の失望は大きかった。そして、その後数日間、彼は以前よりもっと、世界は存在しないと考えた。

フルーリエ夫人の小型ピストルは戸棚《とだな》の左の引出しに入れてあった。夫が一九一四年九月に、戦線に出発する前に、贈物にくれたものだった。リュシアンはそれを手にして、長いあいだ、指のあいだでいじくっていた。それは銃身が金で床尾《しょうび》に真珠の張ってある小傑作だった。人びとが存在していないということを説きつけるのに、哲学の論文は期待できない。必要なのは行動、仮象を消滅させて世界の虚無を白日のもとに露呈させる、真に絶望的な行為だった。発射。若い肉体が敷物の上に血まみれに倒れる。紙の上に書きなぐった数語。「ぼくは存在しないので自殺する。そして兄弟らよ、きみたちも無なのだ！」人びとは朝、新聞を読むだろう。彼らは見るだろう。「若者がやった！」そして皆、恐ろしい混乱を感じて自問するだろう。「そしてわたしは？　わたしは存在するだろうか？」人は歴史上で、たとえば『ヴェルテル』の出版のときも、同様の自殺の流行病を知ったのだ。リュシアンはギリシャ語の「犠牲《マルチル》」が「証人」という意味であるということを考えた。彼は主人になるには感じやすすぎるが犠牲になるには十分だ。その後、彼はしばしば母親の寝室にはいり、ピストルを見て苦悩にとらえられた。銃床を指できつく握って、金の銃身を嚙《か》むことさえあった。それ以外のときは、彼はすべての真の指導者というものは自殺の誘惑を知っていたのだと考えて、むしろ明るい気持だった。たとえばナポレオンだ。リュシアンは自分が絶望の底に触れたことをごまかそうとは思わなかった。しかし彼は涙にぬれた心をいだいて、この危機から脱することを望んだ。そして彼は『セント・ヘレナ島の回想』を興味をもって読んだ。しかし一つの決心をしなければならなかった。リュシアンは自分の躊躇《ちゆうちよ》のぎりぎりの期限を、九月三十日と定めた。その最後の日には極度にいたましい気持だった。たしかに危機は有効ではあった。しかしそれはリュシアンにあまりに強い緊張を要求したので、いつかガラスのように破れてしまいはしないかと恐れた。彼はもうピストルにさわろうとはしなかった。彼は引出しをあけてみることだけで満足した。彼は母親のコンビネーションをちょっと、持ちあげて、長いあいだ、ばら色の絹のくぼみに収まっている冷たくて強情な小さな怪物をながめた。しかし、彼が生きることを受入れたとき、彼ははげしい失望を感じ、まったく手持ちぶさたになった。幸いにも新学期のたくさんな心配事が彼をいっぱいにした。両親は彼を聖ルイ校に入れて、中央学校への準備の勉強を続けさせた。彼は徽章《きしよう》のついた赤い縁のあるみごとな帽子をかぶって、こう歌った。

機械を動かす中央校生《ピストン》
車を動かす中央校生……

この「中央校生」の新しい権威はリュシアンを誇りでみたした。それに彼の組も今までの教室とは違っていた。それは伝統と儀式とを持ち、一つの勢力だった。たとえば、いつもフランス語の講義の終る十五分前に、一つの声が「陸士生は何だ?」ときくと、皆一斉に「畜生だ」と答えた。それに「農科生は何だ?」と言う声が続くと、もっと大きな声で「畜生だ」と答えた。そのとき、ほとんど目が見えず、黒眼鏡をかけているベチュヌ氏が疲れたように「お願いです、皆さん！」と言う。それから絶対の沈黙がしばらく続き、生徒らは理解ある微笑で顔を見あわせている。それからだれかが叫ぶ。「中央校生《ピストン》は何だ？」それから皆いっしょにほえる。「大物だ！」そういうときリュシアンは電流をかけられたように感じる。その晩、彼はその日のさまざまな事件を両親にこまかく伝え、「そのとき、組じゅうがふざけはじめた」とか「組じゅうの連中が、メイリネスを絶交しようと決心した」というとき、その言葉を口にしながら、アルコールを一杯、口にするような熱さを覚えた。だが、はじめのうちは、なかなか苦しかった。リュシアンは数学と物理の試験に落ちたし、また個人的にも、級友はあまり同情的でなかった。彼らは給費生で、大部分はくそ勉強家だし、行儀も悪く不潔だった。「友達にしたいやつは一人もいないんですよ、と彼は父親に言った。――給費生というものは知的選良なんだが、と夢想的にフルーリエ氏は言った。だが、彼らは悪い指導者になる。あとへひけないんだから」。リュシアンは悪い指導者という言葉を聞いて、心に不快な衝撃を受け、その後数週間、また、自殺を考えた。しかし彼は、休み中ほどの興奮はもうなかった。一月に、ベルリアックという名の新入生が、全級に悪評を巻きおこした。彼は最新流行の緑か葵色《あおいいろ》の胴の細い上着で、洋服屋のカタログに見るような小さな丸襟《まるえり》だった。ズボンはあまり狭いので、どうして足を入れるのだろうと思うほどだった。一度で彼は数学がびりになった。「ざまあみろだ、と彼は宣言した。おれは文学者なんだ。数学をやると死にそうになる」。ひと月後には、彼は全級を魅惑しつくした。彼は密輸の煙草《たばこ》を配り、女があると言い、恋文を見せびらかした。全級は彼を粋人だと認め、降参した。リュシアンは彼の優雅さと物腰とを非常に讃美した。しかし、ベルリアックはリュシアンを丁重に待遇して、「金持の坊ちゃん」と呼んだ。「貧乏人の子供でなくてあいにくだ」とある日、リュシアンは言った。ベルリアックは微笑した。「きみは小皮肉屋だね」と彼は言った。そして翌日、彼は詩を読ませてくれた。「カルーゾーは毎晩を荒い目つきで飲みこんでいた。目つきのほかは、駱駝《らくだ》みたいに地味だったが。ある貴夫人が家族の目の前で花束を作り、舞台に投げた。皆はその模範的行為に敬礼した。しかし彼の光栄の時は三十七分しか続かぬことを忘れるな。ちょうど最初のブラヴォーから、オペラ座の大照明の消えるまで（その後、彼女は、数多くの賞状を持った夫を、つなぎとめておかねばならなかった。夫は二つの戦争の十字章で二つの眼孔を埋めていた）。そして注意せよ。罐詰《かんづめ》の人肉を食べすぎるやつは皆、壊血病で死ぬだろう」。「とてもいいね」とリュシアンはびっくりして言った。――「ぼくはそれを新しい手法で書いたんだ。とベルリアックは何げなく言った。自動筆記法というんだ」。それからしばらくたって、リュシアンは自殺したいはげしい欲望にとらえられ、ベルリアックに意見をきく気になった。「どうしたらいいだろう？」と彼は説明したあとできいた。ベルリアックは注意して聞いていた。彼は指を吸って、それから顔のにきびにつばを塗る癖があったので、皮膚がところどころ、雨のあとの道のように光っていた。「好きなようにするさ。とついに彼は言った。たいしたことじゃないからね」。リュシアンはすこし失望した。しかし彼はつぎの木曜日、ベルリアックに母親のお茶の会へ呼ばれたときに、彼が非常に感動していたことがわかった。ベルリアック夫人は非常に愛想がよかった。彼女は疣《いぼ》がいくつかあり、左の頬にそばかすがあった。「わかるかい。とベルリアックはリュシアンに言った。ほんとうの戦争犠牲者というのは、ぼくらなんだ」。それこそ、リュシアンの意見でもあった。そして彼らは二人とも、犠牲の世代に属している、ということに考えが一致した。日が暮れると、ベルリアックは、首のうしろに両手を組んで、床の上に横になった。彼らは英国の煙草をすい、レコードをかけ、リュシアンはソフィー・タッカーや、アル・ジョンスンの声を聞いた。彼らはすっかり憂鬱《ゆううつ》になり、リュシアンはベルリアックこそ親友だと考えた。ベルリアックは精神分析学を知っているかときいた。彼の声はまじめで、リュシアンを重々しく見つめていた。「ぼくは十五歳まで母に欲望をいだいた」と彼は告白した。リュシアンは落着かなくなった。彼は赤くなることを恐れた。それからベルリアック夫人の疣を思い出し、彼女に欲望をいだくという気持はわからないと思った。しかし、彼らのためにトーストを持って彼女がはいってきたとき、彼は漠然《ばくぜん》となながら不安になり、彼女の黄色いジャケツを通して、胸の形を見わけようとした。彼女が出ていくと、ベルリアックは積極的な声の調子で言った。「きみだって、もちろん、お母さんと寝たかったろう?」それは質問というより断言だった。リュシアンは肩をそびやかして、「もちろん」と言った。翌日、彼は不安になり、ベルリアックがその会話を続けないかとおそれた。しかし、彼はすぐ安心した。「けっきょく、あいつは、ぼくより不良なんだ」と考えた。彼は彼らの告白の持った科学的な調子に、非常に誘惑され、つぎの木曜日にサント・ジュヌヴィエーヴ図書館に行って、フロイトの夢の研究を読んだ。それは啓示だった。「そうだ、この通りだ。」とリュシアンは通りを、でたらめに歩きまわりながらくりかえした。そうだ、この通りだ!」彼はつぎに『精神分析入門』と『日常生活の精神病理学』とを買い、すっかり彼には明白になった。存在しないという、あの奇妙な印象、長いあいだ、意識を支配していたあの空虚感、白昼夢、当惑、常に霧の幕に包まれてしまう、自己認識のための、あのむなしい努力。……「そうだ、ぼくはコンプレックスがあるんだ」と彼は思った。彼はベルリアックに、子供のとき、自分が夢遊病だと思ったということ、物がちっとも現実的に見えなかったということを話した。「ぼくは優越感のコンプレックスがあるにちがいない」と彼は結論した。――「皆、ぼくみたいだ」とベルリアックは言った。「ぼくたちは、家族コンプレックスを持っているのだ！」彼らは自分たちの夢や、どんな些細《ささい》なことでも説明する習慣になった。ベルリアックはいつも話すことがたくさんあったので、リュシアンは、すこし作り話もあるんじゃないか、すくなくとも修飾はするのではないかと疑った。しかし、彼らはじつによく理解しあい、最も微妙な問題にも客観性をもって接した。彼らは、周囲を欺《あざむ》くために陽気さの仮面をかぶっているが、本心はおそろしく苦しんでいるのだと告白しあった。リュシアンは不安から解放された。彼は熱心に、精神分析学に打ちこんだ。それが彼に適したことであるとわかったので。そして今は彼は落着き、みずからを悪《あ》しき血の生れと考えたり、たえず意識のなかに、自己の性格を現わしている徴候を求めていたりする必要がなくなった。真のリュシアンは無意識のなかに、深く沈没した。彼は留守になった親しい人のことを考えるように、自分の姿を見ないで夢想するようになった。リュシアンは一日じゅう、自分のコンプレックスを考えて、意識の蒸気の下にうごめいている、暗い残酷なはげしい世界をある種の誇りをもって想像した。彼はベルリアックに言った。「わかるだろう、表面はぼくは眠った、何にも無関心な子供だ。あまりおもしろくもないやつだ。そして心のなかさえ、そのとおりのようなようすをしているから、自分でもそう思いこみそうになるくらいだ。だが、ほかのことがある、ということはよくわかってるんだ。——いつもほかのことがあるのさ」とベルリアックは答えた。そして彼らは誇らかに微笑しあった。リュシアンは『霧の破けるとき』という詩を作った。ベルリアックはそれをすてきだと言ったが、リュシアンが定型詩で書いたことをとがめた。彼らはすぐにそれを暗記し、自分たちのリビドについて話そうと思うとき、好んでこう言った。

「霧の衣の下にうずくまる大蟹《おおがに》」、それから目まぜをしながら、ただ「蟹」と言うようになった。しかし、しばらくたつと、リュシアンが一人でいるとき、特に夕方など、そうしたことがすこし恐ろしくなりはじめた。彼は母親を正面から見なくなった。そして、寝に行く前に、母に接吻《せっぷん》するとき、暗黒の力がその接吻をそらせて、フルーリエ夫人の口の上にすることになるのではないかと心配した。心のなかに火山があるみたいだった。リュシアンは自分の発見した豊かでいまわしい魂をあばれさせないように気をつけて、ふるまった。彼は今はその価値を十分知っていたし、恐ろしい目ざめを恐れていた。「ぼくは自分がこわい」と彼は思った。彼は半年以来、飽きていたし、勉強も忙しかったので、一人遊びはやめていたが、また、始めることになった。各人は自分の傾向に従わねばならない。フロイトの本には、あまり急に自分の習慣を放棄したので、神経衰弱に襲われた、不幸な青年たちの話がたくさん出ていた。「ぼくらは気ちがいにはならないだろうか」と彼はベルリアックにきいた。そして実際、ある木曜日には、彼らはおたがいが奇妙なものに思われた。薄闇《うすやみ》がベルリアックの部屋に、ひそかに忍び入ってきた。彼らは阿片《あへん》入りの煙草を幾箱も吸っていた。彼らの手はふるえていた。そのとき、二人のうちのどちらかが黙って立ちあがり、戸口へ忍び足で近づき、スイッチを入れた。黄色い光が部屋を領し、彼らはおたがいに不信の念をもって見つめあった。

リュシアンはベルリアックとの友情が誤解に根ざしているということに気づくのにひまはかからなかった。たしかに彼以上に、エディプス・コンプレックスの悲愴《ひそう》な美に感動する人間もなかった。しかし、彼は特にそこに他日、ほかの目的のほうに道をはずそうと願っている、情念の力の象徴を、見ていたのだ。ベルリアックは反対に、現在の状態を楽しんでいて、そこから出たがらないでいるようだった。「ぼくらはだめになった人間なのだ。落伍者《らくごしゃ》なのだ、と彼は傲然《ごうぜん》として言った。ぼくらはけっして何もしないのだ。——何もけっして」とリュシアンは谺《こだま》のように答えた。しかし、彼は憤然としていた。復活祭の休みから帰ると、ベルリアックは彼に、ディジョンのホテルで、母とおなじ部屋に泊ったと話した。彼は早朝に目がさめて、母親がまだ眠っている寝床に近づき、優しく掛布団《かけぶとん》をのばしてやった。「シュミーズがまくれていたのだ」と彼はあざ笑いながら言った。この言葉を聞くと、リュシアンはすこしベルリアックを軽蔑《けいべつ》しないではいられなくなった。そして非常に孤独になった。コンプレックスを持っているのはおもしろい、しかし、適当な時期に昇華させなくてはいけない。一人前の人間が、いつまでも幼児性欲を持ちつづけているとしたら、どうして責任を引受けたり、指導をとったりできようか？　リュシアンはまじめに心配しはじめた。権威ある人に相談したかったが、その相手を知らなかった。ベルリアックはしばしば彼にベルジェールという名のシュルレアリストについて話してくれていた。彼は精神分析学に非常に通じていて、ベルリアックに大きな支配力を握っているらしかった。しかし、けっして彼はリュシアンに彼を紹介しようとは言わなかった。リュシアンはまた、女を世話してもらうことで、ベルリアックをあてにしていたので、非常に失望した。彼は、美しい恋人を手に入れたら、自分の観念の運行は、まったく自然に変るだろうと思っていた。しかし、ベルリアックは、もうけっして彼の美しい恋人たちの話をしなかった。彼らはときどき、グラン・ブールヴァールに行き、娘のあとをつけた。しかし話しかける勇気はなかった。「ねえ、きみ、とベルリアックは言った。ぼくらは女を喜ばす連中とは人種が違うんだ。女たちはぼくらのなかに、何か恐ろしいものをかぎつけるんだよ」。リュシアンは返事をしなかった。ベルリアックは彼をいらだたせはじめた。彼はしばしばリュシアンの両親について、非常に悪趣味の冗談を言った。彼は彼らをデュモレ氏夫婦と呼んだ。リュシアンはシュルレアリストがブルジョアジー一般を軽蔑しているということは、非常によくわかっていた。しかし、ベルリアックはフルーリエ夫人に何度も招待され、信頼と友情とをもって待遇されていたのだ。感謝の気持からでなくとも、単なる礼儀上の心づかいからでも、そういう調子で彼女の話をすることはできないはずだった。そのうえ、ベルリアックは金を借りて返さないという、恐るべき病気を持っていた。バスに乗って金のあったためしはなく、いつも払ってやらなければならなかった。カフェの勘定も五度に一度しか引受けなかった。リュシアンは彼に、ある日、はっきりと、気が知れない、友達同士では割勘にしようじゃないかと、言った。ベルリアックは彼をしげしげと見て言った。「ぼくはそう思ってたんだ、きみは肛門《こうもん》性欲だね」。それから彼は糞《くそ》と金とのフロイト的関係と、貪欲《どんよく》についてのフロイト理論とを説明した。「一つのことが知りたいね。と彼は言った。幾歳まで、きみはお母さんにふいてもらったんだい？」彼らはあやうく仲たがいするところだった。

五月のはじめから、ベルリアックは学校をさぼりはじめた。リュシアンは授業のあとで、プチ・シャン通りのあるバーへ、彼に会いに出かけた。そこで彼らはクリュシフィクス・ベルモットを飲んだ。ある火曜の午後、リュシアンはベルリアックが、からのコップを前にしてすわっているのを見つけた。「やあ、来たね、とベルリアックは言った。まあ、聞いてくれ、この場はちょっと、おあずけだ。五時に歯医者へ行くんだから。待ってほしい。ほんの近くだ。三十分だからね。——O・K、とリュシアンは椅子《いす》に体を投げ出して答えた。フランソワ、白ベルモットを一つくれ」。このとき、一人の男がバーにはいってきて、彼らを見て驚いたようすで、微笑した。ベルリアックは赤くなって、すぐ立った。「だれだったんだい？」とリュシアンはきいた。ベルリアックは見知らぬ男の手を取って、リュシアンが見えないように立ちはだかった。彼は小声で早口に話し、相手ははっきりした声で話していた。「いや、いや、きみはただのおっちょこちょいだよ」。同時に彼は爪先《つまさき》立ち、静かに自信ありげに、ベルリアックの頭ごしに、リュシアンをのぞき見した。三十五歳ぐらいだった。青い顔で豊かな白髪だった。「きっとベルジェールだ、とリュシアンは胸をとどろかせて考えた。なんてりっぱだろう！」

ベルリアックは臆病《おくびょう》な、だがわがままな身ぶりで、白髪の男の肘《ひじ》をかかえた。

「いっしょに来てください。と彼は言った。歯医者へ行くんだから。二歩ほどのところなんだから。

――だが、友達がいるらしいじゃないか。と相手は目をリュシアンからはなさずに答えた。おたがいを引きあわせたらどうだい」

リュシアンは笑って立ちあがった。「ざまをみろ！」と彼は思った。頰《ほお》に火がついたようだった。ベルリアックは首をすくめた。リュシアンは一瞬、彼が断わるだろうと思った。「じゃあ、紹介するさ」と彼は陽気な声で言った。しかし、彼は口をききはじめるとすぐ、血がこめかみへ流れこんだ。穴があればはいりたかった。ベルリアックは急に態度が変って、顔も見ないで口ごもった。

「リュシアン・フルーリエ、学校友達。アシル・ベルジェール氏。

――あなたの作品を愛読しています」とリュシアンは小声で言った。ベルジェールは、長い繊細な手で彼と握手し、すわれと言った。沈黙がきた。ベルジェールは熱く柔らかい眼差《まなざ》しで、リュシアンを包んだ。彼は相変らず、手を握ったままだった。

「不安なんですか？」と彼は優しくきいた。

リュシアンは声をはっきりさせて、ベルジェールにしっかりした眼差しをかえした。

「ぼくは不安です！」と彼はきっぱりと答えた。彼は入門の試験を通ったばかりのような気がした。ベルリアックはちょっとぐずぐずしてから、卓の上に帽子を投げて、荒々しく席にもどった。リュシアンはベルジェールに、自殺の誘惑について、語りたくなった。それは前置きもなしに急に、物ごとを話すことのできる人間だった。だが、ベルリアックがいるので、何も言えなかった。彼はベルリアックを憎んだ。

「ラキ酒があるかね。とベルジェールは給仕にきいた。

——いいえ。ありません。とベルリアックは急いで言った。ここは居心地いい場所ですが、飲むものはベルモットだけです。

——そこの壜《びん》にはいってる、黄色いものはなんだろう。とベルジェールは、だらしないくらいの気軽さでたずねた。

——白クリュシフィクスです、と給仕が答えた。

——じゃあ、それをくれたまえ」

ベルリアックは椅子の上で、身をよじていた。彼は自分の友達を自慢しようという欲望と、身銭を切ってリュシアンを光らせることになりはしないかという心配とのあいだで動揺していた。彼はついに、陰鬱《いんうつ》で高慢な声で言った。

「彼は自殺したがってるんだ。

——おや、とベルジェールは言った。そうあってほしいね」

また、沈黙があった。リュシアンは謙遜《けんそん》なようすで目を伏せた。しかし彼はベルリアックがやがて出かけるだろうかと自問していた。ベルジェールは急に時計を見た。

「歯医者は？」と彼はきいた。

ベルリアックはしぶしぶ立ちあがった。

「いっしょに来てくださいよ。ベルジェール。すぐそこなんだから。と彼は哀願した。

――いや、きみは帰ってくるんだから。きみの友達といっしょにいるよ」

ベルリアックはまた、ちょっとぐずぐずしていた。それから飛び出した。

「行った、行った。ぼくらはここで待ってるから」とベルジェールは横柄《おうへい》な声で言った。

ベルリアックが出かけると、ベルジェールは立ちあがって、リュシアンのかたわらへ気楽にすわった。リュシアンは自殺のことを長々と話した。彼はまた、自分が母親に欲望をいだいたし、加虐性《かぎやくせい》肛門性欲で、ほんとうは何ひとつ好きなものはなく、すべてが彼にとっては喜劇にすぎない、と説明した。ベルジェールは彼をずっと見つめながら、何も言わずに聞いていた。そしてリュシアンはわかってもらえるのがうれしかった。話が済むと、ベルジェールは彼の肩へ手を親しげに回した。そしてリュシアンはオー・デ・コロンと英国煙草《たばこ》の匂《にお》いをかいだ。

「わかるかい、リュシアン、ぼくがきみの状態をなんと呼ぶか?」リュシアンはベルジェールを希望をこめて見た。

思い違いではなかった。

「それを錯乱《デザロワ》と名づけるね」とベルジェールは言った。

錯乱《デザロワ》。その言葉は月の光のように優しく白く始まる。しかし、終りのオワは角笛の銅色のきらめきだった。

「錯乱《デザロワ》……」とリュシアンは言った。

彼はリリに夢遊病だと告げたときのように、深刻な不安を感じた。酒場は暗かったが戸口は街路の、春の金色に光った霧に向って、あけはなたれていた。ベルジェールから出る念入りな匂いにまじって、リュシアンは暗い部屋の重苦しい匂いと赤葡萄酒《あかぶどうしゅ》と湿った木の香とを感じた。「錯乱……」と彼は思った。それはどういうことになるんだろう?」彼はそれが一つの特権なのか新しい病気なのか、よくわからなかった。彼は金歯の輝きを休みなしに見えかくれさせている、ベルジェールの土色の唇《くちびる》を、目の端に見ていた。

「ぼくは錯乱しているものが好きだ。とベルジェールは言った。きみはまれな好機に恵まれていると思う。とにかく、それはきみに与えられたのだ。豚どもが見えるだろう。あいつらは腰を据えている。ちょっといじめるために、赤蟻《あかあり》にやつらを食わせなきゃ。蟻というのは、良心的な虫ってことになってるから。

――人間を食べますね。とリュシアンは言った。

――そうさ。人間の肉から骨をはがしてくれるよ。

――わかった」とリュシアンは言った。「それからぼくは、何をしたらいいんですか。

――いや、誓ってなんにもしないのさ。とベルジェールはこっけいな驚きをこめて言った。特に、すわりこんではいけないな。彼は笑いだした。杭《くい》の上なら別だがね。ランボーは読んだかい？

――いいえ、とリュシアンは言った。

――『飾画《イリユミナシオン》』を貸してやるよ。ねえ、また、会おうじゃないか。木曜にひまなら、三時ごろ、家へ来たまえよ。モンパルナスに住んでるんだ。シャンパーニュ・プルミエール九番地だ」

つぎの木曜、リュシアンはベルジェールのところへ行った。それから五月中はほとんど毎日出かけた。彼らはベルリアックには週に一回会っていると言っておこうと決めた。彼に苦痛は与えないように、率直にしようというためだった。ベルリアックは完全にのけものにされたことを感じた。彼はリュシアンを嘲笑《ちようしよう》した。「じゃあ、うまが合ったんだな。不安のひと突きを受け、お返しに自殺のひと突きをくらわせたってわけか。大勝負だな！」リュシアンは赤くなって抗弁した、「ぼくの自殺をあの人にはじめに話したのはきみだってことを覚えていてもらいたいな。——ああ、それは自分がするのを恥ずかしがると思ったからさ」。彼らが会うのは間遠になった。「あの男のおもしろいところは、皆、あなたの借物なんだってことが、今はわかりましたよ。とベルとリュシアンはある日、ベルジェールに言った。——ベルリアックは猿《さる》だよ。とベルジェールは笑いながら言った。それがぼくをいつもあいつにひきつけるのさ。あいつの母方の祖母がユダヤ人だってことを知ってるかい？　それが事態をよく説明するね。——そうですね」とリュシアンは答えた。それからちょっとおいて言い足した。「それに、まあおもしろいやつですからね」。ベルジェールのアパートは奇抜なこっけいな物でいっぱいだった。塗った木製の女の脚《あし》の上に赤いビロードのクッションが載っている椅子、黒ん坊の小像、針のついた鉄の貞操帯、小匙《こさじ》をさしてある石膏《せっこう》の乳房。机の上には青銅の虱《しらみ》と、ミストラの納骨堂から盗んできた修道士の頭蓋骨《ずがいこつ》とが、文鎮に使われていた。壁はシュルレアリスト・ベルジェールの死を報ずる通知の手紙で張りめぐらしてあった。しかし、それらにもかかわらず、アパートは知的な安楽さの印象を与え、リュシアンは喫煙室の深い長椅子に横になるのが好きだった。特に彼を驚かせたのは、ベルジェールが本棚《ほんだな》の上に積み重ねてあった厖大《ぼうだい》な冗談といたずらの数々だった。こぼれたインキ壺《つぼ》のおもちゃ、嚔粉《くしやみこ》、引っかく毛、浮いた砂糖、悪魔の糞、細君の靴下止め。ベルジェールは、しゃべりながら、悪魔の糞を指のあいだにはさみ、しげしげと見た。「このいたずらは革命的な力を持っている。それは不安を与える。レーニンの全集よりも破壊的な力がある」。リュシアンは驚き魅惑されて、目のくぼんだ苦悩にゆがんだりっぱな顔と、完全に模造された糞をうやうやしく持っている、細長い指を、かわるがわるながめた。ベルジェールはしばしばランボーと「全感覚の組織的な錯乱」とについて語った。「コンコルドの広場を通りながら、きみがはっきりとまた、意志力によって、オベリスクに乳房をさしだしてひざまずいている黒人の女を見ることができるならば、きみは虚飾を廃し救われた、と言える」。彼は『飾画』と『マルドロールの歌』とサド侯爵《こうしやく》の作品を貸してくれた。リュシアンは良心的に理解しようと試みた。しかし多くのことが彼にはつかめなかったし、ランボーが同性愛なのにはいやな気がした。そう言うとベルジェールは笑いだした。「だけど、なぜなんだい？」リュシアンは非常に困った。彼は赤くなり、ちょっとのあいだ、全力をあげてベルジェールを憎んだ。しかし彼は自己を支配し、頭をあげ、単純率直に言った。「きたならしいと言ったんです」。ベルジェールは彼の髪に手を触れた。彼は気持がなごんできた。「この困惑にみちた大きな目。この牡鹿《おじか》の目。……そうだ、リュシアン、きみはきたならしいと言った。ランボーの同性愛、それは彼の感受性の第一の天才的な錯乱なのだ。ぼくらが彼の詩を読めるようになったのはそのおかげなのだ。性的欲望に特別な対象があり、その対象は、脚のあいだに穴がある女だと思いこむことは、腰を据えてしまった連中のいとわしい好きこのんでする過《あやま》ちなのだ。見たまえ！」彼は机から一ダースほどの黄色くなった写真を取出し、リュシアンの膝《ひざ》の上に投げた。リュシアンは恐ろしい売女《ばいた》を見た。裸で、歯の抜けた口で笑い、脚を唇のようにひろげ、お尻《しり》のあいだに苔《こけ》のはえた舌のようなものを投げ出している。「ぼくはブウ・サァダで三フランの蒐集《しゅうしゅう》を買ったよ。とベルジェールは言った。きみがこんな女たちの尻を抱けば一家の息子だということになり、世間はきみが青年の生活をやっていると言う。それが女だからだ、わかるかい。ぼくは言おう、なすべき第一のことは、あらゆるものが性的欲望の対象となりうると、きみに説得することだと。ミシンも試験管も馬も上靴も。ぼくは、と彼は微笑して言った。蠅《はえ》と色事をしたぜ。家鴨《あひる》と寝た陸戦隊員も知っている。彼は引出しのなかへ家鴨の頭を入れ、足をしっかりつかまえ、それからだ！」ベルジェールは、うっかりリュシアンの耳をつねり、それから話を結んだ。「家鴨は死に、隊の連中はそれを食べた」。リュシアンはその話に頭を熱くして、そとへ出た。彼はベルジェールが天才だと思った。しかし、夜中に汗にまみれて、頭は怪奇で淫乱《いんらん》な想像にいっぱいになって目が開くと、ベルジェールは自分に良い影響を与えるだろうかと自問しないではいられなかった。「一人になること！」と彼は手をよじりながら、つぶやいた。だれにも意見をきかないでぼくが正しい道を歩んでいるかどうか、ときいたりしないこと！」あらゆる感覚の錯乱ということを、極限まで押しすすめて本式に実行するとなると、足を踏みはずしておぼれることになりはしないか？ベルジェールが彼にアンドレ・ブルトンについて長いあいだ話してくれたある日、リュシアンは夢のなかのようにささやいた。「ええ、でも、そのあとで、もし引返せなくなったら？」ベルジェールは驚いた。「引返すって？引返すことなどだれも話してやしない。気が狂ったんなら、それもよかろうが。あとからは、ランボーも言ったように、ほかの恐ろしい労働者たちが来るだろう」。「ぼくの考えていたのもそのことです」とリュシアンは悲しく言った。彼はベルジェールが望んでいたのと反対の効果を、この長いおしゃべりが生んだことに気がついた。リュシアンがちょっと微妙な感動、独自な印象を経験したことに驚くと、彼はふるえはじめた。「始まったのだ」と彼は思った。彼はこれからはもっとも俗でにぶい知覚しか持ちたくないと思った。彼は夕方、両親といるときしか気楽になれなかった。それは彼のかくれ場だった。彼らの話題といったら、ブリアンであり、ドイツ人の悪意であり、いとこのジャンヌの分娩《ぶんべん》であり、人生の価値であった。リュシアンは俗な常識的な話を彼らと交わすのが快楽だった。ある日、ベルジェールと別れたあとで、部屋に帰ったとき、彼は機械的に扉に鍵《かぎ》をかけ、掛け金をはめた。彼は自分のしぐさに気づいたときにむりに笑ったが、その晩は眠れなかった。彼は自分がこわかったのだということがわかった。

しかし、彼はベルジェールのところへ通うのを、すこしもやめようとしなかった。「あの人はおもしろい」と彼は思っていた。それから、彼は、ベルジェールが二人のあいだに作ることに成功した、非常に微妙で、特殊な友情を、強く味わった。男らしいほとんど荒々しい調子は変えずに、ベルジェールは自分の優しさを、リュシアンに感じさせ、感動させるすべを心得ていた。たとえば、彼は下手《へた》な着付けに文句をつけながら、ネクタイを結びなおしてやったり、カンボジアから来た金の櫛《くし》で、彼の髪をすいたりした。彼はリュシアンに自分の肉体を発見させ、青春の鋭く悲劇的な美を説明した。「きみはランボーだ」と彼は言った。ヴェルレーヌに会いにパリへ来たとき、彼もきみのような大きな手をしていた。彼の顔は行儀のいい若い百姓にふさわしいばら色で、体は金髪の小娘のようにしなやかだった」。彼はリュシアンにカラーをはずして、下着をあけさせた。それから、すっかり困惑している彼を鏡の前へつれていき、その赤い頰《ほお》と白い胸の魅力的な調和をながめさせた。それから、軽《かろ》やかな手でリュシアンの尻に触れ、悲しげにつけ加えた。「二十歳で自殺すべきなんだ」。今では、しばしばリュシアンは自分で鏡に見入り、不器用さにみちた彼の若い美しさを楽しむことを覚えた。「ぼくはランボーだ」。彼は夜、優しさにみちた身ぶりで着物を脱ぎながら、そう考えた。そして彼は自分の生涯が、美しすぎる花のように短く悲劇的であるだろうと思いはじめた。そうしたとき、彼はずっと以前にも、おなじようなことを考えたことがあるような気がした。そしてばかげた物の形が彼の心に返ってきた。彼は慈善市で花をまいている、天使の翼のついた青い長衣を着た、ほんの小さな自分の姿を、ふたたび見た。彼は自分の長い脚を見た。「こんなに肌《はだ》が柔らかいなんて、ほんとうだろうか？」彼は楽しく考えた。そして一度は、腕に唇《くちびる》を当て、魅力のある青い細い血管に沿って、肘《ひじ》の内側のくぼみに口づけた。

ある日、ベルジェールのところへ行くと、不愉快な驚きを感じた。ベルリアックがいた。彼は小刀で土塊《つちくれ》のような黒いものを、こまかく切っていた。二人の若者は十日前から会っていなかった。彼らは冷淡に手を握りあった。「わかるかい、とベルリアックは言った。これは阿片《あへん》だ。ぼくらはこのパイプへ、二つの金の煙草の層のあいだに、これを詰める。すばらしい効果がある。きみの分もあるよ。と彼はつけ加えた。――ありがとう。とリュシアンは言った。いらないよ」。相手は二人とも笑いだし、ベルリアックはいやな目つきでしつこく勧めた。「ばかだな。吸えよ。気持がいいんだっていうのにわからないのかい。――いやだと言ったじゃないか」とリュシアンは言った。ベルリアックはもうなんとも言わなかった。彼はただ、優越感にみちた笑いを浮べているだけだった。リュシアンはベルジェールも笑っているのを見た。彼は足を鳴らして言った。「いやだ。くたくたになりたくなんかない。ばかになるような物を使うほうがばかげている」。彼は思わず口走った。しかし自分の言ったことの意味と、それにたいしてベルジェールの考えることを想像すると、彼はベルリアックを殺したくなった。そして涙が目に浮んできた。「きみはブルジョアだよ。とベルリアックは肩をそびやかして言った。きみは泳ぐまねをしているが、足を踏みはずすのがこわいんだ。――ばかの習慣を身につけようとは思わない。とリュシアンは静かな声で言った。それも隷属《れいぞく》の一種だ、ぼくは自由でいたいよ。――使うのがこわいと言ったらいいじゃないか」とはげしくベルリアックは答えた。リュシアンは平手打ちを加えようとした。そのとき、ベルジェールの命令的な声が聞えた、「ほっとけよ。シャルル。彼の言うことも正しいよ。使うのがこわいというのも、また、錯乱さ」。彼らは二人とも長椅子《ながいす》に横になって、吸いはじめた。アルメニアの紙の匂《にお》いが部屋のなかにひろがった。リュシアンは赤いビロードの椅子にかけ、黙って見ていた。ベルリアックは、しばらくすると、頭をうしろへのけぞらし、かすかな笑いとともに、まばたきした。リュシアンは恨みをこめて彼を見ていた。屈辱を感じた。ついにベルリアックは立ちあがり、ためらいがちな歩みで、部屋を出ていった。終りまで彼は唇に、眠そうな気持よさそうな笑いを浮べていた。「パイプを貸してください」とリュシアンは荒々しい声で言った。ベルジェールは笑いはじめた。「つまらん。ベルリアックのまねはよせよ。今、あいつのしてることがわからないのかい。——かまいませんよ。とリュシアンは言った。——だが、やつは吐いてるんだぜ。とベルジェールは静かに言った。阿片があいつに与える唯一《ゆいいつ》の効果さ。あとは喜劇だ。だが、あいつはぼくを驚かせたがるし、ぼくもおもしろいので、ときどき、吸わせてやるのさ」。翌日ベルリアックは学校へ来て、リュシアンの上手《うわて》に出ようとした。「きみは列車には乗るが、気をつけて駅から出ていかないのを選ぶんだね」。しかし相手が悪かった。「きみはいんちき師だ。とリュシアンは答えた。きみは昨日浴室でしたことを、ぼくが知らないと思ってるんだね。吐いてたじゃないか!」ベルリアックは蒼《あお》くなった。「ベルジェールが言ったな。――だれだと思ってるんだ。――いいよ。とベルリアックはつぶやいた。ベルジェールが古い仲間を、新しい仲間といっしょにばかにするようなやつだと思いたくないね」。リュシアンはすこし心配になった。彼はベルジェールにしゃべらない約束をしていたのだ。「いいよ、きみをばかにしたわけじゃない。ただそれが効《き》かないことをぼくに教えようとしただけさ」。しかし、ベルリアックは彼に背を向け、握手しないで去っていった。リュシアンはベルジェールに会ったとき、あまり元気がなかった。「きみはベルリアックに何を言ったんだい？」ベルジェールは何げない調子できいた。リュシアンは返事をせずに首を下げた。彼は気が沈んでいた。しかし彼は急にベルジェールの手が首にかかるのを感じた。「なんでもないよ。けっきょく、なるようになったのさ。喜劇役者はどうせぼくをおもしろがらせないんだ」。リュシアンはすこし勇気を取りもどした。彼は頭をあげて微笑した。「だがぼくも喜劇役者ですよ。彼はまばたきして言った。――だが、きみはかわいいからね」とベルジェールは彼を引きよせながら答えた。リュシアンはされるにまかせた。彼は自分が娘のように優しくなるのを感じた。目には涙がたまった。ベルジェールは頰《ほお》に口づけし、「いたずら小僧め」とか「かわいい弟」とか言いながら、耳を嚙《か》んだ。そしてリュシアンはこんなに寛大で理解のある兄を持つことができたら、楽しいだろうと思った。

フルーリエ夫妻はリュシアンがあれほど話をするベルジェールという人を知ろうと思った。そして、食事に招《よ》んだ。皆は彼に感心し、ジェルメーヌはこんなに美男子は見たことがないと思った。フルーリエ氏はベルジェールの伯父のニザン将軍を知っていたので、そのことを長々と話した。フルーリエ夫人もまた五旬節の休みに、リュシアンをベルジェールに預けることを、うれしがりすぎたくらいだった。彼らは自動車でルーアンへ行った。リュシアンは大寺院と市役所を見たかった。しかし、ベルジェールは、はっきりと断わった。「あんな腐ったものをかい?」と彼は横柄《おうへい》にたずねた。最後に彼らはコルドリエ通りの遊女屋へ行って二時間遊んだ。そしてベルジェールはおもしろがっていた。彼は卓の下で、リュシアンに膝《ひざ》突きをくらわせながら、どの女にも「お嬢さん」と呼びかけていた。それから彼はそのうちの一人と上に行くことを承知したが、五分もすると帰ってきた。「ずらかろう。と彼はささやいた。でないと危ないから」。彼らは大急ぎで払いを済ませて、そとへ出た。通りでベルジェールは一部始終を話してくれた。彼は女が背を向けているあいだを利用して、寝床の上に、ひと握りのちくちくする毛を投げ出し、それから自分は不能者だと言って、降りてきたのだった。リュシアンは二杯ウイスキーを飲んですこし酔っていた。彼は『メッツの砲兵』と『新兵はつらい』とを歌った。彼はベルジェールがこれほど深刻で同時に子供っぽいことをすばらしいと思った。

「ぼくはひと部屋しかとらなかったよ。とベルジェールはホテルへ着いたとき言った。しかし大きな浴室がついているんだ」。リュシアンは驚かなかった。彼は旅行中、ベルジェールと部屋をともにすることになるだろうと、漠然《ばくぜん》と考えていた。しかしそうした考えのうえにはあまり長く立ちどまりはしなかったが。もうのっぴきならない今となって、彼はちょっとぐあい悪く感じた。特に、足がきれいでなかったので。鞄《かばん》が上へ運ばれているあいだ、彼はベルジェールに、「なんてきたないんだ。敷布をよごすぜ」と言われることを想像した。そうしたら、彼は横柄に答えるだろう。「清潔ということに、あなたはじつにブルジョア的な考えを持ってるんですね」。しかし、ベルジェールは鞄といっしょに彼を浴室へ押しこんで、言った。「そのなかで着がえろよ。ぼくは部屋で着物を脱ぐから」。リュシアンは足を洗って風呂《ふろ》にはいった。彼は便所へ行きたかったが、勇気がなかったので、洗面所に小便をしてがまんした。それから彼は寝間着を着て、母親に借りたスリッパをはき（自分のは穴だらけだったから）、扉をたたいた。「支度できましたか？　と彼はきいた。——うん、うん、はいりたまえ」。ベルジェールは紺のパジャマの上に黒い部屋着をひっかけていた。部屋はオー・デ・コロンの匂いがした。「寝台が一つしかないの？」とリュシアンはきいた。ベルジェールは答えなかった。彼はリュシアンを茫然《ぼうぜん》とながめていたが、それは恐るべき爆笑に終った。「なんていう寝間着なんだい！」と彼は笑いながら言った。「その頭巾《ずきん》はどうしたんだい？　いや、きみもばかだねえ。自分を見てごらんよ。——二年も前に、とリュシアンは困惑して言った。ぼくはパジャマを買ってくれるように母に頼んだんです」。ベルジェールは歩みよると、有無を言わせぬ調子で言った。「さあ、脱ぎたまえ。ぼくのを一つやるから。すこし大きすぎるが、それでもそれよりはいいだろうからね」。リュシアンは部屋の真ん中に釘《くぎ》づけになって、壁掛けの赤と緑の菱《ひし》形《がた》を見つめていた。彼は浴室にもどりたかった。しかしばかだと思われるのがこわかったので、無愛想に寝間着を頭の上にまくりあげた。一瞬、沈黙があった。ベルジェールは微笑しながらリュシアンをながめていた。そしてリュシアンは突然に、部屋の真ん中に、足に母の総《ふさ》つきのスリッパをはいたきりで、真っ裸になって立っているのに気づいた。彼は手を見た——ランボーの大きな手——彼はそれを腹に当てて、すくなくともそこだけでも隠したくなった。しかし彼はそのまま続けて、背後へ勇敢にそれを投げ出した。壁の上には、二列の菱形のあいだに、離ればなれに小さな菫色《すみれいろ》の五角があった。「おや、小娘みたいに純潔だね。鏡をごらんよ、リュシアン、胸まで赤くなったぜ。だが、さっきの寝間着よりはいいよ。とベルジェールは言った。――そうですよ、毛がはえてきては、優しいようすもできませんから。早くパジャマを渡してくださいよ」とリュシアンはむりにしゃべった。ベルジェールはラヴァンドの匂いのする絹のパジャマを投げてよこした。それから彼らは床についた。重苦しい沈黙があった。「気持が悪い、吐きそうです」。ベルジェールは返事をしなかった。そしてリュシアンはウイスキーの噯気《おくび》が出た。「ぼくといっしょに寝ようとしてるのだ」と彼は思った。そして壁掛けの菱形が回りはじめた。オー・デ・コロンの息づまる匂いがのどを刺激する。「この旅行を承知するんじゃなかった」。今までは機会がなかったのだ。最近は二十度も、ベルジェールが彼に望んでいることがいまにも実現しそうになり、そのたびに偶然にも、何か事件がおこって、その考えをわきへそらした。だが今は、彼はこんな寝床のなかにいて、楽しみを待っているのだ。「ぼくは枕《まくら》を持って、浴室へ寝に行きます」。しかし彼は思いきってできなかった。彼はベルジェールの皮肉な目つきを考えた。彼は笑いはじめた。「ぼくはさっきの淫売《いんばい》のことを考えてるんです。今ごろ、かゆくて困ってるでしょう」。ベルジェールは相変らず答えなかった。リュシアンは目の端でのぞいた。彼はあおむけになって、邪気のない顔で、首に手を敷いて、横になっていた。そのとき、はげしい怒りがリュシアンをとらえた。彼は肘をついて起きあがり「ねえ、何を待ってるんです。ぼくをここへつれてきたのは、真珠に糸を通すためなんでしょう」と言った。

その言葉を後悔しても手おくれだった。ベルジェールは彼の方に向きなおり、おもしろそうな目つきで見た。「天使みたいな顔をした小さな淫売さん。ぼくをごらん。じゃあ、ぼくが言わせたんじゃないんだから。きみのほうで、ぼくにきみの感覚を錯乱させてもらいたがってるわけなんだね」。彼はもうしばらく見ていた。おたがいの顔がほとんど触れあった。それから彼はリュシアンを胸に抱き、パジャマの上衣《うわぎ》ごしに、胸に接吻《せつぷん》した。それは気持が悪くはなかった。ちょっと、くすぐったかった。ただ、ベルジェールがこわかった。彼はばかのようになり、むりにくりかえしていた。「恥ずかしくないの、恥ずかしくないの」。それは駅で列車の出発を報じているレコードの声のようだった。だが、ベルジェールのはげしい軽やかな手は、生きている人間のようだった。その手は優しくリュシアンの胸の先に触れていた。それは風呂にはいるときに、お湯が愛撫《あいぶ》してくれるのに似ていた。リュシアンはその手をつかんで引きはなし、ねじあげたく思った。しかしベルジェールはふざけるだろう。ぼくをごらん、お嬢さん。手はゆっくりと腹に沿ってすべり、ズボンをおさえている紐《ひも》の結び目を解くのに、ぐずついていた。彼はされるままにしていた。彼は湿ったスポンジのように重苦しくぬれてきた。恐ろしいおじけにとらえられた。ベルジェールは、覆《おお》いをはねのけ、リュシアンの胸の上に頭を載せた。そして彼は聴診するような格好をした。リュシアンは続いて二度鋭い吐き気を感じた。そして彼は非常にりっぱな銀色の美しい髪の上に、吐きはしまいかと心配になった。「あなたは胃をおさえてます」と彼は言った。ベルジェールはちょっと起きなおった。そして一方の手をリュシアンの尻《しり》の下に回した。もう一方の手はもう愛撫をやめていた。その手はすきをうかがっていた。「かわいいお尻だね」とベルジェールは突然に言った。リュシアンは悪夢を見てるような気持だった。「うれしいの？」と彼は甘えてきいた。しかしベルジェールは急に尻を離し、残念そうに頭を挙げた。「うそつき、と彼は荒々しく言った。ランボーのまねをしたいと言うので、一時間以上夢中になってやったのに、興奮しないんだから」。くやし涙が、リュシアンの目にのぼった。そして彼はベルジェールを力いっぱい押しのけた。「ぼくの罪じゃないよ。と彼はかすれ声で言った。あなたが飲ませすぎたんだ。ぼくは吐きそうなんだ。――じゃあ、行け、行け！　とベルジェールは言った。ひまをやるよ」。それから彼は口のなかで「すばらしい一夜！」とつけ足した。リュシアンはズボンをはきなおし、黒い部屋着をはおって、部屋を出た。便所の戸をしめたとき、彼は孤独と哀傷を非常に強く感じたので、泣きだしてしまった。部屋着のポケットにはハンカチはなかった。彼は衛生紙で目と鼻をふいた。のどに指を二本入れたが吐けなかった。それから彼は機械的にズボンをおろして、ふるえながら、便器の上にすわった。「いやなやつ。いやなやつ」と彼は思っていた。彼の心は残忍に傷つけられていた。しかし、彼が恥じているのはベルジェールの抱擁を受けたことなのか、興奮できなかったことなのかわからなかった。扉の向うの廊下が音をたてた。そしてリュシアンはそのたびに飛びあがった。しかし部屋へ帰る決心はつかなかった。「だが、行かなければならないのだ。と彼は思った。ぼくはばかにされるだろう――でないとベルリアックといっしょになって」。そして彼は立ちあがりかけた。しかしすぐ、彼はベルジェールの顔とあの不様《ぶざま》な格好とを思い出した。彼は「恥ずかしくないの?」という声を聞いた。彼は便器の上に、また、すわりこんだ。絶望だった!まもなく、はげしい下痢に襲われた。それがすこし慰めになった。「酔いは降《くだ》ったのだ。と彼は思った。そのほうがいい」。事実、もう吐きたくなくなった。「ぼくは痛くされるだろう」と急に彼は考えた。そして気が遠くなりそうになった。リュシアンは、しまいに寒くなって、歯が鳴りだした。彼は病気になるような気がして、急に立ちあがった。彼がもどっていったとき、ベルジェールはてれたようなようすで、彼を見た。煙草《たばこ》をすっていた。パジャマの前が開いて、やせた上半身が見えた。リュシアンはゆっくりとズボンと部屋着を脱いで、何も言わずに布団《ふとん》のなかへすべりこんだ。「よくなった？」とベルジェールはきいた。リュシアンは肩をそびやかした。「寒い！――暖めてほしいかい？――やってみてよ」とリュシアンは言った。一瞬、大きな重さに押しつぶされるように感じた。湿った柔らかい口が彼の口にはりついた。生のビフテキのようだった。リュシアンはそれからわからなくなった。どこにいるのかもわからなくなった。半分、息が止り、だが、暖かくはなって、いい気持だった。彼は、ベス夫人が彼の腹に手を当てて「ちっちゃなお人形」と呼んだのや、エブラールが「のっぽのアスパラガス」と言ったのや、ブファルディエ氏が灌腸《かんちょう》をしに来ると思って、朝風呂にはいったりしたことを思い出した。彼は「ぼくはちっちゃなお人形なのだ！」と思った。そのとき、ベルジェールが、勝利の叫びをあげた。「とうとう、決心がついたね。」と彼は言った。そして息を切らしながら、つけ加えた、さあ、きみにもしてやろう」。リュシアンは自分で、パジャマを脱ぎはじめた。

翌日、彼らはお昼に目があいた。給仕は寝床へ朝飯を持ってきた。そしてリュシアンは給仕が横柄な態度をとるのに気がついた。「ぼくをごろつきあつかいするのだ」と思って、不愉快さに身ぶるいした。ベルジェールは非常に優しかった。彼は先に着がえを済まし、リュシアンが風呂にはいっているあいだに、ヴィユ・マルシェ通りに、煙草をのみに行った。リュシアンは摩擦用の手袋を丁寧になでながら考えた。「退屈なことなんだ」。恐怖の最初の時が過ぎ、そして思ったほど、痛くないことがわかると、陰鬱《いんうつ》な悲しさに沈んだ。彼は早く済んで、眠れるようになることだけを望んでいた。しかし、ベルジェールは朝の五時まで、静かにしてくれなかった。「だが、ぼくは三角の問題をかたづけなければいけない」と彼は思った。そして、彼はもう勉強のことしか考えまいとつとめた。一日は長かった。ベルジェールはロートレアモンの生涯を話してくれた。しかしリュシアンはあまり気をつけて聞いていなかった。ベルジェールはすこしうるさかった。夜、彼らはコードベックで寝た。そしてもちろん、ベルジェールはたっぷりとリュシアンをいやがらせた。しかし、午前一時ごろ、リュシアンはきっぱりと眠いと言った。するとベルジェールはいやな顔もしないで、放してくれた。彼らは夕方近くパリへ帰った。要するに、リュシアンはそう不満でもなかった。

両親は双腕《もろうで》をあけて彼を迎えた。「よくベルジェールさんにお礼を言ったの?」と母がきいた。彼はしばらく、両親とノルマンディの野原についておしゃべりし、早く床についた。彼は天使のように眠った。しかし翌日、目があくと、体のなかがふるえるような気がした。彼は立ちあがり、長いあいだ、鏡をのぞいていた。「ぼくは男色家なんだ」と彼は思った。そしてくずおれた。「起きなさい。リュシアン、と扉ごしに母親が叫んだ。今朝《けさ》は学校ですよ。――はい、お母さん」とリュシアンは従順に答えた。しかし、寝床に倒れて、足の指をながめはじめた。「ひどすぎる。ぼくはそのつもりじゃなかったんだ。経験がなかったんだ」。この足の指を、ある男が一本ずつ吸ったんだ。リュシアンははげしく頭をめぐらした。「彼は知っているのだ。彼がぼくにさせたことには名前がある。男同士で寝る、ということなんだ。そして彼はそれを知っているんだ」。おかしなことだ――リュシアンは苦笑した。――人は何日も続けて、自問することができる。ぼくは利口だろうか。男を下げることにならないだろうか、決着はつきはしない。しかもそのうえに、ある晴れた朝、レッテルがはりつけられると、一生それを背負って歩かなきゃならない。たとえば、リュシアンは背が高くて金髪で、父親似で、一人子で、昨日から、男色家だ。人は彼に言うだろう。「フルーリエだ、知ってるだろう、男にほれる、金髪の背の高いやつ」。すると相手は、「うん、のっぽの男色家だろう。よく知ってるよ」

彼は着物を着て出かけた。しかし学校へ行く気にはならなかった。彼はランバル通りをセーヌ河まで降り、河岸についていった。空は晴れて、通りは青葉とタールと英国煙草の匂《にお》いがした。心も真新しく、よく洗った体の上に、さっぱりした着物を着るのに、おあつらえ向きのとき。人びとは皆、精神的なようすをしていた。リュシアンは、自分だけが、この春のなかで、怪しげでいかがわしいように思われた。「宿命の坂をころがり落ちていくのだ。と彼は思った。ぼくはエディプス・コンプレックスから始まり、そのあとで、加虐性肛門性欲《かぎやくせいこうもん》になり、今はどんづまりに、男色家だ。どこで止るんだ」。たしかに彼の場合はまだ非常に重大だというわけではなかった。ベルジェールの抱擁にたいした喜びを感じなかったのだから。「だが、習慣になったら？」と彼は苦しげに思った。しないでは済ませられなくなるだろう。モルヒネみたいに」。彼は傷物になって、だれも招《よ》んでくれなくなり、父の使っている労働者たちは、彼が命令すると、せせら笑うだろう。リュシアンは一種の喜びをもって、自分の恐るべき宿命を想像した。彼は三十五歳の自分を目の前に描きだした。気どって化粧して、すでにひげをたてた紳士で、レジヨン・ドヌール勲章をつけ、恐るべき格好でステッキを振って。「きみのような男がここにおいでなのは、うちの娘たちにとって侮辱となりますよ、あなた」。そのとき、突然、彼はよろけたので、遊びはやめにした。彼はベルジェールの言葉を思い出したのだ。それはコードベックの夜だった。ベルジェールは言ったのだ。「おい、きみはこれが好きなんだぜ」。彼は何を言おうとしたのだ。もちろんリュシアンは木石ではないのだから、あまりいじりまわされれば……「それはなんの証拠にもならない」と彼は不安になって考えた。しかし、あの連中は自分の同類を見つけるのが度はずれだと言われている。第六感なんだ。リュシアンはイエナ橋の前を巡回している巡査を、長々とながめていた。「あのお巡《まわ》りはぼくを興奮させるだろうか？」彼は巡査の青ズボンを凝視して、筋肉の張った毛むくじゃらの尻を想像した。「ぼくは何か感じるだろうか？」彼は非常に安心して、また、歩きはじめた。「そう重大ではない。ぼくはまだ救われる。彼はぼくの錯乱を利用したのだ。だが、ぼくはほんとうの男色家ではない」と彼は考えた。彼はすれちがうすべての人にためしてみた。そしてそのたびに結果は否定的だった。「ふん、危ないところだった」と彼は思った。あれは一種の警告だったんだ。それだけだ。悪《あ》しき習慣には早く染まるのだから、もうしてはいけない。大急ぎでコンプレックスからなおらねばならない。彼は両親には言わないで、専門家に精神分析をしてもらおうと決心した。それから彼は恋人を一人持って、人並みの人間になるだろう。

リュシアンは安心しはじめた。そのとき彼は突然にベルジェールのことを考えた。この今でさえ、ベルジェールはパリのどこかに存在していて、自分のことでいい気になり、頭を思い出でいっぱいにしている。「彼はぼくのしたことを知っている。彼はぼくの口を知っている。彼はぼくに言った。『きみは忘れられない匂いがするね』。彼は友達に自慢するだろう。『ぼくはあいつとやったんだぜ』と言って、ぼくがまるでかげまか何かみたいに。今のこの瞬間にも彼はあの夜の話をしている最中かもしれない。——リュシアンの心臓は止った——ベルリアックに向って！　もしそうだったら、ぼくは彼を殺そう。ベルリアックはぼくをきらいだ。彼は組じゅうに話すだろう。ぼくはだめになったやつなんだ。友達はぼくの手を握ることを拒むだろう。それはそうだ、とぼくは言うだろう、とリュシアンは混乱して思った。ぼくはぐちを言うだろう。暴行されたんだと言おう」。リュシアンは力のかぎりベルジェールを憎んだ。彼がいなければ、この不面目《ふめんぼく》な救いようのないという意識さえなければ、すべてはうまくいくだろう。だれも何も知らないだろう。そしてリュシアン自身もしまいには忘れるだろう。「彼がすぐ死んでくれたら！　神さま、お願いです。だれにもなんにも言わないうちに、今夜、死ぬようにしてくださいませ。神さま、この話が埋められてしまうようにしてくださいませ。わたしが男色家になることは、お望みにならぬでしょう！　いずれにせよ、ぼくはそれが好きだと言わなければならない。ぼくが破滅しないためには！」彼はさらに数歩進み、用心のために、こうつけ加えた。「神さま、ベルリアックも死にますように」

　リュシアンはベルジェールのところへ引返す決心がつかなかった。その後、数週間というものは、彼は一歩ごとにベルジェールに出会いはしないかと思った。そして部屋で勉強しているときも、呼鈴《よびりん》の音で飛びあがった。夜は恐ろしい悪夢を見た。ベルジェールが聖ルイ校の校庭の真ん中で彼を力ずくで自由にし、上級生が皆そこにいて、笑いながら見ていた。しかしベルジェールは彼に会うためのなんらの試みもせず、生きている証拠さえ見せないほどだった。「彼はぼくの肌《はだ》をしか望まなかったのだ」と思ってリュシアンはいやな気がした。ベルリアックも消えていた。そして日曜日に彼とともに遠乗りに出かけていたギガールの話だと、彼は神経衰弱の発作のあとで、パリを離れた、ということだった。リュシアンはだんだん落着いた。ルーアンへの旅行の思い出は、何もあとへ残らない、不明瞭《ふめいりよう》な奇怪な夢のようなものになった。彼はほとんどすべての事実を忘れ、ただ、陰鬱《いんうつ》な肌とオー・デ・コロンの匂いと耐えがたい退屈さの印象だけが残った。フルーリエ氏は、お友達のベルジェールはどうしたかと、何度もきいた。「お礼にフェロールへ招《よ》びたいからね」。「ニューヨークへ行きましたよ」とリュシアンは答えることにした。彼は何度も、ギガールと彼の妹といっしょに、マルヌ河へボートを漕《こ》ぎに行った。そしてギガールにダンスを教わった。「ぼくは目がさめた。ぼくは更生した」と彼は思った。しかし彼はまだしばしば背中へ背負袋のようにのしかかってくるものを感じた。それは彼のコンプレックスだった。彼はウィーンへフロイトに会いに行くべきではなかろうかと自問した。「ぼくは無一文で、歩いてでも出かけよう。ぼくは言おう。一文もありませんが、ぼくはれっきとした患者です」。六月のある暑い午後に、彼はサン・ミシェル通りで、彼の以前の哲学教授の狒々《ひひ》に出会った。「やあ、フルーリエ、中央学校の準備しているかね。——はい、先生。——きみは文学の勉強をすればよかったのに。哲学はよくできたよ。——哲学をやめたわけではありません。とリュシアンは言った。ぼくは今年は、おおいに本を読みました。たとえばフロイトを。ちょうどそのとき、彼は思いついてきいた。ちょっと、伺いますが、先生は精神分析学をどうお考えですか?」狒々は笑いだした。「一時的の流行だよ。フロイトの最良の部分は、すでにプラトンにあるし、それ以外の部分は、あんながらくたに時間を使おうとは思わぬ、と言いたいね。スピノザを読んだほうがましだよ」と彼は断乎《だんこ》として答えた。リュシアンは巨大な重荷から解放されたのを感じて、口笛を吹きながら歩いて家へ帰った。「一場の悪夢だった。と彼は思った。だが、なんにももう残っていない!」その日は太陽は強く熱かった。しかし、リュシアンは頭を挙げ、まばたきもせずに、太陽を直視した。太陽は万人のものだった。そしてリュシアンは正面からそれを見つめる権利があるのだ。彼は救われたのだ!

「がらくた! と彼は思った。がらくたなんだ! ぼくは調子を狂わせられそうになったが、けっきょく、そうはならなかったのだ」。事実、彼は抵抗をやめていたわけではなかった。ベルジェールは彼をその推論に引っかけようとしたが、リュシアンはたとえば、ランボーにとって男色は弱点だったのだ、と感じとっていたし、ベルリアックのちびめが、彼に阿片《あへん》をのませようとしたときは、リュシアンはうまくのがれた。「ぼくは落ちるところだった。しかし、ぼくを守ってくれたのは、ぼくの精神の健全さなのだ！」と彼は思った。夕方、食事のときに、彼は共感をこめて父親をながめた。フルーリエ氏は肩がいかっていて、百姓のように重々しいゆったりした身ぶりをし、血統の純粋さを示しており、その目は灰色で金属的で冷たく、指導者の目だった。「ぼくは似てるな」とリュシアンは思った。彼はフルーリエ家が父から子へと、五代前から、工場主であることを想起した。「なんと言ってもだめだ。家族というものはあるのだ！」そして、彼はフルーリエ家の精神の健全さを、誇りをもって考えた。

リュシアンは、その年には、中央学校の入学試験には出なかった。そしてフルーリエ家は早めにフェロールへ出発した。彼は家や庭や工場や静かで安定した小都市を、ふたたび見て魅惑された。それは別世界だった。彼はその地方を歩きまわるために、早起きをしようと決心した。彼は父親に言った。「ぼくは肺を清らかな空気でいっぱいにして、来年、首輪につながれる前の健康の貯蓄をしようと思います」。彼は母について、ブファルディエ家やベス家へ出かけた。皆は彼が利口で行儀のいい若者になったことを認めた。パリで法律の勉強をしているエブラールとヴィンケルマンも、休暇でフェロールへ帰っていた。リュシアンは彼らとしばしば出かけ、ジャクマール神父にしたいたずらや、気楽な自転車旅行の話をし、『メッツの砲兵』を三重唱で歌った。リュシアンは幼なじみの粗野な率直さや変らぬ気持を非常に楽しんだ。そして彼らを忘れていたことを心でとがめた。彼はエブラールにパリが好きになれないと告白した。しかし、エブラールはその気持がわからなかった。両親はエブラールを一人の神父に托《たく》し、彼は非常によく監督されていたので、ルーヴル博物館の観覧やオペラ座ですごした夕に、いまだに眩惑《げんわく》されていた。リュシアンはこの単純さに感動した。彼は自分がエブラールやヴィンケルマンの兄であるような気がした。そしてあれほど苦しい生活を送ったことも後悔すべきでないと思いはじめた。彼は経験を積んだのだ、彼はフロイトや精神分析学の話をし、彼らを少々驚かせて楽しんだ。彼らはコンプレックスの理論をはげしく非難したが、その反対は素朴で、リュシアンはそれを指摘し、哲学的見地に立てば、フロイトの誤りは容易に反駁《はんばく》しうるのだと述べた。彼らはすっかり彼を尊敬したが、リュシアンはそれに気づかないふりをした。

フルーリエ氏はリュシアンに工場の組織を説明した。父は中央の建物の視察に、彼をつれていき、リュシアンは職工の仕事をゆっくりと観察した。「わたしが死んだら、とフルーリエ氏は言った。おまえがその翌日から、工場の経営をすぐ続けなくてはいけないからね」。リュシアンは大声を出した。「お父さん、そんなことを言わないでください！」しかし遅かれ早かれ彼にかかってくる責任を思って、その後数日、彼は真剣になった。彼らは工場主の義務について長い会話をし、フルーリエ氏は、所有が権利であるよりは義務であることを説明した。「階級闘争で、わたしたちがうんざりさせられている。と彼は言った。まるで主人と職工と利害が対立しているとでも言うようだ！　考えておくれ、リュシアン。わたしは小工場主だ。パリの俗語で言う、つつましい親方だ。いいとも、わたしは百人の職工を家族もろとも生活させている。仕事がうまくいけば、最初に利益をうけるのが彼らだ。しかし工場をしめねばならなくなれば、彼らは往来へほうり出されてしまう。わたしは下手《へた》な仕事をする権利はないのだ、と彼は力をこめて言った。それがわたしの言う、労資協調なんだ」

　三週間以上のあいだ、万事はうまく運んだ。彼はもうほとんどベルジェールのことは考えなかった。彼は許していた。ただもうけっして生命のあるかぎり、彼と会いたくはなかった。ときどき、下着を代えるとき、彼は鏡に近づき、驚きをもって自分をながめた。「一人の男がこの体を求めたのだ」と彼は思った。彼は脚《あし》の上をゆっくりと手でなでて、「一人の男がこの脚に悩まされたのだ」と思った。彼は尻《しり》にさわり、絹の布地にさわるように、自分の肉に愛撫《あいぶ》されうるために、自分が他人でないことを悔んだ。ときには自分のコンプレックスを惜しがることさえあった。それは頑固《がんこ》で、重くのしかかり、その巨大で陰鬱なかたまりは彼に錘《おもり》のようにくっついていた。今は、それは終った。リュシアンはもうそれは信じなかった。そして自分でいたましくも身軽になったことを感じた。それはだいいち、それほど、不愉快でもなかった。むしろ一種のがまんできる程度の、多少気持の悪い程度の、懈怠《けだい》とでも言えそうな、寂寥《せきりょう》感だった。「ぼくはなんでもない、と彼は思った。だが、それはなんにもぼくがけがされなかったからなのだ。ベルリアックは、きたならしくとらわれている。ぼくは不安定の状態をすこしながまんできる。それは純潔さの身代金《みのしろきん》だ」

散歩の途中で、彼は斜面にすわって思った。「ぼくは六年間眠り、それからある晴れた日に、繭《まゆ》から脱け出したのだ」。彼はまったく元気づいて、いい気持で景色をながめた。「ぼくは行動するようにできているのだ」と思った。しかし、ふと、彼の輝かしい思いは、気の抜けたものになった。彼は小声で言った。「もうすこし待ってもらえれば、ぼくが何物だかわかるんだが」。彼は力をこめて語っていた。しかし言葉はからの貝殻のように、そとへ落ちた。「ぼくには何があるのか？」この愚かしい不安を、彼は認めたくなかった。その不安が以前に彼をあまりにも苦しめたのだ。彼は思った。「それはこのしじま……この景色……」黄色く黒い腹を、埃《ほこり》のなかにいたまま引きずっている、蟋蟀《こおろぎ》のほかには何ひとつ生物もなく。リュシアンは蟋蟀がいつも半分死んだようなようすをしているので、大きらいだった。道の向う側には、灰色がかって、沈みひびわれた土地が河まで続いていた。だれもリュシアンを見ず、だれも彼の言うことを聞かなかった。彼は飛び起きた。その運動が、なんらの抵抗、重力の抵抗にさえ出会わないような気がした。今は彼は、灰色の雲の幕の下に立っていた。真空のなかに存在しているような気がした。「このしじま……」と彼は思った。それはしじま以上だった。それは無だった。リュシアンのまわりで、田園は極度に静かで穏やかで、非人間的だった。それは非常に小さくなって、自分を乱されないために、彼の呼吸まで止めてしまったようだった。「メッツの砲兵が営舎に帰ったとき……」音は真空のなかの炎のように唇《くちびる》の上で消えた。リュシアンは、影もなく、谺《こだま》もなく、重さのかからない、あまりにもつつましやかな、この自然のさなかで、ひとりぼっちだった。彼は身を揺すり、思考の糸をたぐりよせようと思った。「ぼくは行動するようにできているのだ。だいいち、ぼくにはブレーキがある。ばかなことをしても、遠くまでは行かずに、踏みとどまる」。彼は思った。「ぼくには精神の健全さがある」。

しかし、彼は嫌悪《けんお》のしかめ面《つら》をして立ちどまった。苦しんでいる昆虫《こんちゅう》の横ぎっていく、この白い道の上で「精神の健全さ」のことを語るのはあまりにもばかげているように思われたからだ。怒りのあまり、リュシアンは蟋蟀を踏みつけた。彼は靴の裏に、弾力ある小さな球を感じた。そして彼が足を挙げると、蟋蟀はまだ生きていた。リュシアンはその上をまた踏みつけた。「ぼくは錯乱した。ぼくは錯乱した。去年みたいに」。彼は自分を「ピカ一」と呼んだヴィンケルマンや、彼を一人前に扱ったフルーリエ氏や、彼に「これがわたしの小さなお人形ちゃんだった人ね。こんなに大きくなって、もう坊やなんて言えないわね。てれくさくて」と言ったベス夫人のことを考えはじめた。しかし彼らは遠かった。遠すぎた。そして真のリュシアンは失われ、白くて錯乱した幼虫だけが残ったように思われた。「ぼくは何だ?」何キロも何キロも続く平野、平らでひびわれた土地、草もなく、匂《にお》いもなく。それから突然に、灰色の地層から、まっすぐに、アスパラガスが、うしろに影さえないと思われるほど、突飛に、突き出ている。「ぼくは何だ?」質問は前の夏休みから変っていなかった。質問が彼を置いてきた場所で、そのままリュシアンを待ちつづけていた、とでもいうように。むしろ、それは質問ではなく、状態だった。リュシアンは肩をすくめた。「ぼくは心配性だ、と彼は思った。自己分析がすぎる」

その後数日、彼は自己分析しないようにつとめた。彼は物に気をとられたほうがいいと思い、鶏舎やナプキン輪や、木々や、店先を、長々と見つめていた。彼は母に銀器を見せてもらえないかと頼んで、たいそう喜ばれた。しかし、彼は、銀器を見ているあいだも銀器を見ているのだと考えて、視線の背後に、かすかな生き生きした霧が動いているのを感じた。そしてリュシアンはフルーリエ氏との会話に没頭しようとしたがだめだった。その豊富でしつこい霧は、不当にも光に似て不透明な移り気を持っていて、彼が父親の言葉にはらう注意のうしろへすべりこんだ。霧、それは彼自身だった。ときに、いらだって、リュシアンは聞くのをやめて、振返り、霧をとらえて、正面から見つめようとした。彼は空虚にしか出会わず、霧はさらにそのうしろにあった。

ジェルメーヌが、泣きながら、フルーリエ氏に会いに来た。兄弟が気管支肺炎になったのだ。「かわいそうに、ジェルメーヌ、とフルーリエ夫人は言った。おまえはその人がいつもとても丈夫だと言ってたのに！」彼女は一月の休暇を女中にやり、かわりに工場の職工の娘の、十七歳になるベルト・モゼルを呼んだ。彼女は小さくて、頭のまわりに、金髪を編んで巻いていた。軽いびっこだった。彼女がコンカルノーから来たとき、フルーリエ夫人はレースの頭巾《ずきん》をかぶるように頼んだ。「もっとかわいくなるからね」。最初の日から、彼女の青い大きな目は、リュシアンに出会うごとに、つつましく熱烈な尊敬を反映させていた。そしてリュシアンは彼女が崇拝していることがわかった。彼は彼女に親しそうに話しかけ、何度もきいてみた。「家がおもしろいかい?」廊下では、どんな効果があるかと、彼女に身をすりつけて楽しんだ。しかし、彼女は哀れな気持をおこさせたので、彼はその愛から貴重な慰めを得た。彼は、ベルトが彼について作りあげている絵姿を、多少の感動をもって、しばしば想像した。

「実際、ぼくは彼女がつきあっている、若い職工たちとは違うからな」。彼は口実をもうけて、ヴィンケルマンを台所へ入れた。ヴィンケルマンは彼女が引っかけやすい女だと言った。「きみは小さな幸運児さ。ぼくなら、いっちょう、やっつけるところだがね」と彼は結論した。しかしリュシアンはためらっていた。彼女は汗の匂いがしたし、黒い下着は腕の下に穴があいていた。九月の雨の午後、フルーリエ夫人は自動車でパリへ出かけ、リュシアンは部屋に一人きり残った。彼は寝床に横になって、あくびしていた。気まぐれで束《つか》の間《ま》の雲、いつもおなじでいつも違う、いつも端から空気中にとけていく雲が、あるような気がした。「ぼくはなぜ存在するか、と自分にきく」。彼はそこにいた。彼は消化し、あくびし、ガラスをたたく雨を聞いていた。頭のなかにほぐれる白い霧があった。それから? 彼の存在は一つの汚点となり、やがて彼が負うことになる責任が、それをかろうじて正当づけるにすぎなかった。「けっきょく、ぼくは生れるように頼んだわけではないのだ」と彼は思った。そして彼は自分がかわいそうになった。彼は子供のときの不安と、長い眠りとを思い出した。そして、それが新しい光の下に現われてきた。事実は、彼は自分の生命、この部厚い無用な贈物を面倒に思うことをやめているわけではなかった。そして彼はどうしていいか、どこへ持っていっていいかわからずに、胸にかかえて、運んでいたのだ。「ぼくは生れたことを後悔するために、自分の時間を使っている」。しかし、彼はその考えを先へ押しすすめるには、衰えすぎていた。彼は立ちあがり、煙草《たばこ》に火をつけ、台所へ降りていって、ベルトにお茶をすこし作ってほしいと頼もうと思った。

彼女は彼のはいってくるのを見なかった。彼が肩にさわると、彼女ははげしく身を起した。「こわかったの？」と彼はきいた。彼女は驚いたようすで彼を見た。卓に両手をささえて、胸は大きく起伏していた。一瞬後に、彼女は微笑して言った。「ちょっと、どきっとしましたの。だれもいると思わなかったんですもの」。リュシアンは、気軽に笑いかえして言った。「すこしお茶を入れてくれると、ありがたいんだがね。——すぐ入れますわ。リュシアンさん」と小娘は答えて竈《かまど》の方へ逃げていった。リュシアンのいることが、彼女には気づまりに見えた。リュシアンは戸口に立って、ぐずぐずしていた。「で、家は楽しいかね」と彼は大人びた調子できいた。ベルトは彼に背を向けて、水道でやかんをいっぱいにした。水の音が返事を消した。リュシアンはちょっと待って、彼女がガスにやかんをかけると、またきいた。「もう煙草のむかね。――ときどき」と小娘は用心して答えた。彼はクレイヴンの箱をあけて、さしだした。彼は、あまりいい気持ではなかった。堕落するような気がした。煙草なんかのませてはいけないのに。「いいんですの？……わたしがのんで、と彼女は驚いて言った。――なぜいけないんだい？　――奥さまにしかられますわ」。リュシアンは悪事に加担するようないやな気がした。彼は笑いだして言った。「言いつけはしないよ」。ベルトは赤くなって、指先に煙草を持ち、口にくわえた。「火をつけてやらなきゃならないかな。それもさしでがましいかな」。彼は言った。「で、火をつけないのかい？」彼女は彼をいらだたせた。腕を固くして、赤くなって、おとなしく、そこに立っているのだ。唇は煙草をくわえて、牝鶏《めんどり》の尻のような格好をして、体温計をくわえているみたいだ。ついに、彼女はブリキの箱から、硫黄《いおう》マッチを出して、すり、まばたきしながら、何回かすった。そして言った。「うまいわ」。それから、彼女は急に、口から煙草を取って、不器用に五本の指のあいだでもみくちゃにした。「こいつは生れながらのかもなんだ」とリュシアンは考えた。しかし彼が故郷のブルターニュが好きかときくと、彼女はすこしくつろいで、ブルターニュふうの頭巾のいろいろな種類を述べ、優しい裏声で、ロスポルダンの歌を歌ってみせた。リュシアンは彼女を優しくからかった。しかし彼女は冗談がわからずに、びっくりしたようなようすで彼をながめた。そういうとき、彼女は兎《うさぎ》に似ていた。彼は腰掛にすわると、急に気楽になった。「さあ、すわれよ」と彼は言った。「いいえ、リュシアンさん。リュシアンさんの前では」。彼は彼女の腋《わき》の下に手をかけると、膝《ひざ》の上に引きよせた。「じゃあ、こうしようか」と彼は言った。彼女はされるままになって、喜びと非難の混じった妙な口調で、「まあ、膝の上に」とささやいた。そしてリュシアンはいやな気持になった。「ぼくは深入りしすぎた。もうこれ以上はいけない」。彼は黙った。彼女は膝の上で、熱くなって、おとなしくしていたが、リュシアンは彼女の心臓が鳴っているのを感じた。「こいつはぼくのものだ。したいことができるんだ」と思った。彼は手を放して、茶注《ちゃつ》ぎを持って、部屋に上がった。ベルトは引きとめようというしぐさを全然しなかった。お茶をのむ前に、リュシアンは母の匂いのいい石鹸《せっけん》で手を洗った。腋臭《わきが》のにおいがしたから。

「あいつと寝ようか？」リュシアンは、その後、数日、その小さな問題にとりつかれていた。ベルトは彼の通るところにいつも現われて、犬のような悲しい目を大きく見はって、彼を見ていた。道徳が彼をささえていた。リュシアンは自分が、十分経験がないから（彼はあまり知られているから、フェロールではコンドームは買えない）、妊娠させるおそれがあるし、フルーリエ氏にたいした面倒をかけることになる、ということを悟った。また、自分の職工の娘が、彼と寝たという自慢をすることになれば、将来、工場で威厳がなくなるだろう、とも思った。「あいつにさわるわけにはいかない」。彼は九月の終りの数日は、ベルトと二人きりになることを避けた。「で、どうなるんだい。とヴィンケルマンがきいた。――手は出さないよ。女中に手をつけるのはいやだ」。手をつけるという言葉をはじめて聞いたヴィンケルマンは、ちょっと口笛を吹いて、黙ってしまった。

リュシアンは非常に自分に満足した。彼はりっぱな人間にふさわしいふるまいをしたわけで、それが彼の数々の誤りを償ってくれたのだ。「あいつはものにできたのにな」と彼はすこし残念だった。よく考えなおしてみれば「ものにしたも同然だ。あいつは身をさしだしたのだし、ぼくはそれに手を出さなかっただけなんだから」。そして、その後は、彼は自分がもう童貞ではないと思うようになった。その軽い満足の気持が数日のあいだ、彼をみたし、それからその気分も、また霧のなかへ消えた。十月の新学年は、去年のはじめ同様に陰気だった。

ベルリアックは復校しなかった。そしてだれも彼のようすを知らなかった。リュシアンは未知の顔ぶれを大勢認めた。彼の右隣のルモルダンという男は、一年間、ポワチエで特別に数学をやってきていた。彼は、そのうえ、リュシアンより大きくて、黒いひげをたて、すでに一人前のようすだった。リュシアンは学友がおもしろくなかった。彼らは子供っぽくて、罪のない悪ふざけをしていた。要するに学生だった。彼はまた彼らの団体的な示威に加わったが、それは彼の「あっさりした」気質からで、のんきな気持からだった。ルモルダンは成熟していたから、彼の気持をひきつけそうだったが、しかしその成熟ぶりはリュシアンのように多くのいたましい経験を通して獲得されたものとは思えなかった。彼は生れながらの大人なのだ。リュシアンはしばしばこの厚くて考えぶかそうな、首のない、肩へ曲ってめりこんだ頭を、満足してながめやった。首からにせよ、ばら色でガラスのようなシナ人のような小さな目からにせよ、その頭へ何かを入れるのは、できない話のように思われた。「これは信念のある男だ」とリュシアンは尊敬の念をもって考えた。そしてルモルダンにこれほどの豊かな自信を与えている信念というものは、どのようなものなのだろうか、と、いささかの嫉妬《しっと》を交えて自問した。「これこそぼくの理想の人物だ。すなわち岩だ」。ところが彼はルモルダンが数学的推論ができると聞いては少々意外だった。しかしユッソン氏は最初の宿題を返すときに彼を安心させた。リュシアンは七番なのに、ルモルダンは五点を取って七十八番だった。万事はうまくできているのだ。ルモルダンは驚かなかった。彼はもっと悪いと思ってきたらしく、小さな口と黄色くてすべすべしている大きな頰《ほお》とは、感情を表わすようにはできていなかった。それは仏陀《ぶつだ》だった。彼が怒るのを見たのは一度きりだった。ロエヴィが彼を更衣室で突き飛ばしたときだった。彼はまず、まばたきしながら鋭いうなり声を十声ばかりたて、それから「ポーランドへ行け。ポーランドへ行きやがれ。ユダヤめ、この辺へ邪魔しに来ないでくれ」。彼はロエヴィをすっかり見くだし、その部厚い胴体は長い足の上で、ゆらゆらしていた。彼はついに平手打ちを両頰へくらわし、小さなロエヴィはあやまった。事件はそれで済んだ。

木曜日に、リュシアンはギガールといっしょに外出した。ギガールは妹の友達のところへ踊りにつれていってくれた。しかし、ギガールは、そうしたパーティはうんざりだと告白した。「ぼくには恋人があるんだ。ロワイヤル街のプリニエで、いちばん人気のある子なんだ。ちょうど、彼女の友達に相手のない子がいる。土曜の晩にいっしょに来ないか」と彼は言った。リュシアンは両親とひと悶着《もんちゃく》おこしたあとで、土曜ごとに外出する許可を得た。靴ふきの下に鍵《かぎ》を置いてもらうことにした。サン・トノレ街のバーで、彼は九時ごろにギガールに会った。ギガールは言った。「ファニーは魅力があるってことがわかるだろう。それから彼女のいいところは、着物の着方を知っているという点だ。――ぼくの女の子は？　――ぼくも知らないんだ。ただ彼女は小さな手をしていて、パリへ来たばかりだということだけは知ってるが。アングーレームの出なんだ。それはそうと、へまをしないでくれ。ぼくはピエール・ドラだぜ。きみは金髪だから、英国系だと言っておいた。そのほうがいいんだ。きみはリュシアン・ボニエールなんだぜ。――しかし、なぜさ。とリュシアンは妙な気がしてきいた。――きみ、それが大事な点さ。とギガールが答えた。ああいった女とは、何をしてもよろしい。しかし、けっして名前だけは知らせてはいけない。――わかった、わかった、とリュシアンは言った。で、ほんとうのところ、ぼくはどうすればいいんだね。――きみは学生だと言うんだね。それがいいんだ。わかるね。うれしがるんだよ。それから、つれて出ても金をつかう必要はない。費用はもちろん、割勘だ。しかし、今夜はぼくに払わしておいてくれ。しきたりだからね。月曜にきみの分を言うから」。リュシアンはすぐ、ギガールが、いくらか得をしようとしていると気がついた。「ぼくも人が悪くなったものさ」と彼は思って、おもしろくなった。ほとんどすぐ、ファニーがはいってきた。それは大柄なやせた褐色《かっしょく》の髪の娘で、腿《もも》が長く、顔は白粉《おしろい》が濃かった。リュシアンは、彼女がおずおずしていると思った。「これがこのあいだの話のボニエール。とギガールは言った。——はじめまして。とファニーは近眼らしいうすで言った。この人、モー、わたしのお友達」。リュシアンは花瓶《かびん》をさかさにした帽子をかぶった、年齢のわからない、人のよさそうな小柄な女を見た。彼女は化粧をしておらず、輝くばかりのファニーのそばでは、灰色じみて見えた。リュシアンは苦い失望を味わった。しかし、美しい口をしていると思った。——それに、この女とならら気まずい思いをしなくてすむ。ギガールは、前もって勘定を済ませてあったので、彼女らの到着のごたごたを利用して、二人の娘たちが金をつかうひまのないうちに、二人を扉の方へ陽気に押していった。リュシアンにも願うところだった。フルーリエ氏は彼に週、百二十五フランしかくれなかったし、その金で彼は交通費を出さなければならなかったから。その晩は非常に楽しかった。彼らはラテン区の、ばら色の熱い小さなホールへ踊りに行った。そこでは隅《すみ》には物かげがあり、カクテルは百スーだった。ファニーのような類《たぐ》いの、しかし、もうすこし品のおちる女たちをつれた、学生が大勢いた。ファニーはすばらしかった。彼女はパイプをふかしている大きなひげ男を、じろじろ見て、大声で言った。「わたし、踊りながらパイプふかす人、大きらいだわ」。その男は赤黒くなって、火のついたままのパイプをポケットに入れた。彼女はギガールとリュシアンを親切に扱い、母親ぶった優しい調子で、何度も言った。「あんたたち、いやな子ね」。リュシアンは、すっかり気楽になり、お世辞を振りまいた。彼はファニーにおもしろいことをたくさん言って、それを言いながら微笑した。しまいには微笑が顔から離れなくなった。そして何げない調子で、皮肉まじりの丁寧な優しさをこめて、つまらぬこともいい声で言えるようになった。しかしファニーはほとんど彼と口をきかなかった。彼女はギガールの顎《あご》をとらえて、頰へ持っていき、口をさしださせた。唇《くちびる》が開いて、汁のいっぱいになった果物か、なめくじのように、よだれがたまると、彼女は「ベビーちゃん」と言いながら、こきざみにそれをなめた。リュシアンはおそろしくてれて、ギガールをばかだと思った。ギガールは唇の端に紅をつけ、頰に指の跡がついた。しかし、ほかの二人づれのふるまいは、もっとあたりかまわずだった。皆、抱きあっていた。ときどき、外套《がいとう》置場の女が小さな籠《かご》を持って通りかかり、テープと色球を投げて、「さあ、皆さん、お楽しみなさい。お笑いなさい。さあ、さあ」と言った。皆は笑った。リュシアンはようやくモーの存在を思い出し、微笑して「この小鳩《こばと》の群れをごらんなさい」。彼はギガールとファニーを指さしてつけ足した。「われら、老人は……」彼は言葉を終りまで言わずに、ばか笑いしたので、モーも笑った。彼女が帽子を脱ぐと、リュシアンは、彼女が踊り場のほかの女より、ずっといいのを見てうれしかった。それから彼は彼女に踊りを申しこみ、受験の年に、彼が先生たちにしたばか騒ぎを話して聞かせた。彼女は踊りがうまかった。まじめそうな黒目で、抜けめなさそうなようすだった。リュシアンは彼女にベルトの話をし、残念に思っていると言った。「だが、と彼はつけ足した。そのほうが彼女にはよかったんです」。モーはベルトの話を詩的で悲しいものだと思い、リュシアンの両親のところで、ベルトはいくらもらっているかときいた。「若い娘《こ》が奉公するのも、いつもつまらないとはかぎらないのね」と彼女は言い足した。ギガールとファニーはもう彼らにかまわず、接吻《せっぷん》しあっていて、ギガールの顔はべたべたしていた。リュシアンはときどき、「この小鳩の群れをごらんなさい。実際、見てやってください」とくりかえした。そして、あとの句はお預けになっていた。「おなじことをしたくなる」。しかしその句は口にせず微笑だけでがまんした。それから彼は、モーと自分が、色事なんかはばかにしている、古いつきあいのようなふりをして、「よう、兄弟」と言って、肩をたたくふりをした。ファニーは急に振返ると驚いたように彼らを見た。「おや、何してるの？　接吻なさいよ。こがれ死にしちゃうわよ」。リュシアンはモーを抱きしめた。ファニーが見ているので、彼はすこし気がひけた。接吻は長くうまくいくようにしたかったが、いったい、人はどうやって息をするのかと思った。けっきょく、案ずるより生むがやすく、鼻の腔《あな》を自由にするのには、斜めに抱きさえすればよかった。彼はギガールが、「一、二……三……四……」と数えるのを聞いていた。そして、五十二でモーを放した。「はじめにしては悪くない」とギガールは言った。「だがぼくはもっといくな」。リュシアンのほうで、今度は、腕時計を見ながら数えた。ギガールがファニーの口を放したときは、百五十九秒だった。リュシアンは気がたってきて、この競争をばかげていると思った。「ぼくがモーを放したのは遠慮したからだ。と彼は思った。だが悪気があったんじゃない。呼吸の仕方がわかれば、無限に続けられるんだから」。彼は第二回戦を提案して、今度は勝った。すっかり済んだあとで、モーはリュシアンを見て、まじめに言った。「接吻がうまいわね」。リュシアンは喜びで赤くなった。「あなたのおかげです」と、彼は答えておじぎした。しかし彼はむしろ、ファニーと接吻したかった。彼らは地下鉄の終電にまにあうように、十二時半ごろ引きあげた。リュシアンはまったく愉快になっていた。彼はレイヌアール通りで、飛んだり踊ったりして、「敵は腹中にあり」と思った。彼はあまり笑ったので、口の端が痛かった。

木曜の六時と土曜の夜に、モーに会うのが習慣になった。彼女は接吻はさせたが、身をまかせようとはしなかった。リュシアンがギガールに不平を言うと、「不平は言うなよ。とギガールは慰めた。ファニーの話では、かならず寝ると言っている。ただ彼女は若くて、今までに二人しか恋人がなかったんだね。うんと優しくしてやってくれって、ファニーが頼んでたぜ。——優しくだって？　とリュシアンは言った。ぼくがどんなだか知ってるのかい？」彼らは二人とも笑った。そしてギガールは、「しなきゃならないことはするさ、きみ」と結論した。リュシアンは非常に優しかった。彼はモーにたくさん接吻し、愛しているとくりかえした。しかし、けっきょく、それだけではすこし単調だったし、彼女と出歩くのは、あまりありがたくなかった。彼は着付けのことで注意したかったが、彼女は偏見が強いし、すぐ怒るのだった。接吻のあいだは、手を取りあって、目を閉じて黙っていた。リュシアンのほう「こんないかめしい目つきで、何を考えているかは、神のみぞ知る、だ」。リュシアンのほうは、は、いつもおなじことを考えていた。彼女という悲しい漠《ばく》とした小さな存在のことを。「ルモルダンになりたい。やつは自分の道を発見したのだ」。そうしたときは、彼は自分が、ある他人になったように思われた。手に手を取り、自分を愛してくれる女のそばにすわり、その接吻に唇をぬらしたままで、彼女のさしだす、つつましい幸福を拒絶して。ただ一人で。それから彼は小さなモーの指を強く握り、涙が目にうかんできた。彼女を幸福にしたかった。

ある十二月の朝、ルモルダンがリュシアンに近づいてきた。彼は一枚の紙を持っていた。「署名してくれないか」と彼は言った。「なんだい。——高師《ノルマル》のユダヤ野郎どもに反対するためさ。軍事教育の義務制に反対して、二百人の署名で、『ウーヴル』紙に果し状を送りつけたわけだ。そこで今度はぼくらが抗議するわけだ。すくなくとも千人の名は要《い》るな。陸士、海兵、農科、理工科、皆使わなくちゃ」。リュシアンは得意になってきいた。「何へ出るんだい？——『アクション』には確かだな。それから、もしかすると『エコ・ド・パリ』もだ」。リュシアンはすぐ署名したくなった。しかし、それも、ふまじめだろうと思って、紙を借りて、詳しく読んでみた。ルモルダンはつけ加えた。「きみは政治はいやだろう、と思う。それはきみの勝手さ。だがきみはフランス人だ。意見を述べる権利はあるからな」。彼が「きみは意見を述べる権利がある」と聞かされたとき、説明しがたい突然の歓喜に転倒させられた。彼は署名した。翌日、彼は『アクション・フランセーズ』を買った。しかし、声明書は出てなかった。それは木曜になって、やっと出た。リュシアンは、それを二面に、つぎの見しで発見した。「フランスの青年層は国際ユダヤの顎に一撃をくらわせる」。彼の名はそこに、押しつめられて、ルモルダンの名の近くにはっきりと載っていた。両側のフレーシュやフリポ同様に、知らない人間の名前みたいだった。礼服を着た感じだった。

「リュシアン・フルーリエ、百姓の名だ。純粋にフランス的な名だ」と彼は思った。彼は大声で、Fの名の表を全部読んでみた。そして彼の名のところへ来たときも、そしらぬふりで発音した。それから新聞をポケットへつっこむと、いい気持で家へ帰った。

数日後に、彼のほうからルモルダンのところへ行った。「きみは政治をやるのかね。と彼はきいた。――ぼくは同盟にはいってるんだ。きみは『アクション』を読むことがあるかね。とルモルダンは言った。――たまにね。とリュシアンは告白した。今まで、おもしろくなかったんでね。だが、ぼくは自分が変りはじめたような気がする」。ルモルダンは無感動な態度で、好奇心もみせずに彼をながめた。リュシアンはベルジエールが「錯乱」と名づけたことを、ざっとかいつまんで話してみた。「きみはどこの出だい？　とルモルダンがきいた。――フェロールだ。父は工場を持ってるんだ。――そこに何年くらいいたね。――二年級までだ。――わかった。とルモルダンは言った。そりゃ簡単だ。きみは根無草だ。バレスを読んだかね。――『コレット・ボードーシュ』を読んだよ。――それじゃない。とルモルダンはいらいらして言った。お昼過ぎに、『根無草』を持ってきてやろう。きみの物語だ。きみの病状と治療法がわかるよ」。その本は緑の革で装釘《そうてい》してあった。第一ページに「アンドレ・ルモルダン蔵書印」がゴチック体で浮き出ていた。リュシアンはびっくりした。ルモルダンに名があろうとは考えてもいなかった。

彼はちっとも信用しないで読みはじめた。今までに何度も説得されようとした。何度も「これを読みたまえ。まったくきみそっくりだ」と言って、本を押しつけられた。リュシアンは、自分が、そんなふうに数章で分解されるような人間ではない、と思って悲しくほほえんだものだ。エディプス・コンプレックス。錯乱。なんという子供っぽい話だ。皆、遠い話になってしまった。しかし、最初から彼はひきつけられた。だいいち、心理描写などではなかった。――リュシアンは心理描写などは卒業していた。――バレスが物語っている青年たちは抽象的人間でもなく、ランボーやヴェルレーヌのような階級脱落者でもなく、フロイトに分析された、ひま人のウインナ女どものような病人でもなかった。バレスは人間をその環境、その家族のなかに置くことから始めていた。彼らは地方の堅固な伝統のなかで育てられていた。リュシアンはスチュレルが自分に似ているような気がした。「だが、これはほんとうだ。ぼくは根無草なのだ」と彼は思った。彼はフルーリエ家の精神的健康、田舎《いなか》でしか獲得されない健康、肉体的力のことを考えた（彼の祖父は指で一スーの銅貨を曲げた）。彼は感動をもって、フェロールの朝を思い出した。彼は起きあがり、両親の目をさまさないように、抜き足で降りていき、自転車にまたがった。イール・ド・フランスの優しい風景が、つつましい愛撫《あいぶ》をこめて、彼を包んだ。「ぼくはいつもパリがいやだった」と彼は強く考えた。彼はまた、『ベレニスの園』を読んだ。そして、ときどき、読書を中止すると、茫然《ぼうぜん》たる目つきで物思いにふけった。かくてまたもや、一つの性格、一つの宿命、意識の不滅のおしゃべりからのがれる一つの手段、自己を定着し、価値づける一つの方法が提供された。しかし、フロイトの不潔で淫奔《いんぽん》な獣よりは、バレスからさしだされた田園臭にみちた無意識のほうが、どれほど好ましいことだろう。それをとらえるには、リュシアンは不毛で危険な自己凝視をやめさえすればよかったのだ。彼はフェロールの大地と地下とを研究し、セルネット河まで降りていく、波打つ丘の意味を解き明かし、人文地理と歴史とにとりかかる必要があった。でなければ、あっさりと、フェロールへ帰り、そこで暮すべきだ。彼はそこでは、足もとに無害で豊かな大地が、森や泉や草などに混じって、フェロールの広野にひろがっているのを発見するだろう。リュシアンがついには、指導者になる力をくみ取る、豊かな腐植土のように。リュシアンはこの長い夢想から、非常に興奮して脱け出した。そしてときには自分の道を見いだしたと思うことさえあった。今は、モーのそばで黙って、体に腕を回しているときに、言葉が、文章の断片が、彼のなかに響きわたった。「伝統を再建する」、

「大地と死者」。深くて、漠《ばく》としていて、くめども尽きない言葉。「なんと魅力的だ」と彼は思った。だが彼はそれを信じられなかった。もうあまりに、今までだまされてきたのだ。彼はルモルダンに恐れを打明けた。「あまり美しすぎるんでね。ルモルダンは答えた。——きみ、人は自分の望むことをすぐには信じられないさ。実践が大事だね」。彼はすこし考えてから言った。「きみはぼくらの仲間になるんだね」。リュシアンは喜んで受入れた。しかし、自由は犯されないように保証してもらうことを固執した。「ぼくははいるよ。と彼は言った。だがそれに縛られないね。見て考えたいんだ」

リュシアンは若い売り子の友愛精神に感謝した。（訳注　『アクション・フランセーズ』紙は、貴族の子弟たちの団体、王の売子（カムロ・デュ・ロワ）を持っている）彼らはあっさりした友情で、彼を迎えてくれた。そしてすぐに、彼は彼らのなかで、気楽になった。彼はやがて、ルモルダンの「組」と知合いになった。二十人ばかりの学生で、ほとんど皆ビロードのベレ帽をかぶっていた。彼らはビヤホールのポルデルの二階に席を持っていて、そこでブリッジや球つきをやっていた。リュシアンはしばしば彼らに会いに行った。そしてやがて自分が仲間入りさせられたことがわかった。いつも「美男子ご入来！」とか、「われらの国家主義者、フルーリエ！」とかの呼び声で迎えられたから。しかし特にリュシアンに魅力があったのは、そこの上機嫌《じょうきげん》さだった。衒学的《げんがく》でもきびしくもなく、政治の話は、めったに出なかった。笑ったり歌ったり、それだけで、学徒の青春を祝って、ラッパを鳴らすか、太鼓をたたくかだった。ルモルダン自身も、衆に抜きんでた威厳を捨てることはなしに、微笑していた。リュシアンはたいがい、黙って、視線を騒々しい筋骨たくましい青年たちの上にさまよわせていた。「これは一つの力だ」と彼は思った。彼らのなかで、彼はしだいに青春の真の意味を発見していった。それはベルジェールなどの認める、わざとらしい複雑さのなかにはなかった。青春とはフランスの未来だった。ルモルダンの仲間は、それに、思春期の混乱した魅力は持たなかった。もう成人で、たいがい、ひげをはやしていた。よく見ると、彼らは皆、一様に類似していた。彼らは年相応の逸脱や不確定とは縁を切っていた。もう一人前だった。はじめのうちは、彼らの軽々しくて意地悪なふざけぶりは、すこしリュシアンには気にさわった。しかし無意識にやっているのだ。急進党の指導者の妻、ジュビュ夫人が荷馬車に両足を切られたと、レミが知らせたとき、リュシアンははじめ、この不幸な反対派に短い讃辞《さんじ》をささげるものと思った。しかし彼らは皆噴《ふ》き出して、腿《もも》をたたいて叫んだ。「老いぼれの腐れ肉め!」「でかした、荷馬車ひき!」リュシアンはちょっと、気まずくなったが、すぐこの清めの大笑いが一つの拒絶なのだとわかった。彼らは下劣な同情はきらいで、あえて偏狭にしていたのだ。リュシアンも、いっしょに笑いはじめた。だんだん彼らのいたずらが彼にほんとうの姿を現わしてきた。軽率さは外面だけだった。底には、権利の確認があった。彼らの確信は非常に深く、宗教的だったので、それが彼らに、軽薄に見えたり、気まぐれや思いつきによって本質的でないすべての事を引きまわす、権利を与えていた。たとえば、シャルル・モオラスの冷たいユーモアとデペローの冗談とのあいだには（後者はポケットに古いコンドームの先を入れてあって、ブルムの包茎だと言っていた）、あるのは程度の相違だけだった。一月に、大学は儀式を行なって、二人のスウェーデンの鉱物学者に「名誉博士」号が送られることになった。「りっぱなばか騒ぎが見られるぜ」とルモルダンはリュシアンに言って、招待状を見せた。大講堂は満員だった。リュシアンは国歌奏楽裡《り》に、共和国大統領と大学総長とが入場してくるのを見たときに、心臓が高鳴り、友人たちのことが空恐ろしくなった。するとすぐに、数人の若者が席に立ちあがり、叫びはじめた。リュシアンは共感をこめて、トマトのように赤くなったレミが、彼の上着を引っぱっている二人の男と抗《あらそ》いながら、「フランスをフランスに返せ！」と叫んでいるのを見ていた。しかし、彼は特に、年かさの紳士が、いたずら小僧のように、小ラッパを吹いているのを見て喜んだ。「なんて健康なんだろう」と彼は思った。彼は青年に成人のようすを与え、大人にいたずら小僧の態度を与える、頑固《がんこ》な重々しさと乱暴さの、独創的な混合を、生き生きと味わった。リュシアンもすぐふざけはじめた。彼は大成功だった。彼がエリオのことを「彼が寝床で死ぬようなら、神さまはおいでにならない」と言ったときに、身内に神聖な感動が生れるのを感じた。それから彼は歯をくいしばり、一瞬のあいだ、自分がレミやデペローのようにわかりがよく、親密で、精力的な気がした。「ルモルダンは正しい。実践が必要だ。万事はそこだ」と彼は思った。彼はまた議論を拒絶することを学んだ。ただの共和主義者にすぎなかったギガールは、彼を反対でうるさがらせた。リュシアンはそれを喜んで聞いてやったが、すぐに、心を閉じた。ギガールは相変らずしゃべりつづけていたが、リュシアンは、もう彼を見もしなかった。彼はズボンのひだをのばし、女を横目で見ながら、煙草《たばこ》の煙で輪を作って、遊んでいた。それでも、ギガールの反対は聞えてはいたが、それは急に重さをなくして、彼の上を軽々とむなしくすべっていった。ギガールは非常にびっくりして、しまいに黙った。リュシアンは両親に、彼の新しい友人たちについて話した。するとフルーリエ氏は彼が売り子になろうとしているのかときいた。リュシアンは迷い、それからまじめに言った。「はいりたくなったんです。ほんとうに、――リュシアン、お願いよ、そうしないでおくれ、と母親が言った。あの人たちは騒ぎすぎるから、じきに不幸がおこりますよ。ひどいめにあわされるか、牢屋《ろうや》に入れられるかですよ。それに政治をやるには、まだ若すぎます」。リュシアンはしっかりした微笑を返事のかわりにした。するど、フルーリエ氏がなかにはいった。「やらせなさい。思うままにさせなさい。一度は通らなければならないところだ」。彼の声は優しかった。その日から、リュシアンには両親が彼を重要な人間として扱ってくれるように思われた。しかし、彼は自分で決心はつかなかった。この数週間は彼には非常にためになった。彼はつぎつぎと、父親の親切な好奇心や、フルーリエ夫人の不安や、ギガールに生れつつある尊敬の念や、ルモルダンの熱心さや、レミのあせりの対象となった。そして彼は首をもたげて思った。「これはつまらないこととは違うんだから」。彼はルモルダンと長い会話を行なった。そしてルモルダンは彼の理由がよくわかったので、急ぐなと言った。リュシアンは、また、憂鬱《ゆううつ》の発作に襲われた。彼は自分が、カフェの腰掛の上でぶらぶらしている、ゼラチン状の小さな透明体のような気がしてきた。そして売り子の騒々しさがばかげたものに思われた。しかしほかのときには、彼は自分が石のように固くて重いものに感じられ、ほとんど幸福だった。

彼はだんだんとすべての組と仲よくなった。彼はエブラールが前の休みに教えてくれた『レベッカの結婚』を歌って聞かせた。そして皆、彼がじつに愉快なやつだと言ってくれた。リュシアンは霊感に駆られて、ユダヤ人についての辛辣《しんらつ》な考察を行い、けちなベルリアックの話をした。「ぼくはいつも思ったんだ。しかしなぜあんなにけちなんだ。あんなにけちだってことはあるもんじゃない。それからある日、ぼくは急にわかった。あいつは部落のものなのだ、とね」。皆、笑いだした。そして一様の興奮に、リュシアンはとらえられた。彼はユダヤ人にたいして、ほんとうに怒りを感じ、ベルリアックの思い出はじつに不快なものになった。ルモルダンは彼の目をのぞきこんで言った。「きみは、純粋なんだ」。それに続いて、何度もリュシアンはきかれた。「フルーリエ、部落のやつらの話をしないか」。そしてリュシアンは父親から教わったユダヤ人の話をした。彼は友達を喜ばせるのに、「あるときレフィ（レヴィ）が、プルム（ブルム）に出会った……」という調子でやればよかった。ある日レミとパトノートルとは、セーヌ河の畔《ほと》りで、アルジェリアのユダヤ人にすれちがい、水に投げこもうとするように、彼の方へ歩みよって、おおいにこわがらせてやった、という話をした。「そう思うんだが、フルーリエが仲間にはいってないとは、実際残念だな」とレミは結論した。――いや、こいつはそこにいなくて、かえってよかったのさとデペローが口を出した。「きっとユダヤ人を水へほうりこんじまったよ」。リュシアンは鼻でユダヤ人を見わけるのに、だれにもひけをとらなかった。――彼はギガールといっしょに外出しているとき、肘《ひじ》をついた。「振返るなよ。うしろにいるちびもそうだ。――そのことでは勘がいいな」とギガールは言った。ファニーも、ユダヤ人がちっともわからなかった。彼らは四人で、ある木曜日にモーの部屋へのぼっていって、リュシアンが『レベッカの結婚』を歌った。ファニーはがまんできなくなって、言った。「やめて、やめて。パンツのなかへおしっこもらしちゃうわ」。それから彼が歌い終ると、彼女は彼に、幸福そうな、ほとんど優しい視線をなげてよこした。ビヤホールのポルデルでは、リュシアンはからかわれるようになった。彼はいつもだれかに、何げなしに言われた。「ユダヤ人を大好きのフルーリエが……」とか「レオン・ブルム、フルーリエの親友だが……」とか。そしてほかの連中は口をあけたままで、息を止めて、うれしさに夢中になって、つぎを待っていた。リュシアンは赤くなって、卓をたたいて叫んだ。「畜生!」するとは彼らは笑いだし、「進歩、進歩、大速力の進歩だ」と言った。

彼は皆について、しばしば、政治集会に出席し、クロード教授や、マキシム・レアル・デル・サルトの話を聞いた。彼の勉強に、この新しい義務がすこしじゃまになった。しかし、リュシアンは、いずれにせよ、今年は、中央学校の試験に受かることはあてにしてなかったので、フルーリエ氏は、大目に見てくれていた。彼は妻に言った。

「リュシアンも大人の仕事を覚えなきゃいけないからな」。そういう集会からそとへ出ると、リュシアンと仲間は、頭が熱くなって、子供らしい悪ふざけをした。一度は、彼らが十人ほどだったとき、『ユマニテ』紙を読みながら、サン・タンドレ・デ・ザール通りを横ぎっていた、一人の蒼白《あおじろ》い男に出会った。彼らは彼を壁に押しつめ、レミが命令を下した。「その新聞を投げろ」。その小男は威厳を保とうとしたが、デペローが彼のうしろへ回り、羽がい締めにした。そのあいだにルモルダンが強引な腕にものを言わせて、新聞を奪い取った。それはじつにおもしろかった。小男は怒りたけって、虚空《こくう》を足蹴《あしげ》にし、「放せ、放せ」と妙な口調で叫んだ。そしてルモルダンは静かに新聞を引裂いた。しかしデペローがその男を放そうとしたとき、事情は突然に悪化した。相手はルモルダンに飛びかかり、レミが耳のうしろを、きわどく一撃くらわせて放さなかったら、ルモルダンのほうがなぐられるところだった。その男は壁に向って泳ぎ、それから皆をいやな顔つきでながめまわして叫んだ。「いやなフランス人め！——今の言葉をもう一度言え」とマルシェソーが冷たくきいた。リュシアンは危ないことになったと思った。マルシェソーは事フランスに関して、洒落《しゃれ》のわかる男ではなかった。「いやなフランス人め！」と非国民は言った。彼は恐るべき平手打ちを受けて、前に倒れ、頭を下げたままほえたてた。「いやなフランス人め、いやなブルジョアめ、大きらいだ、皆、皆、皆、死んじまえ！」それからリュシアンには想像もつかなかったような、きたない呪《のろ》いと荒々しい言葉があふれた。そこで彼らは堪忍《かんにん》しきれなくなって、皆飛びかかって、懲罰を加えることになった。たちまちのうちに、彼らは彼をほうり出したが、その男は壁に寄りかかった。彼は脚がふらつき、一撃が彼の右の目をふさぎ、彼らは皆、彼のまわりにたかってなぐるのにも疲れて、彼が倒れるのを待っていた。その男は口を曲げて、吐き出すように言った。「いやなフランス人め！」「もう一遍、やってもらいたいのかい」とデペローは息を切らしてきいた。その男は聞えなかったらしい。左の目で挑戦的に彼らをながめてくりかえした。「いやなフランス人め！　いやなフランス人め！」しばらくためらっていたが、リュシアンは仲間が勝負をやめようとしていることがわかった。そのとき、われにもあらず、彼は前へ飛び出て、全力でなぐりつけた。彼は何かがきしるような音を聞いた。そして小男は意気地《いくじ》のない驚いたようなようすで、彼をながめた。「いやな……」彼は口ごもった。しかしその痣《あざ》になった目は、赤くなって、瞳《ひとみ》を隠した眼球を見せて、ぼんやりと開いていた。彼は膝《ひざ》をつき、なんにも言わなくなった。「ずらかろう」とレミがささやいた。彼らは走って、サン・ミシェル広場まで行ってやっと止った。だれも追いかけてこなかった。彼らはネクタイをなおし、おたがいに平手で、払いあった。

その晩は、若者たちはその冒険をほのめかしもしなかった。そして特別におたがいに行儀よくしあった。彼らはその純な野獣性を、不断は自分たちの感情を隠すのに使っていたのだ。彼らは礼儀正しく話しあっていた。そしてリュシアンは、彼らが家庭内でしているとおりに、はじめてなったのだと考えた。しかし彼自身は非常に神経がいらだっていた。彼は路《みち》の真ん中で悪漢と渡りあうような習慣はなかった。彼はモーとファニーをなつかしく思った。

彼は眠れなかった。「ぼくは彼らの仲間に、素人《しろうと》としてつきあいを続けているわけにはいかない。もうすっかり考えが決った。参加すべきだ」と彼は思った。彼はルモルダンにこのいい知らせをもたらしたとき、自分がまじめになり、ほとんど宗教的な気持になったことを感じた。「決心がついた。ぼくはきみたちの仲間にはいる」と彼は言った。ルモルダンは彼の肩をたたき、組の連中は杯をあげて、そのことを祝った。彼らは野性的で陽気な調子を取返し、昨日のことは口にしなかった。彼らが解散するときに、マルシェソーはあっさりと言った。「きみのパンチはすごいね」。そしてリュシアンは「やつはユダヤ人だったんだ」と答えた。

その翌々日、リュシアンはサン・ミシェル通りの店で買った、太い籐《とう》の杖《つえ》を持って、モーに会いに行った。モーはすぐわかった。彼女は杖を見ると、「じゃあ、はいったのね、と言った。——はいったよ」と言って、リュシアンは笑った。モーはうれしそうだった。個人的には彼女はむしろ左翼思想が好きだったが、心がひろかったのだ。「どの党にも、いいところがあるわ」と彼女は言った。その晩のあいだ、彼女は彼を売り子さんと呼んで、何度も首筋をたたいた。それからすこしたって、ある土曜の晩に、モーは疲れていた。「わたし、帰ろうと思うのよ。と彼女は言った。でも、あなたも、おとなしくしてればいっしょに上がってきてもいいわ。あなたは手を握って、かわいそうな病気のモーに優しくしてくれるわね。お話をしてくださいね」。リュシアンはそれほど、熱心ではなかった。モーの部屋は、清潔な貧しさで、彼を悲しませた。女中の部屋というところだった。しかし、こうした好《よ》い機会をのがすのは、罪というべきだ。部屋にはいると、モーはすぐ寝床に身を投げて、言った。「ああ、いい気持」。それから彼女は黙って、脣《くちびる》をまくりあげながら、リュシアンをじっと見つめた。彼は彼女のそばに横になった。彼女は目の上に、指を離したままで手を置き、子供っぽい声で言った。「見えるわ。リュシアン、見えるわ」。彼は重苦しくだらけてきた。彼女は指を彼の口に入れたので、彼は吸いはじめた。それから彼は優しく話をした。「ちっちゃなモーは病気です。だからかわいそうです。ちっちゃなモーは」。そして彼は彼女の体じゅうに接吻《せつぷん》した。彼女は目を閉じ、神秘的に微笑していた。一瞬ののちに、彼はモーのスカートをまくって、気がついたときには、色事をしていた。リュシアンは「うまいもんだ」と思った。済んだとき、モーは言った。「ああ、ずいぶん、待ったわ」。彼女は優しい非難をこめた目でリュシアンを見た。「意地悪ね。あなたはおとなしくしてると思ったのに！」リュシアンは自分も彼女同様に、意外だったと言った。「なるようになったのさ」と彼は言った。彼女はちょっと考えてから、まじめに言った。「後悔はしてないわ。これまではもっと清かったけど、不完全だったんだわ」

「ぼくは恋人を持った」とリュシアンは地下鉄のなかで考えた。彼はアプサントと生魚の匂《にお》いにひたされて空虚で疲れていた。彼は汗にぬれた下着の接触を避けるために、固くなってすわっていた。自分の体が凝乳のような気がした。彼は力強くくりかえした。「ぼくは恋人を持った」。しかしがっかりしていた。昨日まで彼がモーに求めていたものは、着物を着た感じの、とがった固い顔であり、やせた影であり、つんとした態度であり、まじめな娘という評判であり、男ぎらいであり、彼女を未知の人間にしているすべて、その清い考え、純潔さ、絹の靴下、クレープの着物、パーマネント、を身につけて、いつも彼の手の届かぬところに、固く断乎《だんこ》としていた、真に他者であった。そしてこうしたニスはすべて彼の抱擁の下で溶けてしまった。肉だけが残った。

彼は腹のように裸になった、目のない顔に唇を近づけ、ぬれた大きな肉の花を所有したのだ。彼は波のような音をたて、毛むくじゃらの口をあけて、布団《ふとん》のなかで動いている、盲目の獣を思い出して、水いらず、と思った、彼らは一体となり、彼の肉とモーの肉は見わけがつかなくなった。だれも今までに、これほど、胸《むな》くその悪い親密さの感じを与えたことはない。茂みのうしろでリリがあそこを見せたとき以外には。また、彼がわれを忘れて、腹ばいになり、ズボンがかわくまで、お尻《しり》を裸にして、足をぶらぶらやっていたとき以外には。リュシアンはギガールのことを考えて、ある慰めを感じた。彼は明日、言うだろう。「ぼくはモーと寝たぜ。あれはすてきな女だね。あれが好きな女だね」。しかし、彼はぎごちなかった。彼は地下鉄の埃《ほこり》っぽい暗さのなかで、裸でいる気がした。着物の薄い皮の下で、裸でいる気がした。坊さんの隣で、二人の大年増《おおどしま》の前で、大きなよごれたアスパラガスのように、堅く裸でいる気がした。

ギガールは彼を熱烈に祝福した。彼はすこしファニーに飽きがきていた。「あいつはほんとうに、ひねくれていすぎる。昨日もひと晩じゅう、ぐずぐず言いつづけだった」。彼らは二人とも意見が一致した。ああいう女は、必要だ。どうせ、結婚まで童貞でいるわけにもいかないのだから。それに彼女たちは欲もないし、病気でもない。だが、彼女たちに夢中になるのは間違っている。ギガールはほんとうのお嬢さんたちについて、こまかな心づかいをしながら話した。そしてリュシアンは彼の妹のことをきいてみた。「達者だよ。とギガールは言った。彼女はきみのことをうそつきだって言ってるぜ。それから彼は心安い調子でつけ加えた。わかるね、女の兄弟があるってことは悪くはないぜ。いろいろなことがわかるからね」。リュシアンは完全に了解した。それから、彼らはしばしばお嬢さんのことを話した。そして詩的な感動を味わった。ギガールは多くの女を手に入れた伯父さんの言葉をくりかえすのを好んだ。「おれはいつも、いいことばかり、このやくざな世の中で、やってきたわけではない。しかし神さまがおれにあてにしていたことが、一つある。それは生娘にさわるくらいなら、手を切り落したほうがいいというおれの考えだ」。彼らはときどきピエレット・ギガールの仲間とつきあうようになった。リュシアンはピエレットが大好きだった。彼女はすこし意地悪な兄のような口をきいた。彼女が断髪にするような女でないことが助かった。彼は政治問題に熱中し、毎日曜の朝、ヌイイの教会の前へ、『アクション・フランセーズ』を売りに行った。二時間以上ものあいだ、リュシアンは顔を固くして、行ったり来たりした。ミサから出てくる令嬢たちは、ときどき、彼の方へ、純な美しい目をあげた。そのとき、リュシアンは少々気が楽になって、自分が清く強くなったような気がしてほほえんだ。彼は組の連中に、自分は女性を尊敬するから、彼らが彼の願っていることを理解してくれるのでうれしく思うと述べた。それに、彼らもほとんど皆、女の兄弟があった。

四月十七日に、ギガール家はピエレットの十八歳の誕生祝いをした。そしてもちろん、リュシアンも招待された。彼はすでに、ピエレットと非常に親しくなっていた。彼女は彼を私のパートナーと呼んだ。彼は、彼女はいくぶん、自分に恋心をいだいているのではないかと疑った。ギガール夫人はピアニストを招《よ》んであった。午後は非常に陽気になるはずだった。リュシアンは何度もピエレットと踊った。それから、喫煙室で友人たちの相手をしているギガールをさがしに行った。「こんにちは。とギガールは言った。皆、知ってるね。フルーリエ、シモン、ヴァニュス、ルドゥー」。ギガールが友達の名前を言っているあいだに、リュシアンは、赤いちぢれ毛で、肌《はだ》が乳白で、眉《まゆ》が黒々としていかつい、若い大男が、彼らの方へ、ためらいがちに近づいてくるのを見た。そして怒りが彼を転倒させた。「こいつはここで何をしてるんだ。と彼は思った。ギガールはぼくがユダヤ人にがまんできないことを百も承知じゃないか」。彼は踵《かかと》でくるりと回り、紹介を避けるために、すばやく遠ざかった。「あのユダヤ人はなんです」と彼はすぐあとで、ピエレットにきいた。「ヴェイユです。高等商業に行ってるんです。兄さんは剣道場で知合いになったの。——ぼくはユダヤ人、大きらいだ」とリュシアンは言った。ピエレットは軽く笑った。「あの人、でも、美男子のほうよ。と彼女は言った。食卓の方へ行きましょう」。リュシアンはシャンパンの杯を干して、それをもとのところへ置いたと思うと、もう、ギガールとヴェイユに鼻つきあわせた。彼は目でギガールを脅《おど》かした。そして、くるりと向き返った。しかし、ピエレットは彼の腕をつかんで、ギガールが、くだけた口調で彼に呼びかけた。「フルーリエ君、ヴェイユ君、と彼は気楽に言った。さ、これで、紹介が済んだ、と」。ヴェイユは手をさしのばした。リュシアンは助からない気がした。そのとき、幸いにも彼は突然に、デペローの言葉を思い出した。「フルーリエなら、ユダヤ人を、水にたたきこんだろう」。彼は手をポケットへつっこむと、ギガールに背を向けて、立ち去った。「ぼくはもう、この家に足を踏み入れられないだろう」と彼は外套《がいとう》置場で思った。彼は苦い誇りを感じた。「自説を守るということは、こういうことだ。社交界では暮せなくなる」。しかし、通りへ出ると、彼の誇りは急にくずれ、リュシアンは非常に不安になった。「ギガールは怒るだろう」。彼は肩をすくめて、確信をこめて、おのれに言いきかせた。「ぼくを招んどいて、ユダヤ人を招ぶ権利はない」。しかし、彼の思いは収まり、手をさしのばした、ヴェイユの驚いた顔を、不快の念とともに思いうかべた。そして、和解したくなってきた。「ピエレットはきっとぼくが紳士でないと思うだろう。あの手を握るべきだった。要するに、それはたいした責任のあることでもなかった。控えめに挨拶《あいさつ》しておいて、すぐあとで遠ざかればよかったんだ。そうすればよかった」。ギガール家に引返す時間がまだあるだろうかと彼は思った。彼はヴェイユに近づいて、言うだろう。「ごめんください。気持が悪かったものだから」。彼は手を握り、ちょっと、礼にかなった会話を取交《とりか》わすだろう。いや、もう手おくれだ。彼の身ぶりは取返しのつかないものだ。「ぼくの意見のわからぬ連中に、なんでそれを見せつける必要があるんだ」と彼はいらいらして思った。彼は神経質に肩をそびやかした。災難だった。今、ギガールとピエレットは彼の行いを注釈してるだろう。ギガールは「完全に気ちがいだね」と言う。リュシアンは拳《こぶし》を握りしめた。「ああ、大きらいだ。ユダヤ人は大きらいだ」と彼は絶望して思った。そして彼はこの巨大な憎しみの思いのなかから力をすこしくみ取ろうと試みた。しかし、それは目の前でくずれ、レオン・ブルムがドイツから金をもらって、フランス人を憎んでいる、と思ってみてもだめだった。彼は陰鬱《いんうつ》な無関心しか感じられなかった。リュシアンは運よく、モーを彼女の部屋で見つけた。彼は彼女を大好きだと言い、荒々しく、何度も彼女を所有した。「何もかもだめだ。ぼくは何者にもなれない」と彼は思った。「いや、いや、やめて。そこはいや。それはいけないわ」とモーは言った。しかし、モーはついに、なすにまかせた。リュシアンはどこもかしこも接吻したかった。彼は子供っぽく、変態的になった気がした。泣きだしたかった。

その翌朝、学校でリュシアンはギガールを見ると胸が締めつけられるような気がした。ギガールは陰険な顔になって、気がつかないふりをした。リュシアンは非常に腹がたったので、ノートをとることができなかった。「悪者め、と彼は思った。悪者め！」講義の終りに、ギガールは追いついてきた。彼は蒼《あお》くなった。「あいつが手を出すようなら、とリュシアンはこわくなって考えた。いっちょうくらわすまでのことだ」。彼らは一瞬、向いあったままで、おたがいの靴の先を見ていた。ついにギガールは乱れた声で言った。「ごめんよ、あんなめにあわせて」。リュシアンはびっくりして、疑わしそうに彼を見た。しかしギガールは苦しそうに続けた。「ぼくはあれに剣道場で会ったんだ。ね、わかるだろう、ぼくは……ぼくらは手合せをやったんだ。すると、家へ来ないかと言うんだ。だが、もちろん、そうさ。いけなかったんだ、ほんとうは。どういうわけだか、招待状を書いたときに、ちょっと忘れたんだね。……」リュシアンは相変らずなんにも言わなかった。言葉が口を出なかったから。しかし心はなごんできた。ギガールはうつむいて言い足した。「へまな話さ……　——とんまだなあ。とリュシアンは肩をたたいて言った。わざとやったとは思わないよ」。彼は鷹揚《おうよう》に言った。「それにぼくも悪かったよ。下司《げす》のようなことをしたからな。だが、どうにもならなかったんだ。さわれないいんだ。肉体的なものなんだよ。手に鱗《うろこ》でもついてるような気がするんだ。ピエレットはなんて言った？——気ちがいみたいに笑ったよ。とギガールは情けなさそうに言った。——で、やつは？——あれはわかった。ぼくはできるだけ取りなしたが、十五分くらいで、帆をかけて退散さ」。彼は相変らず、しょげてつけ足した。「親父《おやじ》たちは、きみが正しい、きみに信念がある以上、そのとき、ほかにしようもなかったろうと、言うのさ」。リュシアンは「信念」という言葉を舌の先で味わってみた。彼はギガールに抱きつきたくなった。「なんでもないよ、きみ、と彼は言った。友達のあいだでは、なんでもないことさ」。彼は極度の昂《こう》揚《よう》の状態で、サン・ミシェル通りを降りていった。彼はもう自分がわからなくなっていた。

彼は思った。「どうかしてる。もうこれはぼくではない。自分がわからなくなった！」暑くて気持よかった。人びとは春の訪れに驚いたような微笑を顔に浮べて、ぶらついていた。このとろけるような群衆のなかへ、リュシアンは鉄の楔《くさび》のようにつっこんでいった。彼は「もうこれはぼくではない」と思っていた。ぼくは、昨夜はまだ、フェロールの蟋蟀《こおろぎ》みたいに、ふくれた昆虫《こんちゅう》だった。今は、リュシアンは速度計のように、清潔で正確な気がした。彼は「泉」へはいってペルノーを注文した。組の連中は部落民が集まるというので、「泉」には出入りしなかった。しかしその日は、部落民だろうとユダヤ人だろうと、リュシアンの気分を害さなかった。風に吹かれた燕麦《えんばく》の畠《はたけ》のように、軽くうなっている、蒼白《そうはく》な群れの真ん中で、彼は自分が妙に強迫的になり、スタンドに掛けた、きらきらしている大時計のような気がした。彼は、前学期に、法学部の廊下で、J・Pがなぐりつけた、小柄なユダヤ人に、愉快にも気がついた。その太って考えぶかそうな怪物はなぐられた跡はなかった。彼はしばらく傷を養っていて、それからまた丸くなったのだろう。しかし彼のうちには一種の卑猥《ひわい》なあきらめのようなものがあった。

しばらくのあいだ、彼はいい気持らしかった。楽しそうにあくびをした。太陽の光線が彼の鼻腔《びこう》をこそぐっていた。彼は鼻をほじくって微笑した。微笑だろうか。むしろ、外部から、部屋の隅《すみ》のどこかで生れて、彼の唇の上に死ににやってきた、振動ではないだろうか。これらの部落民は皆、暗くて重い水のなかに浮いていて、その渦が彼らの柔らかい肉を揺すり、腕を上げたり、指を動かしたり、唇と戯《たわむ》れたりしているのだ。哀れなやつら！　リュシアンはほとんど彼らに同情しそうになった。彼らはフランスへ何をしに来たのか。どんな海流が彼らを運んできて、ここへ陸揚げしたのか。

彼らはサン・ミシェル通りの服屋で、きちんとした服装をしてもだめだ。水母《くらげ》以上のものではないんだから。リュシアンは自分が水母でなく、その哀れな動物に属してはいないと思った。「ぼくはもぐることができるんだから」。それから突然、彼は「泉」と部落民を忘れ、一つの背中しか見えなくなった。それは筋骨たくましい背中で、静かな力をたたえて遠ざかり、無慈悲に霧のなかに消えた。またギガールも見えた。ギガールは蒼ざめ、目でその背中を追い、目に見えないピエレットに「ねえ、へまな話さ！……」と言っていた。リュシアンはほとんどがまんできないほどの喜びに襲われた。その力強い孤独な背中は、彼自身のものだった！　その情愛は昨日のことなのだ！　しばらくのあいだ、はげしい努力によって、彼はギガールになり、自分の背中をギガールの目で追った。彼は自分の面前で、ギガールの卑下を経験し、心楽しくも恐ろしくなった。「彼らに教訓になったのさ！」と彼は思った。背景が変った。ピエレットの部屋だった。それは未来のことだった。ピエレットとギガールが、少々言い争いながら、招待者の表の一つの名前を指さしていた。リュシアンはそこにはいなかったが、彼の勢力は彼らの上に及んでいた。ギガールは言った。「いや、これはいけない！　ね、リュシアンとまずいよ。リュシアンはユダヤ人にがまんできないんだ！」リュシアンはもう一度、自分を見た。彼は考えた。「リュシアンはぼくだ！

ユダヤ人にがまんできない男だ」。この言葉を今まで何度も口にしたことはあるが、きょうはいつもとは違った。まったく違った。たしかに、表面的には、それは単なる確認である。「リュシアンは牡蠣《かき》がきらいだ」。または、「リュシアンはダンスが好きだ」という場合とおなじように。しかし、間違えるわけにはいかない。ダンスが好きだというのは、たぶんユダヤ人の子供でも見られることだ。それは水母のたとえ以上のことではない。やつらを見さえすれば、その好ききらいは匂《にお》いや、皮膚の反映のように、体についたもので、重いまばたきや、快楽のねばついた微笑などと同様に、体といっしょに消えうせるものだということがわかる。しかし、リュシアンの反ユダヤ主義は、違う種類のものだ。容赦なく清らかに、刃のように、自分から突き出ていて、他人の胸を脅かすのだ。「それは、と彼は思った。それは、……それは、神聖だ！」彼は小さかったときに、母親がときどき、特別な調子で、「お父さま、書斎でお仕事よ」と言ったのを思い出した。そしてその言葉は突然に彼に宗教的な義務感の雲を授ける、秘蹟《ひせき》的な句に思われたものだ。紙鉄砲で遊んで「タラブン」などと叫ぶことはできなかった。彼は寺院のなかにいるように、廊下を忍び足で歩いたのだ。「今は、ぼくの番だ」と彼は満足げに思った。人は声をひそめて言うだろう。「リュシアンはユダヤ人がきらいだ」と。そして人びとは力が抜けて、手足が苦しい吹き矢の雲で貫かれるのだ。「ギガールもピエレットも子供だ」と彼は優しい気持で思った。彼らは罪が重かったが、リュシアンがちょっと、歯を見せただけで、すぐ後悔し、小声で話し、忍び足で歩きはじめるのだ。

リュシアンは、もう一度、自己にたいする尊敬の念にみたされた。しかし、今度は、ギガールの目はかりなくてもよかった。彼が尊敬すべきものに見えたのは、自分自身の目にたいしてだった。——ついに、肉と好ききらいと習慣と気合いとの覆《おお》いを貫いた彼の目にたいして。「それがぼくのさがしていたものだ。と彼は思った。ぼくには自分がわからなかったのだ」。彼は喜んで、過去の自分のあらゆる点に、細心な点検を加えた。「しかし、現在のままのぼくにすぎなかったら、あいつらとおなじわけだ」。あんなふうにねばねばした親密さのなかを掘っていても、肉の悲しさや、いやしい平等のうそや、無秩序のほかに何を見いだすだろうか。「第一の格言、とリュシアンは思った。自分のなかを見つめないこと。それ以上、危険な過《あやま》ちはないから」。真のリュシアンというものは——それを今、彼は知っているのだが——他人の目のなかに求めるべきなのだ。ピエレットやギガールの恐れにみちた服従のなかに、彼のために成長し成熟するすべての人、彼の職工になるはずのあの若い見習いたち、いつか彼がその市長になる老若のフェロールの人びと、の希望にみちた期待のなかに。リュシアンはほとんどこわくなった。彼は自分にとってはほとんど偉大すぎるように感じた。大勢の人びとが、不動の姿勢で待っていた。そして彼こそがその他人のおおいなる期待の的であり、また、あるであろう。「そうだ。これが指導者というものだ」と彼は思った。そしてまた、筋骨たくましい背中が見えた。それから、すぐ続いて、大寺院が。彼はそのなかにおり、ガラス窓から落ちる透けた光線の下を、忍び足で歩いていた。「ただ、こいつは、ぼく自身が寺院なのだ！」彼は自分の隣の席の、葉巻のように褐色《かっしょく》でなごやかな、背の高いキューバ人を、じっと見すえた。彼の異常な発見を表現する言葉を見いだす必要が絶対にあった。彼は手を、火のついた蠟燭《ろうそく》のように、そっと気をつけて、額まで持っていった。それから一瞬、神聖な思いに沈んだ。すると言葉がおのずからやってきた。彼はささやいた。「ぼくには権利がある」。権利！三角や円のようなもの。それは存在できないほど、完全であった。コンパスで線と丸を描いてもだめだ。ただ一つの円も実現できはしない。数世代にわたって職工は、おなじように、細心にリュシアンの命令に従うことができるだろう。彼らは彼の命令する権利を使いつくすということはないだろう。権利というものは、数学の対象や宗教の教理のように、存在のかなたにあるものだ。そして、リュシアンはまさに、それなのだ。巨大な責任と権利の花束なのだ。彼は長いあいだ、自分が偶然に漂流するように存在しているような気がしていた。しかし、それは考えすぎた誤りだった。生れる前から、彼の位置は太陽に、フェロールにしるされてあったのだ。すでに――父の結婚の前から彼は待たれていたのだ。彼がこの世に来たのは、その位置を占めるためだった。「ぼくは存在する、と彼は思った。存在する権利があるから」。そして、おそらく、はじめて、彼は自分の宿命にたいしてきらめく輝かしい映像を持った。彼は中央学校にはいるだろう。遅かれ早かれ（それもどっちでもいいことだ）。それから彼はモーを捨てるだろう（彼女はいつも、彼と寝たがっている。それはたまらない）。彼らの溶けあった肉体はこの春さきのむし暑さのなかで、焦《こ》げたシチューの匂《にお》いをたてていた。「それにモーは皆のもの、だ。きょうはぼくのものあすは他人のもの。なんの意味もない」。彼はフェロールへ住みに行くだろう。フランスのどこかに、ピエレットのような明るい乙女《おとめ》、花のような目をした田舎娘《いなかむすめ》が彼のために純潔を保っているのだ。彼女はときどき彼の未来の主人、恐ろしくて優しい男を想像しようとしている。しかし、想像はつかない。彼女は処女だった。彼女はその肉体の最も深い秘密の場所で、彼女をただ一人所有する権利がリュシアンにあることを知っていた。彼は彼女を嫁にもらうだろう。彼女は彼の妻になるだろう。それは彼の権利のなかで、最も優しいものだ。彼女が夜、神聖なこまかいしぐさで着物を脱ぐとき、それはいけにえに似ているだろう。彼は万人の賛成を得て、彼女を腕に抱くだろう。彼は「おまえはぼくのものだ！」と言うだろう。彼女が彼に見せるものは、彼にしか見せないという義務を持っているのだ。そして愛の行為は、彼にとっては自分の持物の、快楽にみちた検査になるだろう。彼の最も優しい権利、彼のもっとも親密な権利、肉の内でまで尊敬され、寝床のなかでまで服従される権利。「ぼくは若くて結婚するだろう」と彼は思った。彼はまた、たくさんの子供を持つだろう、と思った。それから、父の仕事を思った。彼はそれを受継ぐのが待ちきれなかった。そしてフルーリエ氏がじきに死なないだろうかと自問した。

　大時計が正午を鳴らした。リュシアンは立ちあがった。変形は完了した。そのカフェのなかへ、一時間前に、一人の優しい不決断な若者がはいってきた。出ていったのは、一人の大人、フランス人の指導者の一人だった。リュシアンは、フランスの昼の輝かしい光のなかに、数歩をしるした。学校通りとサン・ミシェル通りの隅で、彼は文房具店に近づき、ガラスに姿を映した。彼は顔の上に、ルモルダンの顔にある、無表情さを見たかった。しかし、ガラスはまだあまりこわくない、かわいい小さな、頑《がん》固《こ》な顔しか反映していなかった。「ひげをたてよう」と彼は決心した。

あとがき

『水いらず』――この短編は一九三八年N・R・F誌の八、九月号に連載され、その後、短編集『壁』のなかに収録されたものである。サルトルとしては戦前の作であり、その後における彼の思想は大戦を契機として大きな進展を見せたのであるが、日本ではこの作品が戦後（昭和二十一年）に翻訳紹介され、この作品一つをもって、いわゆる実存主義の全部をつくすものであるかのような誤解を生んだ。たまたまこの作品が、不能者とその妻との関係を取扱っているために、実存主義はエロチシズムであるというような考え方が、アプレ・ゲール的肉体派の文学活動と結びついて一般に流布《るふ》したのは、そのような誤解のうちもっとも大きいものであった。作品の傾向として、これは同年発表された長編小説『嘔吐《おうと》』と同系列に属するものであって、人間が生きてゆくうえの大きな事実である肉体の存在――特に性の問題を、はなはだ粘液的な、はなはだ不気味なものとして描いている。したがってこれは、けっして煽情《せんじょう》の文学でなく、むしろ肉体厭悪《えんお》の書であるといってよい。実存主義はまず最初、このような「物」の世界への厭悪から出発し、やがて「心」の世界の不安定へと視線を向け、それから結果する不安や絶望のかなたに、新しい希望を見いだそうとする。『水いらず』はその点で、実存主義文学の出発点に位するといってよい。『水いらず』の女主人公リュリュは、肉体厭悪からのがれるために、愛人を捨てて不能者たる夫の「純粋」さへと返ってゆくが、この解決は、サルトルの戦後の作品『自由への道』などに示されている解決――社会的行動による救い――からはまだ遠い消極的解決であり、『嘔吐』の結果に示された解決――音楽による救い――とほぼ軌を一にするものだといってよい。

なおこの翻訳は、某氏の手になるものであったが、今回は種々の事情により校訂者たる私の名で発表することとなった。(伊吹武彦)

『壁』――この短編は一九三七年N・R・F誌の七月号に掲載され、のち短編集『壁』に収録されたものである。収録作品五編のうち、この作品が選ばれて総題となったことからみても、サルトルとしては自信作であったにちがいなく、事実またこの作品は、発表当時から一般に非常な好評をもって迎えられた。一九三六年七月、スペインでは時の人民戦線政府にたいして、フランコ将軍に率いられたファランヘ党の革命が勃発《ぼつぱつ》し、内乱は三九年三月、フランコの勝利によって終熄《しゆうそく》した。『壁』はこのスペイン内乱に取材したもので、執筆年代は三七年であるから、ちょうど内乱勃発の翌年にあたり、戦乱たけなわな真っ最中に書かれたものであることがわかる。この短編はまずそのような政治情勢を頭において読む必要がある。しかしいっぽうまたこの作品は、けっして際物《きわもの》文学ではないことにも注意しなければならない。この作品には、第二次大戦を契機として、サルトルを反ファシズム争闘に走らせたとおなじ人間的自由への欲求が、人民戦線派への同情となって暗黙のうちに示されている。しかし重要なのはその点ではなく、ここには人間的実存の問題がサルトル独自の仕方で提出されているという点である。第一に、ここに描かれている人民戦線派の死刑囚たちは、夜明けとともに処刑場の「壁」の前に立たなければならないのである。壁とは、実存哲学のいわゆる限界状況であり、人間が追いつめられたぎりぎりの立場である。サルトルはそのような状況において、人間が何を考え何を見るかを強力に描いた。つぎにこの作品には、「偶然」の問題が扱われている。人生を虚妄《きよもう》背理とみる実存主義の立場が、この短編の最後に、主人公の絶望的な哄笑《こうしよう》となって現われている。サルトルのその後の作品、その後の思想展開は、じつはこの哄笑の終ったところからはじまるのである。(伊吹武彦)

『部屋』――『部屋』は、はじめMESURES誌第一号（一九三八年一月十五日付）に掲載され、のちガリマール書店刊行の短編集『壁』に収録された。戦後にラジオドラマとして放送されたことがある。短編集が刊行されたとき、N・R・F誌の批評家は、この『部屋』と『壁』とを他の短編以上に評価したし、またアンドレ・ジッドはその日記（一九四四年十月二日）のなかで、最初はこの『部屋』を他の短編よりも好ましいと思っていたと書いている（しかし彼は、今ではその考えを否定して、『壁』と『一指導者の幼年時代』とを上に置く）。このことは、この作品が他の短編に比べていわゆるサルトル的雰囲《ふんい》気《き》が希薄であり、肌《き》理《め》のこまかいことに原因するようにみえる。モーリアックを非難して述べたように、小説のなかに絶対的観察者を設定しまいとするサルトルは、ここでもこの考えに忠実であって、第一章の前半はダルベダ夫人の、後半はダルベダ氏の目を通して描かれ、第二章全体は娘のエヴの視点によって語られている。作品としての構成はこのように整斉である。そして、ブルジョアジーの思想や生活にたいする憎悪《ぞうお》と嘲笑《ちようしよう》とは、他の作品に比べてそれほど強いとはいえず、ガエタン・ピコンのいわゆる「形而上《けいじじよう》的自然主義」の要素も薄い。こうしたことのすべてがこの作品を親しみやすいものにしているのだといえよう。

この作品の意図については、おそらく作者自身が書いたと思われる文章のなかでつぎのように述べられている。すなわち「実存を真正面からながめようとしない」人びとの、悲劇的、あるいは喜劇的人生がこの主題である、と。つまり、エヴはブルジョア的人生観に反逆し、良人《おっと》の狂気の世界にはいろうとするがそれは不可能であり、そこに悲劇が生れるということであろう。実存を直視することは通常の意味での悲劇を生む、だがこの悲劇を超《こ》えたところから、希望がはじまるとサルトルは考える。

訳者は、戦時中にこの短編を同人雑誌に訳載したが、この機会に全面的に改訳した。

（白井浩司）

『エロストラート』――『壁』、『部屋』、『水いらず』、『一指導者の幼年時代』とともに、短編集『壁』の一環をなすこの作品について、独立にこれのみ論ずるのはたいして意味がない。かなり正確な意味で、実験的小説と呼ばれるこれらの作品、つまり、サルトルのもつ哲学的イデーの小説的現象と称せられるこれらの作品については、ことにそういいうるものと考える。

作品的造型という点から見ても、『壁』を別とすれば、他の四編はいずれも習作的な匂《にお》いが強く、傑作とは称しがたい。ただ、書きえたであろう完成品への努力を放棄して、かかる実験を企図した旺盛《おうせい》な批評的精神を学ぶべきだろう。このいずれの一編のうちにも、後日、『嘔吐』や『自由への道』において十全に展開された、基本的諸要素を見いだすのは容易であろう。

『エロストラート』の主題について、サルトルはみずから、犯罪による人間的条件の拒否、と書きしるしている。不滅たらんことを望んで、エフェーズのディアーヌの寺院を焼却した黒い英雄、エフェーズびとによってその名を口にすることすら死をもって禁じられたエロストラートにならい、ただ、拒絶と犯罪とのうちに自己を投げこむ主人公の叫喚は、永遠に自由に運命づけられた《マチウ・ドラリュ》の嘆きに、《アントワーヌ・ロカンタン》の泥のような孤独に呼応する。（窪田啓作）

『一指導者の幼年時代』――『一指導者の幼年時代』は、分量からいっても内容からいっても、もっとも長編に近づいた短編である（日本訳で、約二百枚）。

サルトルの短編は、いずれも将来書くべき大きな作品のための下書、練習といったものであるが、この作品は、とくに、一つの主題の長い時期のなかでの展開を試みたものと思われる。ほかの短編が、いわば、長編の一断片としても生きるような本式の描写法を取っているのにたいして、この作品は長編全体の素描のような性質のものであり、したがって、描写の密度は、文学作品（特にフランス小説の伝統的観念）からすれば、ほとんど極少のものとなっている。読者の立場からすれば、筋書だけを読まされるということにもなる。しかし作者は、あえてそのような他の短編とは逆な試みのなかで、小説家としての自己の可能性をためしてみたのだろう。一種の内的独白《モノローグ・アンテリユール》を用いて、主人公の精神的成長を扱うのに、作者の脳裏には、ジェイムズ・ジョイスの『青年芸術家の肖像』が見本としてあったかもしれない。とくに、冒頭の幼時意識の表出の部分など。

　サルトルは、この作品のなかで、無限の可能性を持って生れた人間が、ある宿命をみずから仮構することで（したがって、大部分の可能性を流産させることで）、いわゆる大人になる、その過程を描いている。主人公は、「自己にとっての自己」（対自）でなく「他人に見られるままの自己」（即自）を選ぶことで、支配階級の人間となる。ある意味では、これはファシズムの心理の分析だといえる。彼はそうした指導者の傲《ごう》然《ぜん》たる姿勢のなかに自己欺瞞《ぎまん》を発見している。

　作者は、その分析のために、前述のように描写を捨てて、極度にかわいた、無愛想な、飛躍の多い文体を採用している。訳者は、あえてその文体を日本語で模倣することを試みた。とくに会話を指示する「」は、原文の不統一を、そのまま再現してみた。

精神分析医の調書のような、へたなくらいに率直な、味も飾りもない訳文に、訳者の拙劣さのみ見いだされないことを望む。(中村真一郎)

この作品集は一九五〇年十二月『サルトル全集第五巻』として人文書院より刊行された。

水《みず》いらず

新潮文庫　サ - 4 - 1

昭和四十六年一月三十日　発　行
平成十七年二月二十五日　四十八刷改版
令和　六　年十一月十五日　五十四刷

訳　者　伊吹武彦《いぶきたけひこ》・白井浩司《しらいこうじ》
　　　　窪田啓作《くぼたけいさく》・中村真一郎《なかむらしんいちろう》

発行者　佐藤隆信
発行所　株式会社　新潮社
郵便番号　一六二―八七一一
東京都新宿区矢来町七一
電話　編集部(〇三)三二六六―五四四〇
　　　読者係(〇三)三二六六―五一一一
https://www.shinchosha.co.jp

価格はカバーに表示してあります。

乱丁・落丁本は、ご面倒ですが小社読者係宛ご送付ください。送料小社負担にてお取替えいたします。

印刷・錦明印刷株式会社　製本・錦明印刷株式会社

ISBN978-4-10-212001-9 C0197